O arquivo dos mortos

Decio Zylbersztajn

O arquivo dos mortos
Histórias de um obituarista

Copyright © 2022 Decio Zylbersztajn
O arquivo dos mortos © Editora Reformatório

Editor
Marcelo Nocelli

Preparação de texto
Janette Tavano

Revisão
Marcelo Nocelli
Janette Tavano

Imagem de capa
Foto: Decio Zylbersztajn

Design e editoração eletrônica
Negrito Produção Editorial

Dados Internacionais de Catalogação na Publicação (cip)
Bibliotecária Juliana Farias Motta (crb 7/5880)

Zylbersztajn, Decio
    O arquivo dos mortos / Decio Zylbersztajn. – 1.ed. – São Paulo: Reformatório, 2022.
    360 p.: 14 x 21 cm

    isbn 978-65-88091-63-0

    1. Romance brasileiro. i. Título.

z99a   cdd b869.3

Índices para catálogo sistemático:
1. Romance brasileiro

Todos os direitos desta edição reservados à:

Editora Reformatório
www.reformatorio.com.br

A Chaim e Sara , z'l
(*in memoriam*)

De repente, morreu: que é quando um homem vem inteiro pronto de suas próprias profundezas.

JOÃO GUIMARÃES ROSA
Discurso de posse na ABL

A arte do Kintsugi

É possível que o som da máquina de escrever tenha sido o último que Ataliba ouviu. Passei meses nesse lugar de onde recordo as últimas horas da sua vida. Garimpei na minha memória os fragmentos que encontrei. Tal como fazem os mestres da arte do *kintsugi* com os vasos de cerâmica quebrados, juntei os cacos que se encaixaram e preenchi os vazios com as informações que guardei ao longo do tempo que durou a nossa amizade. Colei as peças, uma a uma, é certo que inventei fatos, porque sempre imaginamos o passado para tornar nossas vidas menos penosas. Inventei tanto que já não estou certo se os fatos ocorreram ou não, apenas que poderiam ter ocorrido. Naquela noite de novembro, Ataliba trabalhou a duras penas para concluir o obituário que o jornal encomendou, recebeu as visitas de Lena e de Choi, uma de cada vez, primeiro Lena, depois, Choi. Uma não sabia da outra. Imaginei que Ataliba havia se recuperado da depressão, que sua vida ganhara novos ares, e estava feliz por ter encontrado Choi. Antes do amanhecer Ataliba estava morto. Não teve tempo de ir ao lançamento do seu livro.

PARTE I

A arte de escrever obituários

Scribere necesse est, vivere non est.
Vilém Flusser

CAPÍTULO I

Mais uma morte, quinta-feira, novembro de 2015

Por meses Ataliba não conseguira produzir obituários ou qualquer outra matéria para o jornal. Ele se descontrolava e esbravejava e depois mergulhava na mais profunda imobilidade, a depressão que eu acreditava ter sido superada mostrava a sua cara. Quando o encontrei, o corpo estava caído de bruços, cercado por laudas de rascunhos que se espalhavam pelo chão da sala, cozinha e corredor do apartamento. Ao redor da escrivaninha, o ambiente mal lembrava a sala de estar, transformada em escritório. A desordem refletia o caos da cabeça de Ataliba. Uma de suas manias era conversar com a máquina de escrever, ignorava a minha presença, parecendo que nem me via ali enquanto falava com a Remington, um presente de casamento nos idos de 1968. Utilizava os dois indicadores para escrever, com uma destreza desenvolvida ao longo de anos de carreira jornalística e de trabalho na redação.

Ao deixar o jornal, Ataliba passou a fazer trabalhos eventuais, obituários e artigos encomendados, preferindo escrever à noite. Sempre comia no bar da esquina, "um boteco imundo", como ele mesmo classificava o local. No início estranhou ter que trabalhar em casa, sentia falta dos colegas da redação. Quantas vezes o encontrei com o rosto amparado pelas teclas da máquina de escrever, tombado pelo cansaço. Ataliba compartilhava comigo suas manias, como ouvir os sons ao redor ou apenas apreciar o silêncio. Bem ele, acostumado à vida agitada da redação do jornal, quem diria, aprendeu a gostar da quietude da noite quebrada pelos ruídos que aprendera a distinguir. Afeiçoou-se ao tec tec da máquina de escrever cujo tinir longo indicava o final das linhas e lhe fazia lembrar do templo budista que visitara certa vez. Prestava atenção no barulho que vinha do tambor da máquina quando removia uma página datilografada, um único movimento rápido que lembrava o som de uma metralhadora. Tinha fixação pelo ruído dos automóveis que passavam sob a janela do apartamento nas madrugadas do bairro. Para ele, os carros tinham personalidade e Ataliba inventava histórias para si mesmo e as compartilhava comigo quando eu estava por perto, contava sobre motoristas notívagos. Ele adorava inventar personagens.

Ataliba desenvolveu sensibilidade auditiva, distinguia o chiar da pólvora a queimar no palito de fósforo, o motor intermitente da geladeira, o casal do quarto andar que vivia os extremos, ora gritando ofensas, ora gemendo de prazer.

– Um casal comum, eternamente a foder ou pelejar.

Antes da depressão, Ataliba passava horas em busca de algo que valesse a pena registrar nos obituários que escrevia. Abandonou a escrita rápida da época que frequentava a redação do jornal, agora ele tinha tempo de sobra. Tanto dedicou-se a escrever obituários que descobriu o que ele chamava de: regularidades. Identificava padrões que considerava a sua contribuição teórica para o jornalismo, calcada na experiência empírica. Por exemplo, ele afirmava que apenas uma em cada quarenta mortes merecia ser registrada, as demais poderiam passar *in albis*, ninguém perceberia. Ele amava e odiava o jornalismo, tentou a todo custo me convencer a mudar de profissão. Dizia.

– Jornalismo não tem futuro, jornalistas são seres imorais que não acreditam no que escrevem.

Ataliba prezava por mim, tentava me proteger de todas as maneiras. Talvez pela ausência da filha, tenha transferido para mim a sua preocupação de pai. Dizia ter escrito perto de mil obituários e apenas 25 tiveram – um entre quarenta – o privilégio de sair do arquivo na forma de um livro, arquivo que ele cuidava como uma joia rara. Afirmava que os obituários arquivados eram textos que dormiam profundamente, tal qual os mortos do poeta. Ele estava certo, eu também acho que os mortos estão à espera de alguém que leia os seus obituários. Enquanto existirem leitores, ainda que potenciais, os mortos terão esperança de renascer. Ataliba me presenteou com o arquivo, pediu que eu cuidasse do acervo quando morresse, falou para os amigos que eu seria o seu herdeiro. A partir de hoje, os mortos dormirão no meu escritório.

– O senhor deixa a gente esvaziar os arquivos? Fica mais fácil para carregar pelas escadas até o caminhão.

– Não, por favor, levem as gavetas do jeito que estão, não quero que tirem nenhuma pasta do lugar.

Vi os carregadores levarem tudo, depois que saíram, permaneci na sala vazia. Era como se tivessem retirado o coração do peito de uma pessoa. Eu me sentia culpado, precisei reconstruir a jornada de Ataliba para aceitar a sua morte. A polícia constatou que Lena, a filha, e Choi, a namorada, visitaram Ataliba na data da morte. O Velho Abdias as viu no teatro abandonado do bairro, discutindo velhas questões. Portanto é certo que Lena e Choi encontraram Ataliba na noite da sua morte. O resto da história, eu inventei, preenchi as lacunas que faltavam para relatar a morte do meu amigo, relato que precisei fazer para mim mesmo.

CAPÍTULO 2

Uma possível cena de morte, novembro de 2015

Na noite de novembro em que Ataliba tentou concluir o obituário encomendado pelo jornal, interrompeu o trabalho às 3 horas da madrugada e leu a página que lhe tomara horas de trabalho. Com raiva ele a amassou e arremessou ao chão. Segundo o laudo do legista, às 6:15 da quinta-feira ele estava morto. Eu encontrei o corpo no sábado, fui ver o que tinha acontecido pois ele não compareceu ao lançamento do seu livro conforme combinamos.

O cadáver estava rígido, um paletó pendia no encosto da cadeira e uma gravata com o nó frouxo abraçava o pescoço do corpo que jazia de bruços no chão. A camisa, que já havia sido branca em algum momento, tinha respingos de café e molho de tomate, possíveis lembranças do PF que almoçou no boteco imundo da esquina. Como os fatos se deram? Talvez assim:

À meia-noite, Ataliba afastou-se da mesa e olhou para a máquina Remington. Sentado à escrivaninha ele sentiu raiva, pensou que morreria junto com a profissão de jornalista. Levantou-se, abriu as gavetas do arquivo, acariciou as pastas com os materiais colhidos nas pesquisas, cada qual catalogada com rigor. A organização dos registros contrastava com a balbúrdia do resto da casa. Observou as etiquetas que informavam data, nome e identificação do óbito: Morte Solitária, Morte Coletiva, Morte Esquecida, Morte Congelada, Suicídio do Homicida, Morte na Lama, Eutanásia Festejada, Morte no Avião. Ataliba abriu as pastas selecionadas para os próximos obituários que planejava escrever, observou as fotos, dados, fontes, consultou a hemeroteca com exemplares de revistas em inglês, espanhol, alemão, fitas cassete gravadas com depoimentos e anotações sem fim. Ataliba encontrou a pasta com a etiqueta que continha um nome, Lilith, e a deixou sobre a mesa. Ao fechar as gavetas, ele caminhou até a mesa do telefone e revirou o caderno de endereços à procura do número de Lena, cujo telefone nunca memorizou. Resolveu chamá-la, esperou pelos cinco toques antes de ouvir a gravação da voz da filha – "deixe o recado após o bip". Dessa vez Ataliba decidiu falar.

– Eu separei uma pasta do arquivo. Quero que você leia o texto que eu escrevi e nunca publiquei, é um dos meus obituários preferidos, chama-se: A Morte de Lilith. Eu gostaria de te mostrar.

Ataliba sentiu-se aliviado, desligou o telefone, separou a pasta do obituário destinada à Lena, e continuou a folhear o livro de endereços. Ligou para mim, que acordei assustado, com a voz empastada pelo sono e perguntei.

– Ataliba? Aconteceu alguma coisa?

Ele respondeu que nada acontecera, que discou o meu número por engano, que queria chamar outra pessoa e me desejou boa noite. Ainda perguntei se precisava de alguma coisa, ele respondeu que não, e desligou. Ataliba precisava falar comigo, mas não insisti. Ele voltou ao texto do obituário que não conseguia concluir, corrigiu imperfeições e, insatisfeito com o resultado, amassou e jogou ao chão mais uma página rejeitada. Tinha o corpo molhado pelo suor, tentou se acalmar e retomou o trabalho do texto que prometera concluir naquela noite. Certificou-se de ter colocado os elementos do obituário: nome, família, profissão, nascimento, uma virtude que, neste caso, foi difícil encontrar, um eventual esqueleto escondido no armário. Não havia nada que causasse emoção, já escrevera o possível sobre o defunto que teve uma vida insossa e uma morte sem graça. Ataliba dizia que as mortes causam sensações diferentes, era o capítulo dois da sua teoria que trata do interesse dos leitores fiéis às colunas de obituário. Achava que eles leem para se sentirem vivos, o funeral é um ritual dos sobreviventes e os obituários são o seu corolário.

Ele me dizia que os assinantes do jornal, em particular aqueles que leem de forma mecânica enquanto tomam o café da manhã com pão e manteiga, em breve se esquecerão do finado. Ponderou.

– Antes assim, o cara não merece mais do que o esquecimento.

Ataliba considerou o texto apto para publicação, como ele mesmo dizia. "Mais um defunto para ser louvado por um dia, um nome que não cairá no esquecimento por 24 horas, depois ninguém falará mais nele." Encaminhou o texto para mim e para o diretor do jornal via email.

Ataliba mal teve tempo para o ponto final quando ouviu o som do interfone. Era Lena procurando pelo pai.

Desde a adolescência ela aprendera a não se curvar perante a força do macho, fosse ele o seu pai ou os homens com quem se relacionou. Lena sempre foi dona de si, feita do mesmo barro e nunca de uma costela do macho que tentaria submetê-la aos seus desejos. Lena era livre, e aprendeu que a liberdade tem um custo a ser pago.

O encontro foi tenso, havia arestas a serem aparadas, Lena já não era a adolescente bela e de comportamento felino. Ela evitou o contato físico, evitou até mesmo olhar para o rosto do pai. Falou sobre a angústia de ser portadora de uma maldição, dizia-se possuída por algo que poderia contaminar as pessoas a quem encontrava, sentia-se responsável pela morte de algumas que se aproximaram dela. Contou sobre a internação na clínica e falou sobre a visita que fez à mãe em Paris. Foi suicídio, disse Lena dando detalhes ao pai. Falou sem parar, como se tivesse que expelir o fel que guardara ao longo dos anos. Não acusou o pai, tampouco lhe deu algum sinal de carinho. Lena só falava, falava, falava, tentava explicar que estava bem, que talvez voltasse a trabalhar, que tinha grana para sobreviver e que não precisava de muito.

– Eu encontrei Choi, quero que você saiba que conversamos e acho que você tem razão, você não precisa de mim, deve ficar com a Choi, ela te deixa mais jovem, quanto a mim, só tenho a maldição da morte para te dar.

Lena quis ver o corredor com as fotografias nas paredes. Retornou chorando, olhou para o rosto do pai mais uma vez – não sabia que seria a última – e correu escada abaixo apavorada com o risco de amaldiçoá-lo, preferia amá-lo à distância. Ataliba não teve chance de contar-lhe sobre o seu estado, como sentia a sua falta e da culpa por não ter lhe dado o que precisava quando era mais jovem. Naquela noite de novembro, nem eu nem Lena demos a atenção que Ataliba precisava. Quando Lena deixou o apartamento, ele recolocou o obituário na última gaveta do arquivo.

A noite de Ataliba não acabaria ali, havia outra mulher na sua vida. Eu procurei construir a história possível da segunda visitante noturna. A chegada de Choi, que antecedeu a morte de Ataliba, pode ter sido assim.

Quando Lena saiu, Ataliba largou o corpo no sofá, permaneceu em estado de prostração, prevendo que não conseguiria escrever uma letra naquela noite. O toque do interfone o acordou às quatro horas da manhã, suou frio, respirou fundo, atendeu e ouviu a voz de Choi. Ela subiu os três lances de escada, encontrou Ataliba e o envolveu em um abraço. Tinha o corpo delicado, pele alva, cabelos negros, braços longos, que contrastavam com Ataliba e ressaltavam a diferença de idade entre ambos. Lá estava Choi, diante do homem que amava, ela se acostumara à segurança de uma pessoa madura. Afastou-se repentinamente como que retomando o controle perdido e disse o motivo de estar ali.

– Não devemos continuar juntos. – Ataliba estranhou e respondeu.

– Eu não compreendo, na semana passada compartilhamos o melhor momento da minha vida.

– As coisas mudaram, quero que saiba que Lena me procurou.

– Eu soube, mas Lena vai compreender a nossa proximidade, com o tempo vai perceber o que somos. – disse Ataliba, que continuou:

– Por enquanto nós somos um casal que habita as trevas. Talvez eu entenda que você tenha vergonha de mim, uma jovem andando ao lado de um velho. Não foi o que ouvimos das pessoas que nos viram juntos na praia?

– Eu não voltarei a procurá-lo, Lena tem razão... eu só posso te explorar como a garota de programa que já fui.

Às cinco e meia Choi saiu do apartamento deixando Ataliba na cama com os olhos abertos e a respiração ofegante. Ele estava exausto e sua cabeça desarrumada. Tentava compreender como transformara a sua vida nesse inferno. Ataliba serviu-se do café que restava na garrafa térmica, engoliu o líquido e franziu o rosto, em seguida recolheu as laudas espalhadas ao redor da escrivaninha e as jogou na direção do cesto de lixo. Errou o alvo. Lavou a xícara de café e observou que tinha a logomarca do jornal, a colocou no escorredor. Fazia calor, Ataliba viu o céu que clareava, sentiu falta de ar e taquicardia. A sudorese veio acompanhada de tontura e dores no peito. Buscou as gotas que o médico receitara, pingou em dose dupla no copo com um pouco d`água. Andou até o arquivo, abriu uma gaveta e acariciou as pastas com o material dos obituários que planejava escrever. Perdeu a consciência e o seu corpo caiu apoiado pela gaveta aberta do arquivo em que jazem os mortos. O sol iluminou a sala que era também o seu escritório. Assim foi que Ataliba dormiu, profundamente.

CAPÍTULO 3

Rotina e recordações, janeiro de 2015

Eu fazia frequentes visitas à Ataliba e apreciava observá-lo trabalhar. Ele conversava com a velha Remington como se fosse uma colega de trabalho e compartilhava comigo as queixas desde que deixara de frequentar o jornal. Certa vez ele me contou que passou a noite sem conciliar o sono e que, ao tatear a mesa de cabeceira à procura do relógio, teve a certeza de ouvir o som da máquina de escrever tinindo para acordá-lo. Ataliba pensou que estava ficando doido, depois achou que tinha perdido a hora de ir para a redação e saiu correndo a pensar que era um escravo do tempo. Só então respirou aliviado ao se lembrar de que não precisava mais ir todos os dias ao jornal. A rotina mantida por quatro décadas terminara, agora ele era um homem livre. Para fazer os *freelas* para o jornal bastavam duas visitas semanais à redação, era quando encontrava os colegas, falava do passado e recebia o pagamento pelos obituários que escrevia. Sentiu alívio ao perceber que sonhara. Recobrou a calma e moveu o corpo – o seu peso lhe parecia imenso –, esticou o braço e alcançou o texto que escrevia antes de cair no sono. À luz pouca do abajur, leu, releu e fez anotações à mão. Esforçou-se para vencer a inércia e levantou-se decidido a enfrentar o dia. O ímpeto arrefeceu antes que desse o primeiro passo e minguou quando percebeu que eu estava na sala.

O meu horário no jornal era flexível e eu tinha a chave do apartamento, podia visitar Ataliba a qualquer momento. Depois dos cumprimentos de praxe, me punha a ler as pastas do arquivo. Nas nossas conversas, ele me falou sobre Mark, o jornalista norte-americano que descobriu os seus textos e se mostrou interessado em divulgar, quem sabe poderia publicá-los nos EUA. Eu estava ao seu lado quando Ataliba atendeu ao chamado telefônico de Mark.

– Sim, é ele falando..., olá Mark, como vai? – Tossiu para limpar o pigarro da garganta. – Você se esqueceu de mim, não me ligou mais... Ah sim, muito trabalho na biblioteca. É a nossa sina, jornalistas carregam pedras sem saber a razão, somos um exército de Sísifos. Quero saber se gostou do meu texto, eu não lembro qual foi o último que enviei... Ah, o da mulher holandesa que praticou eutanásia... Eu sei que muita gente escolhe a eutanásia mesmo nos países onde a prática não é permitida...Também me surpreendi com este caso, nunca vi quem tivesse convocado a família para um jantar festivo na véspera da própria morte, não é muito louco? ... Está bem, mande o texto traduzido, assim que eu receber farei os comentários cabíveis e declararei o *imprimatur*. Serei cauteloso pois o seu inglês é melhor do que o meu, dentro de alguns dias enviarei o novo obituário... *By my friend, take care.*

Ataliba passava por uma fase de ajustes, era comum iniciar uma tarefa e não a concluir. Naquele dia quando desligou o telefone, tentou se lembrar o que estava fazendo, andava esquecido. Escolheu a roupa, lavou o rosto e foi preparar o café para nós. Ainda que tivesse passado a maior parte da vida sozinho, sentia falta de uma companhia feminina.

Enquanto a temperatura da água subia na chaleira, Ataliba foi para a escrivaninha e ligou o computador, lá estava o texto enviado por Mike. Era ele quem traduzia os ensaios-obituários, como Ataliba chamava os textos que escrevia. O plano de publicar o livro nos Estados Unidos foi de Mike, que aos poucos foi se tornando nosso amigo.

Ataliba duvidava de si mesmo. Certa vez eu lhe perguntei se poderia explicar sobre o tipo de mortes que buscava para os obituários.

– Se alguém me perguntasse eu não saberia definir o que é uma morte normal. Morte é quando tudo acaba, não há nada de inesperado nela. Aliás, inesperado na vida são os capítulos intermediários e não o capítulo final. A morte é perfeitamente previsível, quanto à vida, não se pode dizer o mesmo.

Ataliba com frequência se calava e se punha a pensar enquanto as histórias dos mortos que escreveu passavam pela sua cabeça. Quando eu o visitava, ele costumava escolher uma pasta do arquivo para me mostrar. Passei a ser, além de amigo, seu leitor e crítico. Só depois de me consultar ele sentia segurança para enviar os obituários para Nova York. Mais do que críticas, Ataliba contava comigo por entender que eu tinha o olhar não viciado de um jovem inexperiente. Ele me considerava um ingênuo e os nossos encontros o ajudavam a rebater a solidão com as críticas que me fazia.

Ele estava sempre atrasado para entregar os textos para o jornal. A dificuldade para concatenar o trabalho aumentava dia a dia, e ele pedia a minha ajuda para fazer as revisões enquanto se punha a ler a tradução que seria devolvida para Mike. Eu aprendi a escrever revisando os obituários de Ataliba, e também aprendi a lutar contra os prazos, pois os textos que ele me entregava, a rigor já deveriam estar prontos. De forma tácita, Ataliba aceitou que eu retrabalhasse os textos antes de enviá-los para o jornal em seu nome. Aprendi a escrever ao ajudá-lo a concluir os textos, ele me agradecia e ainda me pagava por isso.

No seu apartamento-escritório, Ataliba utilizava as manhãs para fazer o que lhe interessava. Escrevia, lia os jornais do dia e revisava os obituários. Dominava vários idiomas, o que lhe permitia ler os periódicos internacionais. Passava os olhos nas manchetes do *New York Times*, *El País*, *Le Figaro*, *Corriere della Sera*, *Deutsche Zeintung*. Eu achava graça quando ele, desencantado com as notícias, esbravejava.

– O mundo é um projeto que não deu certo!

Ataliba preferia os periódicos que traziam obituários, gostava de ler a última página do *The Economist* e eventuais obituários do *New Yorker*. A ele interessava mais o estilo do que o conteúdo. Predominavam obituários sobre celebridades, só que ele preferia os mortos comuns, mundanos, pessoas anônimas, mortes de candidatos ao esquecimento. Ataliba garimpava personagens para os obituários nas colunas menos prestigiadas dos jornais. Crimes, cadáveres descobertos em condições estranhas, tragédias miseráveis, notícias breves que narravam casos de quem viveu à margem do mundo, dos seres anônimos que ganharam apenas uma linha ao morrer, ou nem isso.

– Uma miserável linha para conter toda a vida. – Assim pensava Ataliba que elegia os temas que lhe interessavam nas páginas policiais.

Lembro quando ele me agradeceu pelo livro que lhe presenteei. O livro, encontrei em um sebo que frequento na Barão de Itapetininga, *Obras Primas do Conto Universal*. Eu ainda era foca na redação do jornal e já admirava Ataliba. Mais do que isso, eu compreendia as suas intenções ao escrever obituários. De estagiário me tornei seu admirador incondicional, qualquer opinião que eu emitisse a seu respeito, jamais seria isenta. Eu o presenteava com livros sempre que encontrava algum que pudesse lhe interessar. Não tenho por que não admitir que amava esse cara, a pessoa que me introduziu no mundo dos livros, dos sebos, da literatura marginal, do teatro mambembe e que me revelou os meandros do jornalismo. Desta vez foi um livro de contos, da outra foi a vida de Art Buchwald – este cara me lembrou você! – confidenciei-lhe.

Ataliba reagiu ao meu presente, achou o título atrevido, *Obras Primas do Conto Universal*. – Aquele que selecionou os contos terá lido os autores brasileiros? Será que conheceu Machado de Assis ou Rubem Braga? Duvido. Ataliba não guardava seus sentimentos, pelo menos para mim os expressava. Quando percebeu que eu marcara um dos contos, "Bentzion, o Silencioso" de I. L. Peretz, me perguntou quem foi este escritor. Perguntou enquanto lia a biografia estampada no início do livro ao lado dos outros autores. Respondi que foi um escritor judeu que viveu na Polônia e morreu em 1915. Ataliba começou a ler o conto no mesmo instante, na minha frente, e não parou até concluir as três páginas enxutas que expõem o drama do esquecimento, da solidão, da morte de Bentzion. Algumas passagens marcaram a leitura de Ataliba, ele as grifou e me mostrou dias depois.

"*Aqui, neste mundo, a morte de Bentzion, o Silencioso, não causou impressão alguma...Bentzion viveu no silêncio e no silêncio morreu... As suas feições não ficaram gravadas na memória de pessoa alguma, nem no coração dos seus semelhantes...Passados três dias, mesmo o coveiro não mais se lembrava onde o sepultara... Uma sombra!*"

Ataliba gostou do livro por se tratar de uma morte anônima, mundana, de um ser que não deixou sombra sequer sobre a face da terra. Eu sabia que era o tipo de morte que ele buscava pois sugeria uma vida obscura, o esquecimento que o tempo garante ao consumir a memória de quem se foi. Pouco tempo passado da sua morte, ninguém sabia quem fora Bentzion. No primeiro inverno o vento varreu o marco de madeira que sinalizava o túmulo, não sobrou nada que indicasse o local da sepultura.

– Que terrível, vida e morte sem vestígios! – Ataliba exclamou ao sentir o incômodo do esquecimento e da efemeridade. Ele passou dias impactado pelo conto, me perguntou o que o personagem Bentzion havia deixado como legado: o homem rico o ignorou logo depois de ele ter salvado a sua vida, quase atropelado por uma carruagem. O filho o enxotou de casa e a mulher o abandonou. Eu me perguntei o motivo que levou Ataliba a sofrer tanto com o conto. Talvez tenha se lembrado da mulher a quem não via há uma década, ou se lembrado de Lena que não o visitava há tempos. Acho que Ataliba pensou na própria morte e na solidão que nos espera. Ele voltou várias vezes ao assunto da morte anônima, certo dia me perguntou se existia alternativa ao esquecimento.

Ataliba foi se acabrunhando com o passar do tempo. Um dia me levou ao corredor do apartamento em que vivia e me mostrou uma parede decorada com objetos e fotografias antigas. Havia tempo que não as olhava, afirmou. Lá estavam retratados o Clube dos Alfaiates em São Carlos dos anos 50, uma foto com a mãe que o trazia ao colo, outra foto na praça com o pai mulato, cercado pela família à frente da Rádio Progresso. Em outra, ele aparecia na entrada do São Carlos Clube, local que nunca pode frequentar.

– Meu pai era mulato e pobre, lá só entrava gente branca. – Falou, olhando fotos de pessoas que a memória apagara.

Estava mergulhando na angústia da finitude. Ele não queria morrer. Também me mostrou fotos em que estava na sala de aula da gráfica dos padres, outra no sindicato dos gráficos, e em uma greve no centro de São Paulo. Constatou que algumas pessoas desapareceram da sua vida sem deixar vestígio.

– Talvez estejam mortos. – Disse com ar sombrio. Tentei compreender, entretanto as fotos só faziam sentido para ele – para outros, as pessoas e os locais retratados pouco ou nada significavam. Ele se deteve nas fotos dele com Lena no lago do Jardim da Luz, e com a ex-mulher no Parreirinha com Inezita Barroso, segurando um copo de whisky. Falou da gravidez inesperada, da festa no sindicato dos gráficos onde ele e a ex-esposa beberam, fumaram um baseado, e ela quis ir para um hotel perto do Largo do Arouche. Ataliba insistiu em me falar sobre a efemeridade, que somos como poeira, um nada, e quando a memória acabar, nada resta.

O suor escorreu sobre o seu rosto, ele não estava suportando essa visita ao passado, e interrompeu para tomarmos um café recém-coado. Já era a hora da caminhada diária antes do almoço. Pegou o telefone e discou de modo pausado, ouviu um, dois, três, quatro toques e a voz de Lena na secretária eletrônica, "deixe o recado após o bip". Ataliba tomou fôlego para falar algo para a filha, mas desistiu e desligou o telefone. Disse que Lena devia estar ocupada com os projetos dos clientes famosos, das celebridades, que ela sabia ganhar dinheiro e que ninguém dava nada por aquela menina que lhe deu um bocado de trabalho.

Ataliba acendeu o cigarro, estava pronto para sair quando tocou o telefone. Era o diretor de redação.

– Sim chefe... ah, que bom que você gostou do obituário. Sim, este foi o que eu enviei ontem. Sim, sim, claro que posso fazer um elogio para o finado. Vou tentar encontrar um gancho na história do falecido. Tudo bem, nos encontraremos na redação depois do almoço.

Ataliba precisava caminhar, saímos juntos pelas ruas do bairro como de costume. Ao virarmos a esquina ouvimos a voz de um velho sentado na calçada, um pedinte, maltrapilho.

– O senhor Ataliba está atrasado hoje.

– Bom dia Velho Abdias, você que é feliz, nunca se atrasa.

– Nem tenho relógio. O último vendi na feira da minha cidade. Troquei por uma buchada de bode. Foi a última que eu comi antes de vir para São Paulo em 1945.

– Tem saudades? – Eu perguntei.

– Da buchada?

– Da sua terra.

– Não... acho que não tenho saudade do sertão porque nunca saí de lá. Eu aprendi a virar cada página da minha vida e aqui nesta cidade eu tenho tudo o que preciso. Se quiser até buchada de bode posso achar, mas não quero. Tem visto a menina Lena?

– A Lena? Sim, claro. – Respondeu Ataliba – Conversamos todos os dias. Ela não é mais a menina que você conheceu. Tenha um bom dia.

O Velho Abdias ainda teve tempo de dizer.

– Eu gosto da menina Lena, de vez em quando encontro com ela e nós conversamos sobre a vida. Acho que ela também gosta de mim, quando conheci Lena ela era uma menina. Tenha um bom dia seu Ataliba.

CAPÍTULO 4

Ataliba na redação, janeiro

Ataliba ia para a redação do jornal de ônibus e reclamava da falta de educação dos motoristas que não paravam totalmente o veículo para que ele subisse. Eu o acompanhei em uma viagem e presenciei quando, inconformado, reclamou com o condutor.
– Meu amigo, se você não parar eu não vou conseguir subir, já não tenho quinze anos de idade. – Reclamou com mau humor enquanto procurava um assento livre para se acomodar no trajeto entre o bairro e o centro da cidade. Guardava o costume de observar as moças pelas ruas, talvez fruto da vida solitária que levava desde que a ex-mulher partira para a França. Ele me disse certa vez:
– Encontros amorosos sem compromisso não curam a solidão, o ser humano é gregário. – Ataliba vez ou outra mergulhava em seus pensamentos, e nestes momentos era como se eu não estivesse do seu lado. Quando retornava ao mundo real, comentava a respeito de Lena, a filha que criara sozinho. Eu compreendi para onde ele viajava durante os longos silêncios. Falava das piruetas que ela dava quando era uma adolescente e da atitude independente que adotou desde pequena. Nunca quis responder a ninguém, a não ser a ela mesma. Lena passou

a ignorá-lo sem uma razão aparente, pelo menos para ele que estava sempre em busca de uma explicação para a atitude da filha. "Ela anda ocupada", ponderava Ataliba arranjando uma desculpa. Sacolejando no ônibus, ele fixava o olhar nas bundas das mulheres balzaquianas que via pelas ruas. Entre um olhar e outro, a realidade se mostrava nua, era um homem que tentava driblar a solidão, sem sucesso. Viver só, o incomodava.

Em vinte minutos o ônibus nos levou até a proximidade do edifício onde Ataliba trabalhou por décadas. Ele lembrou o período de 40 anos em que frequentou o local. Ao entrarmos, comentou que nada mudara no jornal, que os espaços e as pessoas continuavam iguais. Eu mantive certa distância de Ataliba, permitindo que ele cruzasse o saguão sozinho, como sempre fez. Ele seguiu o ritual dos cumprimentos, começando pelo porteiro.

– Bom dia Raimundo, como vai?

– Como sempre seu Ataliba, joguei no urso e deu burro, sonhei com o número invertido.

Ataliba deu dois tapas nas costas de Raimundo e seguiu pelo corredor, cumprimentou as faxineiras e entrou no elevador, que o levou ao andar da diretoria. Eu o se guia mantendo distância, permitindo que ele usufruísse do momento. Vi quando atravessou a sala da redação, cheia de gente debruçada sobre as telas dos computadores ou andando pelos corredores coladas aos seus celulares. Ataliba fingiu ignorar a reação dos colegas, que sorriram de lado e falaram à boca pequena.

– Chegou o Pé na Cova.

Caminhou pelo corredor com tapete surrado e chegou à antessala da diretoria, dali estava a um passo do escritório de Adriano. A secretária comentou com as colegas de trabalho.

– O Pé na Cova veio falar com o chefe.

Eu ainda era um estagiário e os funcionários não me viam como amigo de Ataliba. Os comentários pararam de forma abrupta quando ele retrocedeu e perguntou pelo paradeiro de Adriano que não estava na sala. Antes que houvesse tempo para uma resposta, lá estava ele, postado diante de Ataliba, com um sorriso e um palito entre os lábios.

– Querido amigo, você é meu alento nesta casa cheia de roedores sem imaginação. Vamos, entre, eu gostei do seu texto, tenho poucos senões. Quer tomar um café?

No escritório, Ataliba procurou a garrafa térmica e me chamou para que o acompanhasse. Eu preferi ir para a minha mesa de trabalho, ainda que estivesse fora do meu horário. Ao final do dia, Ataliba me relatou a conversa que teve com o diretor.

Ataliba não compreendia a razão do apreço que Adriano tinha por ele e por que lhe relatava seus problemas íntimos. Já conhecia os podres da empresa e fatos da vida pessoal do chefe – os conflitos familiares e as amantes de Adriano. Ouviu só elogios do amigo que conhecia há quarenta anos, desde 1975 quando ele o convidou para ser assistente de reportagem. Adriano era neto do fundador do jornal, uma empresa que nunca chegou a ter sucesso financeiro. As finanças capengas não impediram que a família amealhasse uma fortuna em patrimônio. Adriano, como de praxe, falou das mazelas do jornal, das dificuldades que a empresa enfrentava, da nova jornalista cuja mesa era visível da sua sala e que era dona de pernas incompatíveis com a qualidade dos seus textos. Adriano era um machista assumido. Sentado de costas para a janela panorâmica, ele falou com Ataliba.

— Eu me lembro de quando você chegou à redação assustado com o convite que eu lhe fiz. Você era um técnico gráfico que gostava de ler e logo deu conta do recado, passou a escrever.

— Acho que ainda ando assustado, Adriano, assustado com o futuro deste jornal.

— E eu também, de fato ando preocupado com o futuro da imprensa e do jornalismo independente. Vivemos à cata de anunciantes, patrocínios e publicidade. Tudo está secando, o mercado mudando e os anunciantes migrando para outras mídias.

— Jornalismo independente? Vamos lá, Adriano, isso nunca existiu. Pelo menos nunca neste jornal. Eu me preocupo com o futuro destes repórteres que você tem aí na redação, como o Fefo, sentado ali, me aguardando. Eu trabalho em casa, estou aposentado, o que você diz da meninada que está começando? Serão dispensados sem mais por terem vínculo precário. Vai todo mundo virar assessor de imprensa? — Adriano segurou a xícara perto dos lábios sem sorver o café e comentou.

— E você acha que eu sei a resposta? Não sabemos como as novas mídias vão nos afetar. Sei que estamos endividados, perdendo anunciantes todos os dias e as empresas a buscar o público pelas redes sociais. Só os obituários não mudaram, as pessoas mantêm o hábito de morrer. Morrem e os familiares gastam alguns tostões para lhes prestar uma homenagem antes de sacarem a grana da herança. A culpa que a família remói ajuda a manter o mercado firme. Freud explica.

– Freud só não explica o que você espera de mim, Adriano. Desde que mudei o escritório para a minha casa sinto falta dos colegas e do ambiente do jornal, eu gosto de aglomerações e da bagunça da redação. Na minha casa só ouço o barulho do casal do apartamento de cima trepando eternamente.

– Ataliba, você conhece este jornal onde já fez de tudo. Você acha que vamos te desamparar?

– Eu acho. – Respondeu Ataliba enquanto buscava a segunda xícara de café.

Adriano tossiu, levantou-se da cadeira de espaldar alto e foi até a divisória de vidro para observar as pernas da nova repórter.

– Que excelente jornalista! As coisas mudaram e eu não sei onde tudo vai parar e não adianta me perguntar o que eu não sei responder. Quanto ao obituário da semana, o do vereador corrupto, você fez excelente trabalho, limpou a nossa barra com a Assembleia Legislativa. É bom que tenhamos trânsito por lá.

– Como assim, limpei a barra?

– O falecido vereador liderava uma bancada que gostou da abordagem do obituário. Ligaram para mim agradecendo o texto em memória do falecido. É sempre bom mantermos respaldo dos legisladores.

– Adriano, você sabe que o falecido foi um grande filho da puta, eu penei para encontrar alguma coisa que prestasse na vida daquele vereador. Omiti fatos, como as ligações com a máfia dos transportes, os laços com as empresas de coleta de lixo e com...
– Você fez o possível, Ataliba. Ninguém escreve um obituário iluminando as mazelas, estou correto?
– Médio, Adriano. Os bons obituários são aqueles que tiram algum esqueleto do armário, revelam o inusitado que todos nós temos, o nosso lado B. Acho que está na hora de ir, preciso cuidar dos vivos, os mortos já se foram. Posso receber o pagamento pelo freela? Preciso da grana, acho que deveria ganhar em dobro pela minha obra.
– Passe na administração, já liberei o valor para você.
– Respondeu Adriano, cujos olhos lambiam as pernas da nova repórter.
Ataliba tomou o segundo cafezinho e despediu-se de Adriano. A caminho do elevador dei para Ataliba o livro que encontrei em um sebo. Ele recebeu o livro, folheou as páginas que eu marcara, sentou-se para ler. Ataliba adorava ganhar livros.
– Fefo, obrigado pelo presente. Você sempre acerta com as escolhas dos livros.
Eu lembro do dia a dia de trabalho ao lado de Ataliba. Organizo a minha cabeça e sinto falta dele. Tento reconstruir a sua rotina, as jornadas que fazia solitário, as pequenas alegrias. Tento recompor como as pessoas que interferiram na sua vida se comportaram ao longo do tempo. Penso que naquele dia em que lhe dei o livro, Ataliba deixou a redação fazendo o caminho de casa, ao

sair do jornal ouviu as mesmas piadas e brincou com os funcionários. Ao passar pela redação, Ataliba percebeu e ignorou os murmúrios das meninas fazendo chacota do seu apelido, Pé na Cova. Ao chegar na portaria, Ataliba deu um recado para o porteiro.

– Raimundo, joga no porco e fecha com a águia. Da próxima vez não dê moleza ao azar. – Ataliba seguiu com o cheque no bolso e fez o caminho de volta para casa, praticou o passatempo preferido, observou as bundas balzaquianas e caminhou as quadras entre o ponto do ônibus e o seu prédio. Na calçada, reencontrou o Velho Abdias, sentado no chão como de hábito.

– Boas, Velho Abdias, como está?

O Velho Abdias o olhou de lado, não quis conversa, permaneceu sentado na calçada comendo um sanduíche que alguém havia lhe dado.

Ao chegar em casa, a secretária eletrônica acusava um telefonema não atendido. Choi havia telefonado, Ataliba não queria encontrá-la, respirou fundo, ouviu a mensagem e relutou em responder, mas não pode evitar.

– Nós combinamos que você não me procuraria mais.

– Eu mudei de opinião, seremos sócios até o fim da sua vida. – Ela respondeu.

– Este assunto tem feito mal para mim.

– Você merece. Eu não sirvo nem para te dar um pouco de prazer?

– Tá bem, pode vir às nove horas.

Ataliba relaxou com a decisão de permitir que Choi viesse ao seu apartamento. Seria apenas um encontro sem maiores pretensões.

CAPÍTULO 5

No bar com Fefo, janeiro

Eu preparava um ensaio para o curso de jornalismo, estava sentado há duas horas à mesa do Bar do Tico-Tico, local que elegi para estudar, onde passava horas consumindo o mínimo sem que Tico-Tico reclamasse. Me assustei quando Ataliba tirou, de forma abrupta, o livro que estava nas minhas mãos e leu o título em voz alta.

– O Novo Jornalismo, vejo que você foi exposto a uma literatura que não serve para nada, qual professor te deu isto para ler? – Ataliba falou sem esperar que eu respondesse, era uma das provocações que fazia. Sentou-se ao meu lado e, com um aceno, pediu uma cerveja para Tico-Tico. – Esse tipo de leitura me diz que você está olhando pelo retrovisor. Caras como Gay Talese e Tom Wolfe não emplacariam a profissão no mundo de hoje. Os bons nomes do jornalismo brasileiro, como Joel Silveira e o Zé Hamilton, inovaram no momento certo, hoje não teriam chance. Acho que nem buscariam uma chance, o Zé sabe o que é reportagem, sentiu na pele o drama de estar no local certo na hora errada quando foi ferido no Vietnã.

Eu retirei a cerveja, dois copos e uma dose de cachaça da bandeja que Tico-Tico manejava feito equilibrista. O bar tinha poucas mesas, na parede do fundo havia duas fotos que formavam um painel visível de qualquer ponto do salão. As imagens mostravam um mesmo repórter segurando um microfone, na foto da esquerda ele estava ao lado de Che Guevara e na da direita segurava o microfone quase enterrado na boca de J. F. Kennedy.

Eu respondi à provocação de Ataliba.

– Eu não estou em busca de atos de heroísmo, no jornalismo só desejo aprender a informar, captar o fato e gerar a notícia. Você já deixou a sua marca no jornalismo, quanto a mim, sou um estudante que precisa escrever um trabalho de conclusão para uma disciplina. Escolhi estudar esta linha do jornalismo que se aproxima da literatura. Os leitores apreciam as histórias que exploram algo além do relato da notícia. As matérias que eu leio nos jornais são chatas e pegajosas. Eu quero transformar isto.

– Fefo, Fefo... acorde Fefo. Eu não deixei marca alguma na minha vida a não ser esta maldita mancha de molho de tomate na minha camisa que não saiu depois de lavar. – Ataliba falava enquanto arranhava com a unha o tecido manchado. – Hoje ninguém lê nada, muito menos jornalismo literário. Os leitores estão ligados no *Twitter* com 140 caracteres e no Facebook, onde trocam textos mínimos e emburrecedores. Nos jornais, que sobrevivem por teimosia, nós sofremos pressões para escrever cada vez menos, as manchetes e um parágrafo bastam. Não cabem matérias com alguma profundidade, muito menos com pegada literária.

Eu ouvia a fala de Ataliba sem registrar o que dizia, preferi ignorar a crítica. Para mim, Ataliba continuaria sendo o modelo de jornalista. Eu era inexperiente e idealizava de tal modo que nem ele próprio conseguiria destruir a imagem formada na minha cabeça. Ataliba era o meu modelo.

– Eu gostei do último obituário que você escreveu, o texto captou a essência do perfil do vereador, um exemplo do jornalismo que eu gosto e que não ficou apenas na notícia. Viu como existe o jornalismo literário?

– Fefo, você é ingênuo, e um jornalista não deve perder o senso crítico. O que eu escrevi foi um amontoado de meias-verdades, deixei de escrever a outra metade só para ganhar um cheque miserável. Talvez você até tenha razão, o que eu fiz foi uma pura peça de ficção, criei um personagem defunto que nunca existiu, para a felicidade da família e dos vereadores do partido cheio de políticos corruptos. Fefo, você ainda tem tempo para mudar de profissão, por que não faz outra faculdade?

Ataliba tentava me convencer a deixar aquilo que eu mais gostava de fazer. Eu rebatia cada um dos seus argumentos.

– Eu escolhi o jornalismo, reconheço o seu escrúpulo e a autocrítica com a qual mantenho o direito de discordar. Quero ser um profissional como você. Eu gostaria de saber como foi que você chegou ao jornal, nunca te perguntei a respeito, você parece conhecer tudo e todos lá dentro.

Ataliba olhou para mim e li o seu pensamento. "Este menino é um caso perdido", – pensou Ataliba, buscando na memória as respostas para a pergunta que fiz enquanto olhava para o copo vazio na mão.

– Eu, modelo, um padrão de profissional. Como você pode ser tão inocente e crédulo? Eu vim do interior, nasci em São Carlos e desembarquei em São Paulo no trem da Estrada de Ferro Paulista em 1955, com dez anos de idade. Meu pai era alfaiate, preto e pobre, minha mãe trabalhava como empregada doméstica. Eu, moleque mulato, brincava solto pelas ruas. Frequentei a escola pública, fiz passeios memoráveis com meu pai em pescarias ao redor da cidade, tive companheiros com quem reinei pelas ruas sem calçamento no bairro da periferia. Brincávamos num território grande, tínhamos esconderijos, árvores para trepar e terrenos para jogar bola. As aulas na escola pública eram pela manhã e nós passávamos as tardes brincando até o escurecer ou até que minha mãe perdesse a paciência e saísse aos gritos para me recolher quando já era noite. Tenho saudade daquela vida que acabou com a morte da minha mãe e com a mudança para São Paulo. Lembro da viagem de trem que fiz pela primeira vez. Ofereceram um emprego para o meu pai em uma fábrica de roupas. Meu pai trocou sua oficina acanhada onde fazia paletós para poucos clientes com quem tinha amizade, algo do tipo pague o que puder e quando puder, por uma função anônima em uma linha de produção. Trocou os clientes que pagavam pouco por um salário mirrado que não lhe dava futuro, trocou uma casinha que era nossa por uma alugada. Viajamos no trem que eu via passar todos os dias pelos trilhos da Paulista. Lembro das paradas ao longo do trajeto, do medo de ir ao banheiro e me perder do meu pai, da paisagem e até do cheiro do vagão de segunda classe. Lembro da aproximação de São Paulo, quando vi pela primeira vez as favelas ao longo da estrada de ferro e a grandiosidade da estação de passageiros.

Eu olhava para Ataliba sem perder uma palavra do relato. A infância narrada contrastava com a que eu vivera no apartamento-quitinete que dividia com mamãe e dois irmãos no centro velho de São Paulo. Nada de passeios, nem de um pai que olhasse por mim. Eu enchi o copo de cerveja que estava vazio na mão de Ataliba, e ele prosseguiu o relato.

– Em São Paulo, estudei para ser técnico gráfico, fiz o curso na gráfica do bairro onde vivo até hoje. Frequentei a biblioteca dos padres que me emprestavam livros. Cansei de ler livros religiosos e comecei a frequentar a Biblioteca Municipal no centro da cidade onde havia títulos interessantes. Eu tinha uma ficha e retirava três exemplares por semana que muitas vezes nem lia, mas só de folheá-los eu já ganhava familiaridade com as palavras. Foi bom estudar com os padres, eles tinham uma excelente oficina gráfica. Um deles me ensinou algumas palavras em italiano, outro tentou me bolinar. Com vinte anos, acho que foi em 1965, concluí a formação, virei técnico em manutenção de equipamentos gráficos e fui procurar emprego. Entrei no jornal como auxiliar geral, varri o chão, limpei o banheiro, comprei sanduíches para o pessoal, fiz o diabo. Eu era o mulatinho que aprendeu tudo sobre as máquinas da gráfica e não reclamava se fosse preciso virar a noite para garantir que a edição saísse na hora certa. Eu reparava os equipamentos quando quebravam, limpava, reformava, substituía peças, fazia manutenção preventiva. Quantas vezes não dispensaram o técnico que cobrava caro quando o chamavam de madrugada com a edição rodando, pois eu encontrara a solução do problema?

– Quanto tempo você trabalhou na gráfica?

– Dez anos, até 1974 quando eu já era casado e descasado, Lena tinha dois anos e fui convidado para ser assistente de reportagem. Conheci o Adriano, ele gostou de mim porque eu falava sobre os livros e autores que ele apreciava, mas não lia. Eu gostava de idiomas e passei a traduzir as mensagens das agências internacionais. Era ativo no sindicato dos gráficos que era vigiado pela polícia. Discutia política com Adriano, na época um jovem que zanzava pelo jornal da família e que ganhou o cargo de diretor sem saber bem o que fazer. Sabendo da minha familiaridade com línguas estrangeiras, Adriano praticava inglês comigo, algumas vezes o espanhol. Eu aprendi italiano com os padres, inglês por teimosia, espanhol com os galegos que conheci no bairro e um pouco de alemão por curiosidade. Adriano me admira até hoje por ter sido autodidata.

Certo dia ele me mostrou uma reportagem sobre um crime ocorrido na Casa Verde, pediu que eu revisasse o texto. Eu li e não gostei do formato da matéria, reescrevi e devolvi no dia seguinte. Adriano gostou do estilo e me convidou para o cargo de assistente de redação, eu agradeci e disse que preferia permanecer na reportagem. Foi bom ter experiência como repórter, eu acompanhava o responsável pela coluna policial, frequentei as delegacias da periferia da cidade onde eu conheci outro mundo, rodei pelos fundões das Zonas Leste, Norte e Sul, conheci a Cachoeirinha, passei por Ermelino Matarazzo e Vila Ida. Eu presenciei tudo, vi muito presunto e soube como desapareciam com certos indivíduos sem deixar vestígios. Eu cobri o crime de Camanducaia quando o departamento de investigações criminais despejou, como se fossem lixo, mais de noventa crianças na beira da Fernão Dias. As crianças estavam nuas e tinham sido espancadas, as meninas foram violentadas. Comecei a frequentar as bibocas onde os repórteres do jornal não iam, preferiam ficar postados à frente das delegacias. Eu era diferente, ficava na porta dos fundos onde as coisas aconteciam.

Eu ouvia o relato de Ataliba e bebia cada frase como se fosse uma revelação, a conversa me interessava mais do que as aulas de jornalismo na faculdade. O aprendizado a partir dos fatos narrados por Ataliba era uma oportunidade rara. Ouvia e pensava que queria ser jornalista como ele.

– Quando recebi o convite para trabalhar na redação, os amigos da gráfica fizeram uma festa de despedida, até hoje sou bem recebido por lá. Fui ativo no Sindicato dos Gráficos desde 64, o pessoal era engajado na resistência à ditadura. Foi no movimento sindical que conheci e perdi a minha mulher.

Perguntei por que eles se separaram.

– Foi ela quem me deixou, foi presa e exilada, seguiu para a França, onde se casou novamente. Com a ajuda de uma senhora criei a minha filha, Lena, que hoje é uma publicitária famosa.

Enquanto ouvia o relato de Ataliba, eu pensava: De assistente de reportagem, virou repórter sem nunca ter estudado jornalismo. Aprendeu fazendo, Ataliba é um grande cara.

– Era assim a profissão de jornalista, eu ganhava o suficiente para viver e resolvi estudar Letras. Segui na carreira, atuei em todas as áreas da reportagem. Cobri crimes famosos, viajei para o exterior, andei pela Argentina, Uruguai e Paraguai. Uma noite, em uma delegacia, apareceu um menino estudante tomando porrada e dizendo que não tinha nada a ver com o crime do qual o acusavam. Barbados e pretos eram suspeitos naturais no tempo da ditadura, os pretos ainda são tratados assim. As coisas se misturavam, a polícia civil e a militar andavam de mãos dadas nas torturas, nas universidades havia uma verdadeira caçada ideológica. Muita coisa não mudou até hoje, só ficou mais sofisticada, o limite entre o crime e a lei ficou borrado. Naquela noite eu vi a cena e falei para os policiais que eles estavam exagerando. Foi quando sobrou porrada para mim, veja esta cicatriz que tenho no rosto. Os policiais trabalhavam drogados. Quando fiz as primeiras matérias me saí bem, ganhei uma mesa na redação, a mesma que eu mantive até pouco tempo. De 1974 até 2005 trabalhei como repórter, cobri polícia, esporte, traduzi matérias das agências internacionais, até de coluna social eu cuidei, nunca fui um Ibrahim Sued, mas fiz incursões nas vidas dos famosos.

– Ibrahim quem? – Perguntei.

– Ibrahim Sued, um colunista social do Rio de Janeiro nos anos 70, pioneiro da coluna social no Brasil. Tempo de ouro que não se repetirá mais. Você não faz ideia do que era uma redação cheia de gente debatendo pauta, buscando furos. Eu pedia um carro para contatar uma fonte e era atendido na hora, hoje você tem, no máximo, um telefone para falar com as fontes, o que se pratica é um jornalismo esterilizado, a realidade fica lá longe e você na redação a imaginar como o mundo real deve ser.

Eu queria saber mais, não estava satisfeito. Quis saber como foi a decisão de parar de repente. Perguntei o que ele fazia além dos freelas.

– Eu escrevo, estou agora escrevendo um livro de ensaios sobre a morte, que chamo de ensaios-obituários.

Fiquei fascinado, escrever ensaios sobre a morte, aquela foi uma revelação que me surpreendeu.

– Na verdade, um misto de ficção e ensaios inspirados nos obituários que escrevi e materiais que colhi ao longo de quarenta anos. Eu me divirto não só escrevendo, mas também fazendo fotografias de cemitérios em São Paulo, são locais agradáveis onde presencio cenas curiosas, e gente interessante ao lado dos túmulos. Diante da morte os homens se transformam.

Eu reagi com entusiasmo à revelação de Ataliba. Disse que ensaios sobre a morte e fotos dos cemitérios eram temas que me atraíam. Pedi para ler os textos e para acompanhá-lo em uma visita a um cemitério.

Ataliba criticava a minha escolha profissional, mas ao mesmo tempo não queria me desencantar totalmente. Disse que me avisaria na próxima visita ao Araçá e que eu poderia acompanhá-lo, pois lá existem túmulos que ele desejava fotografar.

Naquele dia era tudo o que eu queria ouvir. Ataliba chamou Tico-Tico, pediu a saideira e a conta. Eu me lembro de ter observado o rosto de Tico-Tico, que comparei ao da foto do jornalista que empunhava um microfone na boca de Che e Kennedy. Comentei com Ataliba.

– Ele parece o cara da foto.

– Ainda vou te falar sobre o repórter Tico-Tico. Este sim foi um ícone da profissão. – Respondeu Ataliba.

CAPÍTULO 6

No cemitério do Araçá, fevereiro

Ataliba cumpriu a palavra empenhada de que faríamos uma visita ao cemitério. No dia combinado fomos de metrô e saímos pela escada que leva ao portão lateral do cemitério do Araçá. Ataliba estava animado.

– Vou aplacar a sua curiosidade, talvez você pare de me perguntar sobre os ensaios e obituários. Vamos usar a entrada lateral que fica próxima à capela, passaremos por alamedas sombreadas, ladeadas por mausoléus de famílias ricas. É um bom local para iniciarmos a visita.

Aos meus olhos a capela lembrava uma catedral, um templo enorme para um cemitério.

– Esta capela tem o tamanho da fortuna das famílias dos imigrantes que enriqueceram no Brasil, acho que se iguala ao tamanho das culpas que eles carregaram. Ela representa a esperança dos novos-ricos de levar a fortuna para o outro lado como os faraós egípcios faziam. A morte não altera a mesquinhez provocada pela riqueza.

Ouvi o comentário de Ataliba com a atenção voltada para as esculturas que adornam os túmulos. Paramos diante de um mausoléu com três pavimentos cuja porta dá para uma capela onde cabem pelo menos quatro pessoas. A porta, trancada por um cadeado, é adornada por um alto-relevo que representa dois casais, cada qual conduzindo dois filhos. Eu interpretei o significado das esculturas e comentei com Ataliba.

– São os primogênitos amparados pelo braço paterno, em segundo plano cada mãe leva ao colo uma menina. Os pais são dois irmãos imigrantes que conduzem a prole, os primogênitos sugerem a continuidade da família. As meninas ao colo das mães se casarão com os filhos das famílias que repousam em algum dos mausoléus vizinhos. Assim sendo, as fortunas estariam protegidas *per omnia saecula saeculorum*.

– Bravo, Fefo! Você matou a charada. – Exclamou Ataliba.

Na parede lateral observamos uma inscrição, Família Balbini, encimada por um alto-relevo do Cristo crucificado, ladeado por três mulheres que representam as três Marias. Seguimos pela alameda sombreada por árvores frondosas que cresceram sem sofrer podas, e paramos para observar uma placa que adorna um túmulo com a seguinte inscrição:

"Qui riposa l`inocente Vittorio Guazelli
Nato il 20-3-1900 / Morto il 18-9-1902."

A inscrição informa que a criança viveu pouco mais do que dois anos. Eu fiquei imobilizado diante da tragédia da morte de um infante. Ataliba percebendo a minha reação, comentou.

– Vivia-se pouco e as mortes precoces eram comuns na época. Do outro lado da avenida fica a Faculdade de Saúde Pública, criada para lidar com as epidemias que matavam aos milhares. Esta família era rica e viveu em uma cidade sem saneamento, como ainda ocorre hoje nos bairros distantes do centro. Pobres e ricos se igualaram e sucumbiram à cólera e à gripe espanhola de 1918, além dos surtos de sarampo e varíola. Hoje, os pobres continuam sem saneamento, morrem fora de hora e os ricos se protegem, até o dia em que alguma doença nova matará todos de forma democrática. Por enquanto, neste país desigual, as epidemias não atingem a todos do mesmo modo.

A presença da morte provocou em mim um certo incômodo. Acompanhei o passo de Ataliba, que entrou por uma alameda, e descemos pela encosta da necrópole. Passamos por túmulos de todos os tipos, alguns bem cuidados, outros depredados. Alguns tinham azulejos e inscrições em metal que revelam os nomes dos falecidos. A maioria com frases incompletas, já que as inscrições feitas em cobre ou algum outro metal de valor haviam sido furtadas. Paramos em frente a um túmulo com uma lápide simples, havia marcas na pedra e uma abertura por onde algum dia passou um caixão.

– Um espaço vazio a cobrir os ossos, ou nem isto. Você leu o conto "A Nova Califórnia" de Lima Barreto? – Perguntou Ataliba.

Eu não tinha a menor ideia de quem era Lima Barreto. Ataliba ficou furioso, me disse que eu deveria ler coisas que fizessem sentido ao invés das teorias de jornalismo.

– No conto de Lima Barreto, um estranho chega em uma pequena cidade. Discreto, ninguém descobriu as suas pretensões, até que ele revelou ser um alquimista capaz de transformar os ossos dos defuntos em ouro. A novidade correu de boca em boca e não sobraram ossos no cemitério, que passou a ser metodicamente profanado. Toda a população foi buscar o seu quinhão. Lima Barreto, esmiuçou a pequenez do caráter humano.

Graças a Ataliba, depois mergulhei na obra de Lima Barreto. Mas ainda durante o passeio, comecei a questionar sobre a vida e a morte, a minha sensação de incômodo se acentuou. Encontramos vários túmulos abandonados, o que me deixou revoltado e Ataliba disse que eu deveria me acostumar com a efemeridade. Compreendi que os descendentes morrem, as gerações passam, a memória se esvai, enquanto os ladrões fazem a sua parte e removem o que tem valor, por exemplo, as inscrições em cobre podem render algumas moedas para comprar drogas na esquina. Finalmente não sobra nada, nem a memória.

Nos deparamos com um túmulo onde havia três fotografias protegidas por um vidro. Uma mulher com rosto bondoso e cabelos grisalhos ao lado de um homem com feição séria, possivelmente o marido, e uma terceira foto trazia um sujeito com ar de gozador. Ataliba caçoou.

– Sério como deve ser a cara de um defunto. A outra foto é de um homem com a cara feliz, parece um boêmio, pode estar certo de que está ali a contragosto. Talvez seja a foto do cunhado gastador e endividado, ou ainda do amante, o que não seria novidade no mundo dos mortos nem dos vivos.

Seguimos pela alameda, e quanto mais nos aproximávamos da parte baixa da colina, mais pobres pareciam os túmulos. Chegamos a um local onde não havia traço dos mausoléus, apenas jazigos sem enfeites caros e chamativos. Na última rua encontramos um túmulo abandonado sem a porta frontal, apenas um espaço onde alguém depositara rosas que ainda guardavam algum frescor. Uma foto desbotada pelo sol mostra uma mulher negra com um lenço na cabeça. Ataliba leu a inscrição.

"*Aqui jaz Maria Elias Pereira, 12-10-1914 / 31-12-1956. Partiu com Deus. Saudades.*"

Foi o único túmulo com foto de uma pessoa negra que vimos em todo o trajeto. Talvez a família, a quem ela serviu ao longo da vida, tenha se compadecido na morte e resolveu ofertar-lhe uma última morada, tardiamente digna. Algo que aplacasse o sentimento de culpa pelos serviços de D. Maria, nunca reconhecidos em vida. Mais uma Maria, foi o comentário que fiz enquanto permanecemos olhando a foto quase imprestável e desbotada pelo tempo.

Retomamos o caminho da volta, em direção à entrada do cemitério. As árvores amainavam o calor de fevereiro, ainda assim estávamos ofegantes. No trajeto, uma subida nos conduziria ao topo da colina. Naquele ponto, a alameda não era mais do que um caminho ladeado por escombros. Como ninguém cuidava daquela parte do cemitério, uma árvore se sentiu à vontade para crescer entre os túmulos e as suas raízes tabulares cobriram o caminho. Os visitantes tinham que se esgueirar ao lado de um tronco que cresceu horizontalmente e nos obrigava a passar por entre duas lápides. Apenas a árvore, cujas raízes invadiram o calçamento e penetraram pelo túmulo em busca de alimento, permaneceu como testemunha íntegra. Eu ainda pensava na foto da mulher negra. "Quem teria sido?"

Caminhávamos para o fim da visita quando nos assustamos com um vulto que saiu da antecâmara de um túmulo. O local parecia abandonado e ele levava nos braços um punhado de livros e revistas. Era um rapaz jovem, moreno, que se assustou com a nossa presença tanto quanto nos assustamos com ele. Surpreso, ele deixou que os volumes caíssem e se espalhassem pelo caminho. O vento em turbilhão deu conta de varrer as páginas, arrastando as revistas mais leves pelo chão. Sem trocar nenhuma palavra, o ajudamos a recolher os papéis, enquanto o jovem batalhava contra o vento que ora soprava, ora acalmava, carregando o que conseguia coletar. O rapaz tomou das nossas mãos os livros e revistas que tínhamos apanhado e agradeceu meio sem jeito.

– Obrigado, os senhores estão visitando algum túmulo? Que eu saiba não temos nenhum funeral programado para hoje.

No bolso da camisa branca de mangas curtas, um crachá mostrava o nome do funcionário: Lázaro Evaristo Mendes. Expliquei que estávamos visitando o cemitério e que éramos jornalistas.

– Ah, jornalistas. De vez em quando aparecem por aqui escritores, fotógrafos ou simplesmente gente cansada em busca de repouso.

Com as mãos ocupadas, ele se apresentou como Lázaro, funcionário administrativo do cemitério, responsável pela contabilidade, vistorias, agendamento de enterros, enfim, parece que Lázaro fazia um pouco de tudo. Ataliba abaixou-se para pegar uma revista arredia que ainda vagava solta pelo chão, e a entregou ao funcionário. Aproveitou para nos apresentar.

– Prazer, sou Ataliba e meu amigo é Fefo, estudante de jornalismo.

Eu estendi o braço e entreguei um folheto que deixou Lázaro ainda mais sem jeito. Era uma revista em quadrinhos com o título: Mandrake na Cidade Abandonada.

– Obrigado, eu coleciono histórias em quadrinhos, são a minha leitura preferida, veja o que eu tenho aqui.
– Disse, nos mostrando um maço com gibis do Super-Homem, O Sombra, Tarzan, Fantasma. – Se quiserem, eu compro e vendo também.

A explicação não resolveu o mistério, nós o vimos saindo de um túmulo abandonado. Eu compliquei a situação de Lázaro ao lhe entregar dois gibis que sobraram no chão assinados por Carlos Zéfiro, e que mostravam um desenho tosco de uma moça e um rapaz com um membro desproporcional que a sodomizava. Sem ser perguntado, Lázaro tentou explicar.

– Fazem parte do meu acervo dos anos 60, estas revistas são arte pura. Eu compro e vendo para colecionadores, consigo fazer um bom dinheiro. Vocês me viram saindo do túmulo, descobriram o local onde guardo a minha coleção. Eu moro em uma quitinete na Praça Júlio Mesquita onde mal consigo guardar as minhas roupas. Este túmulo está abandonado há décadas, o que havia de valor já foi roubado, é o local mais seguro deste mundo.

— Enquanto falava, Lázaro recolocou os livros no túmulo que virara biblioteca e nos acompanhou ladeira acima.

— Posso saber qual o objetivo da visita? Vocês podem ser confundidos com os ladrões que andam por aqui à luz do dia.

Ataliba explicou que era obituarista, se dedicava a escrever um livro sobre episódios de mortes, e quis me trazer para conhecer o cemitério. Pedi que nos indicasse um local tranquilo para conversarmos sobre um dos capítulos do livro.

— Espaço não falta neste cemitério — disse Lázaro —, me sigam, vou mostrar um canto sombreado, ao lado da capela magistral, onde existe uma mesa de cimento e bancos à sombra de um araçá. É o meu local de descanso nos horários de folga, vocês podem conversar sem serem incomodados, e se eu não atrapalhar, gostaria de conhecer a história.

Nos acomodamos à sombra do araçá e ouvimos o relato de Ataliba sobre cemitérios.

— Eu nunca tive dinheiro para fazer viagens, e nas poucas oportunidades em que viajei, visitei os cemitérios das cidades por onde passei.

Ataliba se deliciava ao falar de suas visitas a cemitérios famosos. Disse que cemitérios contam histórias que nem precisam de narrativas, os túmulos falam por si. Existe sabedoria nos cemitérios. Ele contou sobre o *Cemitière du Père-Lachaise*, em Paris, onde estão enterrados Balzac, Oscar Wilde, Proust e outros escritores. Em Praga, o cemitério judaico impressiona pelos túmulos desalinhados que sugerem ser eles os observadores dos horrores do holocausto e das nossas mazelas. Ali está o túmulo de um sábio judeu, Judah Loew ben Bezalel, conhecido por Maharal, que morreu em 1609, tem o nome associado à lenda do Golem, uma criatura mítica que defendia os judeus dos pogroms. Falou do pequeno cemitério em Berlim onde está o túmulo de Brecht, ao lado de Helene Weigl, sua esposa. No bairro da Recoleta, em Buenos Aires, visitou o local onde está enterrada Eva Perón. No centro velho de São Paulo fica a Igreja dos Enforcados, ao lado do que deve ter sido o primeiro cemitério da cidade.

Enquanto falava, Ataliba retirou da mochila uma pasta e, de dentro dela, um texto datilografado. Passou a ler um dos seus ensaios-obituários. Disse que nunca os mostrara para ninguém, e queria ouvir as nossas impressões sobre o texto. Lembro como hoje do início da leitura.

– O que eu vou ler realmente aconteceu, embora pareça inverossímil.

CAPÍTULO 7

Primeiro obituário – a morte esquecida, fevereiro

– O que eu vou ler realmente aconteceu, embora pareça inverossímil. Todos os obituários que escrevo são baseados em fatos colhidos de fontes fidedignas.

Primeiro obituário: o corpo da Dona Isabel Rivera Hernandes foi encontrado no apartamento onde ela residia na cidade de Madrid. Os restos mortais estavam na banheira em estado de mumificação. A polícia presume que a morte tenha ocorrido por causas naturais há mais de uma década. A Sra. Rivera Hernandes nasceu em Madrid em 1926, era solteira e foi vista pela última vez em 2004, ano presumido de sua morte, quando ela teria 78 anos. Tendo o saldo bancário positivo, as suas contas em débito automático eram pagas regularmente. O zelador do edifício onde residiu a falecida por quatro décadas, recolhia os recibos acumulados na caixa de correio e os guardava, tarefa que passou a ser realizada pelo vizinho que morava no mesmo andar depois que o zelador foi despedido e substituído por uma portaria automática. A aposentada vivia só, tinha uma prima com a qual não mantinha contatos, ninguém percebeu o ocorrido e poucos se lembravam da fisionomia de Dona Isabel. Um vizinho antigo afirmou que ela era uma mulher estranha e mantinha hábitos discretos. O corpo foi enterrado no cemitério municipal sem que algum amigo ou parente houvesse se apresentado ao funeral.

Conversa no Cemitério: Ouvimos a leitura do obituário que marca o início do ensaio, quase não respirávamos. Até que Lázaro não se conteve.

– Eu já ouvi histórias e mais histórias em funerais neste cemitério, mas nenhuma como esta. Como se pode explicar que uma senhora tenha falecido e por anos ninguém desse pela sua falta? Seu Ataliba, o Sr. levantou informações sobre este caso?

Ataliba explicou que apurou os fatos e o fez por duas razões. A primeira porque, como jornalista, percebia que havia fatos que mereciam uma explicação. A segunda, porque estava convencido de que as mortes nunca são apenas aquilo que aparentam ser. Mesmo os mortos anônimos guardam segredos, elementos oclusos nunca postos à luz. "São estes elementos que enfeitam a alma humana", afirmava Ataliba. Há décadas Ataliba se associou a uma entidade norte-americana que tem afiliadas na Europa, a *Society for Professional Obituary Writers*. Ele era o único brasileiro a participar do grupo que promove debates epistolares, posteriormente editados, publicados em boletins e distribuídos entre os associados. Os temas são variados, exploram muito além dos óbitos.

– Na verdade, – explicou Ataliba, depois de pigarrear para limpar a garganta – nós, os obituaristas, preferimos nos reportar às vidas vividas antes da morte. As mortes igualam todos, são as vidas que indicam a riqueza ou a torpeza da fauna humana. A sociedade dos obituaristas trata de antropologia, os obituários são apenas um motivo para os diálogos.

Assim Ataliba ia nos contando sobre suas atividades. Foi por meio dos boletins que ele conheceu jornalistas do mundo inteiro, entre eles Diego, um madrileno que atuou por muitos anos no jornal El País. Ele investigou os detalhes do caso de Dona Isabel Rivera Hernandes, e relatou por escrito tudo o que descobriu. Foi então que Ataliba aumentou a nossa expectativa e passou a ler em primeira audição o material enviado por Diego.

Ele abriu uma pasta, passou as mãos sobre ela removendo a poeira acumulada e leu o documento que hoje permanece no arquivo que herdei. O seu amigo escreveu: "Tudo sugere que a polícia não quis ter trabalho, ninguém intercedeu pela finada, as autoridades tiraram conclusões apressadas e imprecisas, não levantaram fatos sobre a vida da falecida, que, por sinal, foi mais interessante do que a sua morte. O destino do saldo da conta bancária, que era pífio, foi definido pelo juiz distrital e doado para uma casa de idosos. O relato que apresento a seguir traz à luz aspectos da vida de Dona Isabel que surpreenderiam quem quer que fosse investigar."

Enquanto lia, Ataliba abriu a mochila que costumava carregar e retirou um boletim impresso com o título em inglês: Narrativas a Respeito da Morte – periódico da Sociedade dos Escritores de Obituários. Buscou algo com a mão enterrada na mochila, apalpou até que encontrou o que buscava. Com um gesto olímpico exibiu um sanduíche de mortadela, que devorou antes de prosseguir na leitura do texto de Diego.

"Dona Isabel foi uma jovem de família operária nascida na segunda metade dos anos 20. O seu pai desapareceu na ditadura franquista e não deixou fonte de renda para a esposa nem para a única filha. Ao redor dos vinte anos, com a beleza estampada no rosto e no corpo, a jovem Isabel passou a frequentar boates dos bairros boêmios populares em Madrid. Lá, devidamente camuflados, os clientes buscavam a companhia feminina, caso tivessem algum dinheiro, encontrariam quem aceitasse fazer um programa. Nos anos da ditadura, Isabel enfrentou a pobreza, o moralismo franquista e tornou-se uma *strip girl*. Também exercia a atividade hoje conhecida por garota de programa."

Ataliba buscou na pasta cópias xerox de jornais da época com propaganda da boate onde ela trabalhava e nos mostrou o material. Os textos continham reportagens e anúncios dos shows de Bela Rivera, o nome artístico escolhido por Isabel. Continuou a leitura do relato que ouvimos sem piscar.

"A proximidade do campus da universidade garantia os clientes e a sobrevivência de Isabel. Uma simples investigação permitiu constatar que ela teve amantes fixos, um deles chamava-se Alejandro e era um jovem de família rica de Sevilha, que estudava Direito em Madrid. Com ele, Bela Rivera manteve uma relação que durou o tempo dos estudos até a sua graduação, que aliás alcançou elevado reconhecimento, *Magna Cum Laude*. Encontrei este homem que tem hoje ao redor de 75 anos e vive uma rotina tranquila de solteiro em Sevilha. Foi ele quem narrou a parte mais interessante da história. Alejandro trabalhou como advogado, depois continuou os estudos e tornou-se um jurista renomado. Foi professor catedrático na Universidade de Sevilha e uma respeitada liderança antifranquista. Em um bar próximo ao apartamento onde reside, relatou-me que o caso com Isabel foi mais do que um flerte entre um universitário rico e uma prostituta. Estava apaixonado por ela e usou dinheiro do pai para comprar o apartamento em 1960, onde ela viveu e veio a falecer. Quando Isabel transacionou o apartamento, ela tinha 39 anos e Alejandro era um jovem de 20. Isabel juntou dinheiro suficiente para continuar a pagar as prestações da compra do imóvel por meio de um programa governamental de empréstimo habitacional. Alejandro a manteve por alguns anos, motivou-a a aprender a dançar o flamenco, que ela passou a dominar com suficiente maestria para se apresentar nos bares de Madrid. Alejandro afirmou, com os olhos marejados, que mesmo sem ser da Andaluzia, Isabel bailava maravilhosamente bem. Ele nunca a proibiu de trabalhar na noite, mantinha uma relação aberta, respeitosa e apaixonada."

Ao ouvir a história, comentei. "Na época em que eu tinha vinte anos, bem que gostaria de uma dançarina de flamenco só para mim. Parece que a vida de estudante no século XXI não tem a magia que teve no passado." – Eu invejei a vida de Alejandro, enquanto Ataliba prosseguia a leitura.

"Alejandro manteve a relação amorosa com Isabel até a conclusão do curso de Direito. Aos poucos, os contatos rarearam até que cessaram junto com a paixão juvenil, o que não o impedia de visitá-la em Madrid sempre que houvesse oportunidade. Em uma ocasião a convidou para um café, e o que relatou foi um encontro carinhoso, como de uma amizade antiga que nunca desapareceu. Neste dia, ela lhe revelou ter um companheiro. Alejandro lhe perguntou se ela ainda habitava o apartamento, se ela gostava do local. Isabel respondeu que sim, que nunca deixaria aquele lugar onde tinham vivido o amor da juventude. Ela afirmou que envelheceria lá, junto com os encanamentos antigos que sempre apresentavam problemas, ao lado da mobília que ele havia comprado. Isabel confidenciou que o seu companheiro era um vizinho que a ajudava, sempre que precisava fazia pequenos reparos, um dia consertava a tubulação do gás do chuveiro, noutro reparava a ligação elétrica. Ele vivia no mesmo andar e, tal como Isabel, era sozinho na vida. Foi natural desenvolverem interesse um pelo outro, a oportunidade permitiu que os fatos acontecessem."

    Ataliba baixou o relatório sobre a mesa e nos disse que o resto da história oficial nós conhecíamos. As autoridades afirmaram que D. Isabel sofreu um mal súbito e faleceu solitária, mergulhada na banheira. Não foi uma vida medíocre como interpretaram alguns, ela viveu feliz, venceu a miséria, teve períodos de felicidade. Ataliba, não satisfeito com os fatos oficiais, inseriu uma terceira parte no relato, que passou a ler para nós. Ataliba deixou claro que não deveríamos perguntar a respeito de documentação ou provas jornalísticas. A terceira parte lida por Ataliba, era aquilo que poderia ter ocorrido.

    A narrativa de Isabel Rivera:

— Eu gosto deste apartamento, de modo especial quando lembro dos momentos que passei aqui com Alejandro. Ah, a juventude é maravilhosa, o sol nunca deixa de brilhar. A velhice é dura, ninguém me procura nem que seja para um café. Quer dizer, Ramón me procura, tem atração por mim ou está com medo da solidão, afinal quem quer morrer sozinho? Nós vivemos um caso que durou pouco, ele é um velho cheio de manias, possessivo, de que pode me servir nos dias de hoje?

Prefiro viver com a lembrança de Alejandro, dos cinco anos que nos amamos neste quarto, na sala, na cozinha, ah, as loucuras de jovens. Hoje, com 74 anos, viverei das lembranças daquele menino de 20 que eu iniciei no sexo. Fui eu que lhe ensinei tudo o que ele soube usar com as outras mulheres na vida. Adorei quando ele me visitou e fomos tomar um café no bar e ele me disse que nunca se casara, que eu nunca fui substituída. Alejandro ainda é garboso como um toureiro que manobra a capa vermelha ao vento diante do público na Plaza de Toros, até desfechar o golpe fatal que vence o touro bravio. E eu ainda sonho com a dançarina de flamenco que Alejandro me ensinou a ser e que se despia ao som das guitarras. Que outro homem poderia substituir estas lembranças vividas? Eu sou aquilo que me lembro.

Vou até a cozinha preparar um chá, não quero pensar no futuro, o presente é difícil, só o passado me importa. O presente é cheio de dores, de programas de televisão vazios, desta cidade de Madrid que eu não conheço mais, uma cidade que não frequento. Eu invejo os jovens que encontro, mas não gostaria de ter 30 anos nos dias de hoje.

Só mesmo este louco do Ramón para me procurar a todo o momento. Acho que virei uma fixação desde o dia em que o chamei para fazer um conserto dos encanamentos, que ele dizia ser a sua especialidade. Ele percebeu quando o meu último companheiro me abandonou e deixou-se apaixonar por mim. Ramón vive a me enviar recados, querendo entrar para me fazer companhia. Eu não quero, chega de homens por aqui, deles eu já tive o bastante. Pensando bem, até que me diverti com Ramón quando ele me levava para bailar no clube próximo frequentado por gente da nossa idade. O caso está terminado e eu não quero amigos que tenham sido meus amantes, não funciona.

Por certo que ontem ele foi amável e veio consertar o encanamento. Veio a meu pedido, afinal foi ele que cuidou do apartamento por muito tempo, conhece cada tomada, cada cano de água, as ligações elétricas e as tubulações de gás. Ele mantém um vício que eu não gosto, recolhe a minha correspondência desde que o zelador foi mandado embora e me entrega pessoalmente com a esperança de que eu o deixe entrar. Como são tolos os homens apaixonados.

Ontem, quando precisei dele para reparar a ligação de gás, ele estava estranho, quis permanecer quase que à força, tive que ser dura para enxotá-lo, saiu contrariado e deixou uma carta manuscrita que eu não abri. Ele não desiste.

Acho que vou tomar um banho, vou abrir o envelope e ler a carta dentro da banheira. Vou lembrar o tempo feliz que tive com Alejandro e com os homens que conheci.

Ao acabar o relato da terceira parte, olhamos espantados para Ataliba.

– Então foi ele? – Perguntou Lázaro.

Não creio, foi morte natural, comentei. Ataliba não respondeu às perguntas e nem fez comentários, a não ser que tudo o que tinha para contar estava no texto que acabara de ler. A seguir, despediu-se e seguiu em direção ao portão. Combinamos um novo encontro para dentro de duas semanas. Lázaro, pensando em Isabel, foi guardar algumas revistas que comprara em uma galeria no centro da cidade e eu imaginei como seria bom estudar em Madrid.

CAPÍTULO 8

Eros e Thanatos no parque, fevereiro

Ataliba alternava momentos de euforia e depressão, a sua cabeça parecia uma gangorra. Na segunda-feira de carnaval fui ao seu apartamento disposto a ouvi-lo e saber das suas próximas aventuras necro-literárias, ele sempre gostou de falar a respeito. Eu o encontrei eufórico, falava sem parar sobre as pessoas que conheceu no carnaval. Ataliba nunca apreciou o carnaval, como teria tantas coisas novas a contar?

Segundo ele, no dia 15 de fevereiro, domingo de carnaval, sem a menor atração por bailes e escolas de samba, procurou uma razão para sair de casa e andar pelo bairro. Enfiado no trabalho que o absorveu, ele se distraiu ouvindo o rádio da vizinha do quarto andar, que tocava o samba enredo da Vai-Vai. "Ela cantava como se fosse a porta-estandarte à frente do desfile da escola que, ela tinha certeza, seria a campeã do carnaval de 2015".

Durante a minha visita, a vizinha gritou o samba-enredo com voz desafinada e a plenos pulmões, aproveitando o intervalo entre brigas e fornicações com o marido. Ataliba tornou-se cúmplice clandestino da intimidade dos vizinhos, que passou a compartilhar como um voyeur privilegiado. Eu me diverti quando ele descreveu a sonoplastia produzida pelo casal. Ataliba retomou a história, contou que no dia anterior sentiu fome e decidiu caminhar um pouco antes do almoço, quis dar um giro pelo bairro, esperava encontrar um restaurante aberto em pleno domingo de carnaval. As ruas estavam vazias, raros catadores de papel circulavam aproveitando a falha do serviço de limpeza que não fizera a coleta noturna, afinal era carnaval. As ruas do comércio eram um não-lugar perfeito, pensou Ataliba, que gostava de falar do bairro onde vivera desde a sua chegada a São Paulo. Ataliba dava detalhes criativos. Na caminhada, tropeçou em caixas de papelão molhadas pela chuva que caíra na madrugada. Sob a laje de um edifício, as caixas formaram um abrigo onde percebeu um casal dormindo. Seu comentário trazia sempre um tom poético: "Colombina e Pierrô vencidos pela folia de momo". Caminhou por três quarteirões até sentir o ar lhe faltar e o estômago sinalizar que a fome exigia providências. Lembrou-se do restaurante grego onde um grupo de senhores gastava as manhãs de domingo jogando gamão e gesticulando ao redor das mesas postas na calçada. Ataliba, ao longe, observou que o restaurante estava aberto. Aproximou-se e ouviu um senhor falando em grego. O homem batia palmas e pulava à frente do tabuleiro de gamão com tamanha euforia que derrubou a cadeira quando esbravejou.

– Kostas, você perdeu!

Ataliba descreveu os homens que falavam e gesticulavam quando ele se meteu entre eles para alcançar a entrada do restaurante. "Permaneciam agregados como se estivessem em um ônibus lotado, embora sobrasse espaço na rua", comentou. "O ser humano é gregário, precisa da companhia dos pares que falam o mesmo idioma e que sentem a mesma saudade." Entrou no recinto ponderando que muitos dos gregos que conhecia se chamam Kostas e todos os restaurantes gregos que conheceu eram parecidos até nos nomes, Athenas ou Acrópoles.

Encontrou uma mesa em posição discreta no fundo do salão, de onde era possível observar a cozinha e os quatro cozinheiros nordestinos preparando especialidades gregas. Sem rodeios, o dono do restaurante sentou-se ao seu lado e puxou assunto.

– Posso sugerir uma salada grega de entrada? Que tal depois pedir uma moussaka que está ótima. Se preferir, temos outros pratos de carnes, polvo, e você pode ir direto na cozinha e escolher. – Ataliba respondeu que queria apenas um aperitivo. Sem perguntar a preferência do cliente, o velho senhor gritou em direção ao balcão.

– Traga um ouzo para este senhor, aquele que eu guardo para clientes preferenciais.

O garçom trouxe duas doses, o velho brindou. Yamas! Virou o copo, olhou para Ataliba e mostrou-se interessado em conversar.

– Você passa sempre por aqui, é meu cliente e eu não sei o seu nome nem o que você faz. Na minha terra isto seria considerado um insulto.

Ataliba apresentou-se enquanto tomava a dose de ouzo, assim aplacou a curiosidade do proprietário que ordenou mais duas doses.

– Ah, então você é jornalista, escreve obituários, me parece estranho. Sabe, eu sempre achei importante falar da morte, não tenho medo de morrer, já passei perto dela várias vezes. Acho que a vida e a morte são irmãs, a vida é Eros e a morte é Thanatos, sabia? São mitos gregos, ensinam que não existe vida sem morte, nem prazer sem sofrimento, nem vitória sem derrota, nem homem sem companhia. Thanatos é filho de Nix, a noite, e tem um irmão gêmeo que se chama, Hipno. A morte e o sono são irmãos, significa que quando dormimos, nós morremos um pouco. Nós gregos somos criativos, não acha?

Ataliba ficou impactado pelo discurso sobre Eros e Thanatos. O velho, sem esperar a resposta, foi atender outros clientes. O efeito do ouzo abriu seu apetite, resolveu escolher um prato. As mesas em pouco tempo ficaram lotadas. Ocupado em receber os clientes, o dono do restaurante pediu licença para acomodar um amigo na mesa que Ataliba ocupava sozinho. O pedido veio feito ordem, disse Ataliba, sem direito a negativa. O amigo era um homem de cerca de 60 anos que guardava um pouco do sotaque grego. "Stephanos é meu nome", se apresentou, agradeceu a gentileza, falou da vida de imigrante, da cultura grega, da saudade de Rhodes, de onde viera com os pais, e descreveu como sobreviveu como negociante entre o Brás e o Bom Retiro desde que chegara ao Brasil ainda criança. Falou das dificuldades nos negócios que não deram certo, das mulheres que o abandonaram. Concluiu falando do seu trabalho como investigador concursado na polícia civil. Riu do seu fado, parece que o sofrimento não o derrotara, tinha a alegria estampada no rosto e na fala.

Ataliba se afeiçoou a Stephanos, que quis saber mais sobre ele. Enquanto Ataliba tentava responder as perguntas, Stephanos não escutava, falava sobre si sem respirar, que estava solteiro e frequentava salões de baile para pessoas com mais de 60 anos.

– Sabe, em São Paulo existem lugares que eu aprecio, adoro música ao vivo, ambiente bom, mulheres bonitas, algumas interessadas em namorar, outras só querem conversa. Pode até aparecer alguma cheia de dinheiro, mas é raro.

Stephanos fez um convite a Ataliba, sugeriu que depois do almoço fossem ao baile de carnaval no parque da Água Branca. "Vem comigo, hoje uma banda vai tocar marchinhas. Você é meu convidado, vai encontrar senhoras bonitas. Você tem cara de solteiro, acertei?"

Ataliba tomou fôlego para responder, mas não conseguiu, pois Stephanos continuou com o show solo falando sobre os bailes no Parque. Ataliba tentou se esquivar do convite, não gostava de bailes e menos ainda os bailes de carnaval, mas terminou por aceitar depois da insistência do novo, velho amigo.

– Vamos, eu te levo, eu pago o taxi e a entrada, está sem dinheiro? Não tem problema. – Ataliba se deixou levar.

No trajeto, Stephanos continuou o relato da própria história que parecia interminável. Ao chegarem no parque, Ataliba se sentiu em uma festa multirracial colorida. Viu religiosos judeus ao lado de famílias árabes, nordestinos, pastores pregando o evangelho, crianças entusiasmadas ao lado das cavalariças, carrinhos de pipoca, algodão-doce, muita gente circulando. Ouviram uma música que não era carnavalesca, aproximaram-se de uma roda que cercava uma dupla de violeiros acompanhados por um acordeão. A música caipira motivava os casais a dançarem. Havia ordem no local, as mulheres permaneciam sentadas ao redor do espaço sob as árvores até que algum cavalheiro as escolhesse. Na falta de cavalheiros, pares femininos se formavam para a dança. Ataliba quis ficar, gostava da música que lembrava ter ouvido ainda criança na loja de discos A Sertaneja, ao lado do mercado em São Carlos. Stephanos o levou ao galpão onde o baile de carnaval acontecia. Uma fila se formara na bilheteria.

– Hoje eu pago, você é meu convidado, foi o que combinamos. – Disse o grego. Ambos entraram no salão onde uma orquestra tocava marchas carnavalescas. As mulheres traziam no rosto a pintura que pretendia camuflar as rugas sexagenárias. Os homens se agrupavam nos cantos do salão, mantinham distância das mulheres, mas as olhavam de forma convidativa, enquanto recebiam em troca olhares defensivos e sonhadores. As lembranças afloravam, sonhos desfeitos, interrompidos, que se perderam com o tempo. Percebendo que os desejos renasciam nos olhares envelhecidos, Ataliba lembrou-se da conversa que tivera no almoço. Ainda havia tempo para celebrar a vida que se sobrepõe à morte, Eros que enfrenta Thanatos.

Os grupos começavam a se misturar seguindo impulsos indomáveis. Olhares precediam as aproximações furtivas, os mais arrojados indicavam o caminho para quem tivesse dificuldade com o ritual de aproximação. Stephanos apareceu no centro do salão com os braços levantados ao redor de duas senhoras que o acompanhavam como se dançasse o Sirtaki em uma roda grega. Era o próprio Zorba em ação.

– Vem Ataliba! Vem dançar! – Gritou, enquanto Ataliba se camuflava pelos cantos do salão. O público se divertia jogando confetes e serpentinas. Ouviu-se uma marcha-rancho – quanto riso, oh quanta alegria! – que Ataliba conhecia, lembrou-se do autor, Zé Keti, e sua mente mergulhou nos bailes que frequentou no sindicato e nas matinês quando criança em São Carlos, no Clube dos Alfaiates. Um grupo passou ao lado rindo e gritando. Anônimos tomaram-no pelo braço e o conduziram ao salão. Bastou um descuido e uma lufada de confetes o atingiu no rosto, a boca e os olhos de Ataliba se encheram de pequenos papéis coloridos. Ele tossia tentando abrir os olhos, teve que se sentar às cegas. Uma mulher com vestido vermelho e pintura carregada o amparou, abriu-lhe as pálpebras e soprou dentro dos seus olhos, ajudou Ataliba a se levantar, o conduziu até uma cadeira e ofereceu-lhe um copo d'água. Ataliba acalmou-se, lembrou-se dos detalhes do ocorrido. Respondeu agradecendo a ajuda e perguntou o seu nome.

– Alaíde, mas me chamam de Ide. – Ela respondeu.

Ataliba perguntou novamente pois o som da orquestra impediu que ouvisse.

– Ide, eu me chamo I D E.

Gritou a mulher de vermelho, enquanto o puxava pelos braços até encontrarem um banco à frente do pavilhão, de onde se podia ouvir os sons misturados dos violeiros e da orquestra. Alaíde comprou um café com bolo e compartilhou com Ataliba, que agradecido respirou fundo. Ela tirou os sapatos, e massageando os próprios pés, aguardou até que ele demonstrasse que estava melhor.

Ataliba sentiu atração pela mulher de vermelho, que o convidou para retornarem ao salão. Foi quando um senhor se aproximou chamando-a pelo seu nome.

– Vamos Ide, a orquestra vai tocar a sua música. – E a senhora de vermelho sumiu dentro do salão enquanto Ataliba tomava o resto do café e comia a sobra do bolo.

Ataliba contou o fato com o sentimento ferido. "Melhor assim, não me dou bem com bailes de carnaval, acho que devo ir para casa", decidiu. Procurou por Stephanos para se despedir. Buscou um táxi e, no caminho de casa, pensou em Eros, Thanatos, Stephanos, Ide. Nem percebeu quando o carro parou em frente do prédio e o motorista anunciou o preço. Ataliba pagou a corrida e entrou pelo saguão, onde o porteiro dormia o sono profundo e costumeiro. Ao subir os três lances de escada, ouviu os brados da vizinha em litígio com o marido. Quando entrou em casa e fechou a porta, os brados haviam se transformado em gemidos de prazer da mulher, que aparentemente fizera as pazes com o marido. Enquanto tirava os sapatos, ela gritava, anunciando o gozo que coroou o domingo de carnaval. Os murmúrios e os gritos de prazer incontido com o seu algoz fizeram Ataliba voltar a pensar em Eros e Thanatos.

Ele sentiu-se só no apartamento.

Ao terminar de me contar sua aventura carnavalesca, Ataliba me falou de Choi pela primeira vez, uma menina coreana com quem mantinha uma relação. Ele me disse que a chamou para visitá-lo algumas vezes, comentou novamente sobre o baile de carnaval onde conheceu Ide, e reclamou que era um homem solitário. Foi quando me pediu para deixá-lo só. Não insisti em ficar.

CAPÍTULO 9

Um fugaz encontro no bar Tico-Tico, março

Tico-Tico se equilibrava entre as mesas do bar com a bandeja flutuando sobre a própria cabeça. Manter cheios os copos dos clientes que frequentavam o local era tarefa que ele cumpria com maestria de um artista circense. Os jornalistas compunham boa parte da clientela, quase todos eram companheiros de redação de Ataliba. Sexta-feira era o dia mais movimentado, nós chegávamos ao final da tarde e permanecíamos noite adentro, era comum que algum de nós voltasse à redação para trabalhar na edição do final de semana, que era antecipada com a esperança de que nenhum fato novo ocorresse. Eu era um simples foca, não tinha responsabilidade pelo fechamento das edições, era apenas um cumpridor de tarefas. Os jornalistas seniores carregavam o peso de preparar as edições do final de semana, não raro só concluíam o trabalho na madrugada. O bar permanecia aberto até o último cliente com Tico-Tico firme no comando: era a única certeza que tínhamos, o mundo poderia despencar e Tico-Tico estaria no posto. Era um cara fiel, silencioso, amigo e confidente.

Naquela sexta-feira, Ataliba chegou cedo, foi recebido por Tico-Tico, que percebeu o seu rosto acabrunhado. Discreto, Tico-Tico manteve o silêncio habitual. Eu cheguei depois, não interrompi Ataliba que falava ao telefone, apenas ouvi frases soltas que chamaram minha atenção.

– Filha, sua voz está estranha...você deve estar em um lugar cheio de gente, eu não consigo te ouvir direito... você precisa de alguma coisa?....Vai sair da produtora?... Quanto tempo vai ficar viajando?...Ah, em uma fazenda, sem comunicação...sei, sei, ultimamente não temos conversado muito.

Ao terminar a ligação, Ataliba percebeu a minha presença. Desconversei e perguntei a respeito de Tico-Tico, perguntei quem estava por trás daquele perfil discreto. Mero subterfúgio, o que eu queria era saber a respeito de Lena.

– Este cara não fala? – Perguntei apontando para Tico-Tico. A resposta de Ataliba foi explicativa.

– Garçons e putas não falam de si, apenas ouvem e agradam os clientes.

Ataliba olhou para mim e perguntou sobre o meu sumiço da redação naquela tarde.

– Parece que você também anda falando pouco, eu não o vi na redação hoje e nem percebi a sua chegada.

Eu expliquei que estava empenhado em uma pesquisa no arquivo do jornal, coisas da faculdade. Senti que era o momento de perguntar a respeito do que incomodava tanto o meu amigo e a mim mesmo. Perguntei sobre Lena.

– Me fale da sua filha, o que ela faz na vida?

– Eu falava com ela ao telefone, ela me ligou contando novidades, parece que vai subir de posto no trabalho. Ela é publicitária, cada dia mais famosa. A carreira demanda muito, Lena dirige uma agência de publicidade especializada em gerenciar celebridades. Ela cuida de cada detalhe da vida de artistas, políticos, de gente famosa. Nada na conversa que ouvi me sugeriu que ela vivesse um momento de sucesso. Eu disse que me interessava pela profissão de Lena, mas naquele dia eu queria saber mais sobre ele. Ataliba não gostava quando eu o elogiava como profissional. Na última conversa, ele citou nomes do jornalismo que eu não conhecia, pedi que me falasse sobre eles. Ataliba, com ar de enfado, respondeu que estava mais para funeral do que para batizado. Andava desanimado com as coisas do jornal e com a conversa que teve com Adriano. Acreditava que o jornal não iria sobreviver, eles não tinham como pagar as dívidas e me sugeriu mudar de emprego enquanto a empresa ainda respirava.

Para mim era difícil compreender a postura de Ataliba, desacreditava da profissão que o acolheu sem mesmo ter uma formação. Eu era um jovem cheio de ideias e ilusões a respeito da profissão, então perguntei se não haveria alguma solução para o jornal, algo como recuperação de empresas, empréstimos, sócios com aporte de capital. – Nos jornais isto é diferente? – Perguntei-lhe.

Ataliba explicou que talvez até existisse uma solução, ele tinha certeza de que a crise era da imprensa e não daquele diário em particular. Um grupo de jornalistas e executivos da área da moda queria criar um jornal especializado e havia outra negociação com uma empresa chinesa que queria montar uma publicação de agronegócios, parece que eles tinham um caminhão de dinheiro para gastar. Eles preferiam comprar uma estrutura pronta a iniciar tudo do zero. Eu reagi, disse que os jornalistas não sabem pular de galho, ainda mais em temas tão especializados. Ataliba me desanimava intencionalmente.

– Fefo, essa gente que frequenta o bar do Tico-Tico terá que beber em outro lugar. – Foi como respondeu, explicando que a empresa estava emperrada pela briga da família, o capo resolveu tirar a parte dele da sociedade e os outros dois irmãos não concordam com os valores.

– Todos se amam até a hora em que se aproximam da porta do banco. A partir daí, cada um quer o seu quinhão primeiro, principalmente quando existe uma ameaça de perderem tudo. Cabe o ditado: farinha pouca, o meu pirão primeiro. A família contratou um advogado, este sim vai ganhar dinheiro.

O comentário de Ataliba era um aceno para uma realidade que eu não estava preparado para ouvir. Desconversei de novo, pedi que ele falasse da carreira que construiu. Quanto a mim, caso perdesse o emprego não sentiria muito, qualquer prato feito pagaria a minha diária, eu ainda vivia do orçamento da minha mãe. Ataliba insistia em me desmotivar, afirmou que a minha geração desmamava tarde e que ele tinha usado de sinceridade para me contar o que sabia sobre a profissão. Talvez com pena de mim, ele retomou a narrativa da sua própria história, queria que eu compreendesse como o acaso fez a sua parte.

– Recebi um convite para escrever um obituário. Adriano me procurou e disse que era urgente, a poeta Cora Coralina havia falecido, era o dia 10 de abril do ano de 1985. Eu não tinha a menor ideia de como fazer um obituário, conhecia a poesia daquela mulher, poeta singular, aceitei e fui para a minha mesa, me sentei em frente da máquina de escrever e produzi um texto que Adriano achou perfeito. Escrevi o meu primeiro obituário movido pela emoção da perda de uma poetisa cuja obra eu admirava. Depois, continuei a escrever obituários sempre que interessava ao jornal. Eu gostei da experiência, aprendi ao ler obituários em jornais de diferentes partes do mundo, conheci e me afiliei à sociedade americana dos obituaristas. Recebi elogios do editor-chefe, fiz amizades e relacionamentos profissionais, foram décadas escrevendo obituários, cerca de mil. Nesse dia em que eu escrevi o primeiro, que agradou ao editor, eu não imaginava que iniciaria uma carreira especializada e sequer pensei que escreveria outros textos derivados dos obituários, narrando mortes de todos os tipos. Mergulhei no mundo da morte que é também o mundo da vida, ao fim de cada obituário eu ponderava sobre a efemeridade de todos nós.

Minha admiração por ele só aumentava. Ataliba continuou.

– Os obituários sempre existiram, fazem parte da catarse que ocorre quando contamos histórias. Somos animais narradores, e as histórias sobre mortos têm sabor especial, pois enquanto falamos da morte alheia, pensamos menos na nossa finitude, quem morre sempre são os outros. Sabe-se que as *Actas Diurnas* eram textos editados e distribuídos em Roma, eram protojornais que davam notícias a respeito dos fatos ocorridos no dia e incluíam eventuais óbitos. Aliás, o termo *obit* significa terminar, morrer, decair. Até hoje as coisas não mudaram, os obituários de boa qualidade noticiam mortes de forma breve, trazem a essência do perfil do falecido. Uma vida toda *in nuce*, a história deve ser breve e compacta.

Eu ouvi os fatos e impressões de Ataliba e comentei que formas brevíssimas predominam nos dias de hoje, somos pressionados a escrever menos, cada vez mais concisos e sem enfeites. Repeti o que eu ouvia na faculdade, e ele prosseguiu.

– Pois esta é a nossa sina, temos que nos virar com menos espaço para o comentário e para a crítica. Os obituários têm diferentes estilos, alguns são breves, como disse, em outros casos podem ocupar páginas do jornal. Obituários podem ser inspiradores, doces ou ácidos, sugestivos ou reveladores. Os obituaristas antigos desenvolviam estilo próprio, hoje escrevem telegramas pré-formatados, basta mudar o nome do falecido e a data do óbito.

Eu instigava a fala de Ataliba sempre que percebia que ele se esquivava de me contar a sua própria história. Quis saber como ele seguiu na carreira, se ocupou o espaço de alguém.

– Depois do episódio da morte da poeta eu passei por algumas provas. Recebi o convite para revisar um obituário, o Adriano gostou e me deu outro, a seguir pediu que escrevesse um obituário de minha própria lavra. Descobri um certo sabor em narrar a morte alheia, é como preparar a própria estrada para o fim inevitável. Ao longo dos anos que escrevi obituários, eu produzi mais de mil textos, como já te disse. Mas tudo tem um fim, os pedidos do editor diminuíram e hoje eu recebi a mensagem de que os meus obituários faleceram. Adriano vai me chamar quando e se houver um defunto que pague pelo espaço, talvez me apresente aos futuros controladores do jornal. Ou seja, o obituário está morto no nosso jornal, e eu sobrei. Hoje sou mais conhecido e respeitado pelos meus pares da Sociedade Internacional de Obituaristas do que pelos colegas no Brasil que fazem chacota do meu trabalho. Hoje concluí a minha carreira e neste momento da vida não vou procurar outro jornal ou revista. Depois de vinte anos de obituários, só falta o meu. Tudo acabou, o Pé na Cova vai parar de escrever.

O que ouvi não foi exatamente o que esperava, achava que uma carreira de vinte anos não deveria terminar assim. Não compreendia como um jornal quase centenário pudesse desaparecer sem deixar rastros. Como um cara que contribuiu tanto pode ser deixado às traças? Bebi a cerveja respeitando o silêncio de Ataliba, até que ele falou.

– Vamos marcar o nosso próximo encontro no cemitério, gostei do local sob o Araçá, que aliás dá nome ao lugar. Araçá! Um bonito nome de árvore. Gostaria de ler outro texto e ouvir as suas impressões. Quem sabe o Lázaro, o funcionário colecionador de histórias em quadrinhos, se junte a nós. Quero ler os ensaios que escrevi inspirado nos óbitos que pesquisei, quero saber o que vocês pensam a respeito.

Eu me animei, Ataliba sugeriu uma data, abriu a sua pasta e me entregou o texto do segundo obituário, pedindo que fizesse uma cópia e convidasse Lázaro. Acompanhei Ataliba na volta para casa, seguimos o itinerário de sempre, tomamos o ônibus, ele observou e teceu comentários machistas inspirados nas bundas balzaquianas e caminhamos os quarteirões até o seu prédio. Na porta encontrou o Velho Abdias sentado na calçada, tinha as roupas sujas e a barba crescida que lhe dava um ar de doente. Abdias perguntou com a voz firme.

– Chegando cedo hoje, meu amigo? Um homem desacompanhado não é coisa boa na minha terra. Aqui eu ando só, porque nenhuma moça bonita vai querer um traste velho como eu. Mas o senhor, o senhor é homem bem-apessoado, e afinal de contas, as orientais fazem boa companhia, não fazem?

Ataliba ouviu o comentário do Velho Abdias, sorriu e sentou-se no degrau da entrada do prédio.

– Abdias, os seus olhos enxergam tudo, não é mesmo?

– Quase tudo, meu caro amigo. Tem coisas que eu prefiro não ver.

– Então você conhece a menina coreana que me visita de vez em quando. Você nunca se sentiu só?

– Claro que sim, meu amigo, às vezes ando tão só que nem carinho de mulher bonita resolve meu lamento. Ninguém passa ileso por ter deixado seu chão. Sabe quem me ajudou muito nas horas que precisei?

– Quem te apoiou Velho Abdias? – O velho levantou-se e começou a caminhar, parou, olhou na nossa direção e respondeu.

– A poesia de cordel, os amigos da rua e a sua filha, a menina Lena, que eu conheço desde pequenina e que ainda me escuta quando falo sobre as minhas mazelas.

Eu deixei os dois e tomei o rumo de casa. Ataliba ficou calado, sentado no seu lugar.

CAPÍTULO 10

Segundo obtuário – eutanásia em família, março

Conversa no cemitério:

Lázaro chegou apressado para a esperada participação no encontro. Eu também estava animado com a possibilidade de debater os textos de Ataliba. Com as mãos carregadas com gibis, Lázaro chegou afirmando que lera o texto encaminhado por Ataliba. Eu e Ataliba o aguardávamos à sombra do Araçá, onde passamos a realizar os encontros que se tornaram rotineiros. Ataliba leu o obituário oficial e depois conversamos sobre os textos e documentos que ele nos mostrava em detalhe. Os documentos nunca seguiam uma ordem, eu e Lázaro não sabíamos até que ponto os relatos eram reais ou produtos da criatividade literária de Ataliba, que, quando indagado, respondeu.

– Qual a diferença entre realidade e ficção? Acreditem nas palavras, são elas que dão vida aos textos. – E assim, passamos à leitura do segundo obituário.

Segundo obituário:

A Sra. Antoinette (Tina) Dijkstra faleceu no dia 18 de abril de 2014, aos 87 anos, na sua cidade natal, Groningen, na Holanda. A Sra. Dijkstra trabalhou como responsável pela biblioteca pública local de 1946 até

1985, quando requereu aposentadoria. Manteve laços com a biblioteca por meio de um trabalho voluntário de leitura para crianças, atividade que conduziu com zelo em encontros semanais, enquanto a sua condição física permitiu. Era viúva, deixou os filhos, Anton, Jana, Elise e cinco netos.

Tina, como era conhecida, foi acometida por doença progressiva e irreversível. Com pleno controle das faculdades mentais, optou pela eutanásia, amparada pela lei holandesa que admite o procedimento assistido por profissional médico, uma vez comprovada a irreversibilidade da doença. Tina escolheu a data e o horário para o procedimento, convidou os três filhos e um amigo para acompanhá-la no último momento. A biblioteca pública de Groningen manifestou condolências e homenageou a Sra. Dijkstra com uma placa na sala de leituras pelo trabalho realizado desde a reconstrução da biblioteca, em 1946, até os dias atuais. O féretro ocorreu no cemitério da cidade de Groningen com a presença de familiares e amigos.

Assim que a leitura do obituário da Sra. Dijkstra terminou, eu provoquei o debate, perguntei o que havia de especial nesta morte, quis saber o que chamou a atenção de Ataliba neste episódio. Eu sabia que a eutanásia passou a ser comum na Holanda e em outros países onde o procedimento fora legalizado.

— Você está correto — Ataliba explicou —, o procedimento foi legalizado em 2001, digamos que a morte da Sra. Dijkstra não causaria estranheza a não ser por dois fatos que ocorreram nos bastidores e que me foram revelados por um amigo em comum.

Eu e Lázaro aprumamos nossos sentidos para ouvir a história, instigados pela fala de Ataliba.

– Os fatos passaram desapercebidos pelo redator do obituário, mas foram detectados pelo meu amigo Onno van Basten, professor de jornalismo da Universidade de Groningen e membro da Sociedade dos Obituaristas Profissionais. Eu ainda vou contar boas histórias sobre esta sociedade para vocês.

O comentário fez com que eu e Lázaro nos inclinássemos para ouvir os detalhes, entretanto a nossa curiosidade ficou contida, pois Ataliba se levantou do banco de cimento à sombra do araçá e iniciou uma série de movimentos circulares nos ombros, rotacionou a cabeça, fez três abaixamentos e alongou os músculos anteriores das pernas.

– Ando sedentário, o meu médico disse que preciso fazer exercícios.

– Ataliba, vamos aos fatos, eu não posso ficar com vocês a tarde toda, terei um enterro dentro de duas horas. – Disse Lázaro que recebeu o meu apoio gestual.

Ataliba se acomodou no banco e buscou a mochila que ficara sobre a mesa, os seus movimentos foram acompanhados pelos nossos olhares. Meteu a mão na mochila e tateou às cegas o seu interior, enquanto seus olhos se voltavam para a copa da árvore como se estivesse mentalizando algum objeto que não podia ver. Interrompeu os movimentos e exclamou com ar de satisfação.

– Ah, achei! – Retirou um sanduíche de mortadela embrulhado em papel de alumínio, o que provocou outra reação de Fefo.

– Não nos decepcione Ataliba, fome numa hora dessas? Leia pra gente, cara, pare de nos maltratar.

– Sejam pacientes, aprendi que devemos desfrutar os detalhes do tempo, pois os desejos por algo não revelado ou não concretizado aprimoram a nossa sensibilidade. Li em um livro sobre Zen Budismo, ou teria sido sobre I Ching?

– Era o que faltava, lições de filosofia oriental. – Comentei com Ataliba, que respondeu com o que ainda tinha de senso de humor.

– Aprendi que a espera é importante, ademais só os mortos não precisam se alimentar e o que vou contar para vocês tem a ver com comida. – Comentou Ataliba ao retirar uma pasta da mochila. Ao abrir, disse que as informações que ouviríamos tinham sido apuradas por Onno van Basten, o amigo que conheceu Tina na biblioteca pública local onde costuma levar os alunos da faculdade jornalismo. A partir das primeiras visitas, Onno desenvolveu uma amizade com a Sra. Dijkstra, a quem passou a chamar de Tina. A amizade floresceu e ele passou a incluir uma visita semanal à sua casa, onde era recebido com um bolo e café. Nesses encontros, conheceu os filhos e os netos de Tina, que a visitavam com frequência e sempre em grupo. O marido de Tina se afeiçoou a Onno que, aos poucos, ganhou a confiança da família e em especial do Sr. Dijkstra. Os encontros continuaram após o falecimento do marido e tornaram-se importantes para Tina, que sentia falta quando Onno não aparecia. A velha senhora passou a narrar-lhe, em doses homeopáticas e controladas, as passagens da sua vida. Por exemplo, contou ter sido contratada como bibliotecária logo após o final da guerra, ela tinha então menos de 20 anos. Relatou os detalhes do esforço para a recuperação do prédio da biblioteca e dos livros que sofreram danos com os bombardeios ocorridos na Batalha de Groningen. Durante esses bombardeios, ela escondeu-se dentro da biblioteca, pois a sua casa fora destruída, e lá permaneceu durante os dias em que as lutas ocorreram nas ruas, lutas que marcaram a história da cidade. Ela teve um ato heroico, relatou Onno, era como se a sua permanência pudesse salvar o prédio e os livros. Ela contou detalhes da chegada do exército canadense, da reorganização da sociedade e da reconstrução do país. Ela se orgulhava do compromisso que estabeleceu com o projeto de reparação da biblioteca e com os jovens leitores. A Sra. Dijkstra encontrou em Onno um confidente, passou a contar-lhe detalhes da vida pessoal, fatos da própria história que ninguém conhecia, nem mesmo o seu esposo, detalhes que não poderiam ser revelados por respeito à memória e amizade que ele tinha pela Sra. Dijkstra. "Seria como trair uma amiga", disse-me certa vez. Acontece que a mente humana pode nos trair, ele deixou escapar uma informação sobre como ela lhe confidenciou a notícia da doença que a mataria. Quando o seu estado de saúde piorou, pediu para Onno ler para ela textos sobre a eutanásia. Ele contatou o serviço público de saúde dos idosos e identificou os procedimentos necessários.

– Não pensem que foi apenas isto que me chamou a atenção. – Comentou Ataliba, enquanto comia o último pedaço do sanduíche de mortadela e abria uma segunda pasta da qual retirou um manuscrito e prosseguiu o relato.
– Onno e os três filhos da Sra. Dijkstra foram convidados para uma atividade na noite de 17 de abril. Todos já sabiam do estado terminal em que ela se encontrava e que o dia 18 seria a data por ela escolhida para o ato final. Chegaram ao fim da tarde e encontraram a mesa de jantar posta com requintes de um banquete, havia uma cozinheira e dois garçons que prepararam um jantar. Os filhos receberam ajuda psicológica do programa governamental de apoio às famílias dos doentes terminais, mas não esperavam um ambiente descontraído como o que encontraram. Os quatro convidados vieram sem as famílias: no local estavam os três filhos, Onno, a Sra. Dijkstra acompanhados por dois garçons, a cozinheira e uma enfermeira, que permaneceram na casa durante o jantar. Os três filhos e Onno foram chamados ao aposento da Sra. Dijkstra e a encontraram à frente do espelho em uma cadeira de rodas. O corpo franzino não preenchia as roupas, ela recebia ajuda da enfermeira para cuidar da aparência arrumando os cabelos, a roupa e a maquiagem. A vaidade nunca a abandonara e a condição de doente terminal não a abatera, ainda que estivesse na cadeira de rodas e com um tubo de oxigênio para ajudar na respiração. Os filhos perguntaram o significado do jantar, ela respondeu com voz tênue, pois perdia o fôlego ao concatenar as palavras, enquanto a enfermeira a ajudava com o tubo respirador.

— A vida deve ser desfrutada até o limite do possível. Jana, você gostou da minha maquiagem?

Havia um contraste entre a fragilidade da mulher e o ar de felicidade que ela emanava. Ela pediu que a enfermeira a virasse de costas para a penteadeira, colocou a máscara do respirador e equilibrou a oxigenação, o que permitiu que ela falasse mais um pouco.

— Meus filhos, Onno, obrigado por terem vindo. Eu encomendei um cardápio com vitela, uma sopa de legumes que eu gostava quando podia comer, a sobremesa será *crème brulée*. A minha vida foi cheia de momentos felizes e eu não quero que esta ocasião seja diferente. Separei as músicas que desejo ouvir durante o jantar e, por favor, não façam cara de funeral, eu viverei até amanhã. O ato final será realizado exatamente ao meio-dia, quando o médico do serviço oficial estará aqui. Por favor, prometam que não será nem antes nem depois deste horário, pois eu serei sedada ao final da manhã e o meu corpo será cremado.

Tina falava com dificuldade e não conseguia concluir as frases sem buscar o apoio do respirador ligado ao tubo de oxigênio.

— Sobre a mesa próxima ao piano há quatro estojos com objetos de valor pessoal, cada qual tem o nome de um de vocês. Dentro deles encontrarão as lembranças que deixo para os meus netos. Há um envelope com o seu nome também, querido Onno.

Com a voz ofegante, ela disse que desceria às 20 horas e que os encontraria no jantar, a seguir pediu que deixassem-na descansar e para Onno, que permanecesse.

– Onno, no seu envelope há uma carta, quero que você a leia, e que, se possível, seja incinerada com meu corpo.

Tudo transcorreu conforme planejado, Tina faleceu no dia e horário programados. – Comentou Ataliba, que, a seguir, leu outro relato.

Narrativa de Antoinette (Tina) Dijkstra:

– Eu vivi bem com meu esposo, ele foi um companheiro que sempre me aceitou como sou. Quem mais neste mundo faria o que ele fez por mim? O ano de 1945 foi difícil para todos na cidade. A minha casa foi destruída, o meu pai não retornou para o nosso convívio e os seus restos mortais nunca foram encontrados. Eu tinha 18 anos e, apesar da guerra, acreditava que haveria uma vida a ser vivida. Conheci Albert, que se tornou meu marido assim que soprou o ar da liberdade ao final da guerra. Quando os invasores e os simpatizantes deixaram de nos massacrar, assim que a atmosfera ficou respirável, nos casamos. No início, Albert nada soube a respeito dos fatos ocorridos entre 15 e 18 de abril de 1945. Com o tempo, eu lhe falei o essencial, e ele nunca perguntou os detalhes, apenas ouviu e aceitou. Ele soube que eu estava escondida entre os escombros do prédio da biblioteca, em meio aos livros espalhados pelo chão, quando a força canadense chegou. Naquela noite eu não percebi que havia outra pessoa no local. Quando Christian apareceu, se aproximou com cuidado para não me assustar, me protegeu, cuidou de mim e quando amanheceu, seguiu para o combate que era travado nas ruas da cidade. Retornou na noite seguinte, e na noite seguinte, até o dia 18 de abril, quando tudo terminou e ele deixou a cidade com o exército canadense. Eu retomei a vida normal e me casei com Albert. Jamais imaginei que aquele homem trajando um terno fino, que entrou na biblioteca anos depois, pudesse ser Christian. Ele havia se formado no Canadá, entrou para o serviço diplomático e assumiu um posto na embaixada canadense em Den Hague. A partir do reencontro, me visitou inúmeras vezes. Sempre na biblioteca, as visitas eram rápidas e ele era muito respeitoso. Eu e Albert não conseguíamos ter filhos, era tudo o que eu queria. Após três anos de casada, as visitas de Christian se intensificaram e eu o convidei para jantar em casa. Apresentei-o para o meu marido. Eles se tornaram amigos, jogavam xadrez, conversavam sobre literatura, futebol, política, possivelmente falavam sobre mim. A amizade fez com que Albert o convidasse para permanecer na nossa casa sempre que estivesse na cidade. As visitas mensais eram aguardadas por mim e por Albert. Parece que Christian exercia um poder sobre nós. A partir de um determinado momento, nosso casamento não existiria sem a presença de Christian. Certo dia, houve uma longa conversa entre ambos, estavam trancados no escritório de Albert e eu não soube o que se passou. No mês seguinte, na data da visita de Christian, meu marido me disse que viajaria por dois dias e que eu poderia receber o nosso amigo. Christian se aproximou aos poucos, obedecendo ao meu tempo, cultivou em mim um desejo que se tornou obsessivo. Passou a dormir na minha casa e meu esposo viajava sempre que Christian anunciava uma visita. Seis anos se passaram, nasceram Anton, Jana e Elise, a vida seguiu tranquila, eu trabalhando na biblioteca,

Albert na prefeitura e Christian em Den Hague, onde escolheu viver. Aos poucos, Christian espaçou as visitas, que se tornaram semestrais, anuais, esporádicas, passaram a ter a presença de Albert, que adoecera e não mais viajava. As cartas que trocávamos serviam de equilíbrio para a minha vida de mãe, de esposa e de profissional na biblioteca. Albert já tinha falecido quando eu soube da minha doença. Decidi relatar para Christian e pouco tempo depois recebi uma carta na qual ele me informou que tinha sido diagnosticado com Parkinson e estava em estado avançado. Albert havia falecido e as cartas trocadas com Christian eram a minha conexão com a vida. Ambos estávamos terminais. Com a ajuda de Onno, nós optamos pela eutanásia. Decidimos pela data de 18 de abril, às 12 horas, eu e Christian.

Eu e Lázaro permanecemos calados por algum tempo sob o olhar de Ataliba. Lázaro foi o primeiro a quebrar o silêncio.

– Existem arranjos improváveis que permitem que a gente sobreviva.

Eu comentei que ninguém poderia acusar Tina de ser infiel, ela foi fiel a ambos. Albert, a meu ver, era um ser superior, o machismo latino não o perdoaria. Eu quis saber a opinião de Ataliba, quis saber como ele chegara àquela criação literária.

– Criação literária? Eu apenas narrei o que aconteceu.
– Foi a resposta que ouvi de Ataliba.

CAPÍTULO 11

A mulher do sapato vermelho, março

Ataliba costumava interromper o trabalho às 11 horas da manhã, e pegava o metrô ou algum dos ônibus que circulavam vazios neste horário. Com a aposentadoria, passou a ter tempo de sobra. Eu o acompanhava sempre que possível a esses passeios pela cidade. A sua rotina se limitava a isso, a escrever artigos encomendados, e a cuidar do arquivo dos mortos. Na fase em que estava bem, ele começava a trabalhar cedo pela manhã, e às 11, já tinha produzido tudo o que planejara. Quando sugeri que deveria obedecer ao médico e caminhar meia hora todos os dias, Ataliba relutou e eu insisti.

– Você precisa se mexer, o médico sugeriu que caminhar lhe fará bem.

Por fim, Ataliba acatou à minha sugestão e começou a se exercitar. Chegou a dizer que sentia falta das caminhadas nos dias chuvosos. Mas não era exatamente do exercício que sentia falta, o que lhe dava prazer era observar os tipos que andavam pela cidade. De tanto descrevê-los, Ataliba teorizou que cada um de nós carrega características que são impressões digitais determinadas pelo código genético. Para os bons observadores, elas se revelam e permitem que saibamos algo da alma humana a partir de um simples olhar. Ataliba tinha as suas teorias, tentava adivinhar as histórias das pessoas com quem cruzava pelas ruas e o que estariam sentindo naquele exato momento. Ataliba se divertia dando personalidade a cada anônimo que encontrava. Vez ou outra o feitiço se abatia contra o feiticeiro e ele imaginava que estávamos sendo seguidos e observados. Aí começou a sua loucura. Certo dia, Ataliba me contou que alguém o tinha seguido, e, do mesmo modo que o seu olhar penetrava no íntimo de quem passava ao seu lado, ele teve a sensação de que estava sendo alvejado.

– Aconteceu há algumas semanas – ele contou –, a sensação me incomodou tanto que interrompi a caminhada, olhei para os lados para buscar quem me perseguia. Esta sensação passou a ocorrer com frequência, e a cada vez que aparece, interrompo a caminhada e o meu coração se acelera. A situação se repetiu. Na primeira vez eu fiquei apavorado, apertei o passo até encontrar a estação de metrô mais próxima, onde entrei fugindo do meu perseguidor, como nos filmes policiais. Pode dizer o que você está pensando, eu estou enlouquecendo.

Ataliba me contou o fato enquanto caminhávamos pela Avenida Paulista e acelerou o passo em busca da estação de metrô.

– Preciso andar rápido conforme instrução do cardiologista.

Já era quase meio-dia e, Ataliba achou melhor voltarmos para casa antes do horário do almoço, quando os vagões do metrô e as calçadas da Paulista costumam ficar cheias de gente. Eu o deixei no metrô, onde nos despedimos. Ataliba faria uma baldeação e chegaria na linha que o levaria até a estação Luz, de onde faria uma pequena caminhada e estaria a salvo em casa. Quando nos reencontramos, no dia seguinte, ele contou o que aconteceu no resto da viagem.

— Na primeira estação uma multidão lotou a composição. Eu observei o comportamento da massa, os indivíduos agem como um cardume, sabia? É fácil perdermos a nossa individualidade e adotarmos o comportamento de manada que reage ao mando de um líder. Basta um estímulo e todos giram à direita, outro estímulo e todos se voltam para a esquerda sem que se perceba quem deu a ordem. A cada parada eu observava o povo que parecia uma manada, percebi como os seres humanos são previsíveis, maleáveis e como podem ser ludibriados. Foi quando um peixe se desgarrou do cardume, era uma mulher que entrou no vagão onde eu estava. Ela se deslocou no sentido contrário ao da multidão que saía do trem tentando alcançar a plataforma. O peixe que nadou contra o fluxo do cardume, parou ao meu lado com as mãos cheias de pacotes. Tentou se apoiar na barra de segurança, estava tão perto de mim que não pude deixar de observá-la, ela não conseguia segurar os pacotes e a barra de segurança ao mesmo tempo. Eu analisei cada elemento exposto no corpo daquela mulher.

Ataliba me descreveu a mulher com detalhes e gesticulou como se estivesse em um palco. Havia muito tempo que eu não o via tão animado.

— Ela usava um vestido justo, devo dizer, justíssimo o suficiente para que os excessos do corpo transbordassem por todos os lados. – Ele continuou. – Sapatos vermelhos de um tom ígneo brilhante. Será que os calçados dizem algo sobre a alma das pessoas? A maquiagem escorria pelo rosto, dissolvendo-se no suor que marcava sulcos coloridos no pescoço, que entravam pelos seios e molhavam a sua intimidade. Quem pode saber até onde chegariam? O corpo arredondado sugeria ter sido bem moldado no passado, e seu rosto não indicava cansaço nem desconforto, tinha certa graça como alguém que faz troça de tudo.

Na sua fala, Ataliba mantinha o estilo da sua escrita. Tinha achado o rosto da mulher algo familiar, tentou adivinhar sua idade, que estimou ser entre sessenta e setenta anos. Ela carregava pacotes grandes demais para as suas mãos, que, de modo previsível, caíram na primeira freada do vagão. Ela os recolheu e permaneceu no mesmo lugar, em pé ao lado do assento de Ataliba, a aguardar por um assento vago. Ataliba ofereceu-lhe o lugar, mas ela negou.

Ataliba então perguntou se ela queria que ele segurasse algum dos pacotes.

Ela olhou desconfiada, mas aceitou e despejou os pacotes de vários tamanhos sobre o colo de Ataliba, que cumpriu a gentileza oferecida, até o momento em que o assento ao lado ficou vago. A senhora de sapatos vermelhos sentou-se, recolheu os volumes das mãos de Ataliba, olhou-o de perto e perguntou.

– Nós já não nos vimos em algum lugar?

Ataliba relatava com euforia juvenil, tudo indicava que havia sido um encontro transformador. Ele respondeu que talvez tivessem se encontrado no metrô, que ele utilizava todas as semanas. Ataliba a observou tentando fazer alguma conexão, mas ela não lhe deu tempo.

– Já sei! Tenho memória fotográfica, você é o cara do confete.

– Como? Cara do confete? – Ataliba reagiu e, a seguir, em um lampejo de memória, lembrou-se do episódio no parque durante o baile de carnaval. Ataliba, meio sem jeito, respondeu que era ele o cara do confete, mas naquela ocasião não estava em condição de prestar atenção a nada e nem teve tempo de agradecer pela gentileza e pelo bolo com café que aquela mulher dividira com ele.

– Você estava engajado e cego por uma lufada de confetes – ela disse. – Que maldade fizeram! Eu tinha até pensado em convidá-lo para dançar, mas aquele cavalheiro estava no meu pé e não me deu um minuto de descanso. Quer saber? Nem valeu a pena, o cara era mesmo um chato.

Ataliba ouviu a mulher de sapatos vermelhos e tentou em vão lembrar o seu nome. Uma voz metálica anunciou: Próxima estação, Parque do Povo. Ataliba olhou pela janela do vagão e percebeu que perdera a estação. Seria então uma boa ocasião para retribuir a gentileza, e resolveu convidá-la para um café. A mulher dos sapatos vermelhos aceitou e se reapresentou.

– Meu nome é Alaíde, nome muito grande, pode me chamar de Ide. Aceito o convite, mas café acho meio sem graça neste horário... que tal me convidar para tomar uma cerveja? Eu desço nesta estação, vamos?

Sem chance de responder, Ataliba se viu conduzido por Ide, a mulher dos sapatos vermelhos, até um bar a poucas quadras da estação do metrô.

– Eu gosto deste bar, está aqui há muitos anos. Me conte o que você faz da vida, é casado?

Ataliba ligou o piloto automático da narrativa pessoal, contou do trabalho como jornalista, como repórter, explicou sobre a sua especialidade na redação de obituários. Falou do jornal, da vida no bairro, até que percebeu que estava monopolizando a conversa. Quis saber algo sobre Ide e pediu-lhe uma explicação para tantos pacotes.

– E você, fez muitas compras na cidade?
– Compras? Mais ou menos.
– Como mais ou menos? E estes pacotes todos?

Ide desconversou e prosseguiu com o interrogatório.

– Você não respondeu se é casado.
– E você não explicou o que faz com tantos pacotes... se não são compras, o que podem ser? Já sei, você é comerciante.
– Mais ou menos. – Respondeu Ide enquanto chamava o garçom para pedir outra cerveja.
– Mais ou menos, de novo. Eu já te contei tanta coisa a meu respeito e ainda não sei nada de você, a não ser que usa sapatos vermelhos e se chama Alaíde, ou melhor, Ide. – Ela riu olhando para os sapatos vermelhos um tanto surrados.
– Tá bem, vou explicar, não vai ficar chocado. Eu ando pelos bairros ricos da cidade e procuro aqueles prédios bem bonitos, cheios de varandas, muitos guardas na por-

taria, com muitos vigilantes nas entradas das garagens, empregadas entrando e saindo, babás vestidas de branco cuidando de crianças chatinhas. – Ide interrompeu para dar um gole na cerveja e massagear o pé esquerdo sobre a coxa direita.

– E então? – Ataliba insistiu.

– Então, eu procuro no lixo e encontro coisas como estes sapatos vermelhos, estas bolsas de grife – mostrou desembrulhando os pacotes –, esta blusa de inverno que é maravilhosa, olhe esta calça jeans com o joelho rasgadinho, vou cerzir e vai ficar nova, já achei até um celular no meio das roupas.

– Você encontra tudo isto no lixo?

– Claro, você nem imagina a riqueza do lixo em uma cidade cheia de novos ricos e de gente besta. Este é o país da abundância e do exibicionismo.

– Se alguém me contasse eu não acreditaria.

– Vai me dizer que você nunca pegou nada do lixo? Eu sempre tenho os papéis de embrulho, embalo tudo o que encontro. Quem me vê, pensa que fiz compras. Depois, levo pra casa, lavo, limpo, uso o que é bonito e vendo o que sobra. Por isso me considero mais ou menos comerciante, deu pra entender?

– Entendi e acho que você tem uma vida bem animada. Pelo menos anda bem disputada nos bailes de carnaval.

– Pois fique sabendo que sou disputada em todos os lugares que frequento, não apenas nos bailes de carnaval. Quando eu chego nos bailes no parque todos me chamam de dondoca, de gente fina, só porque eu ando bem-vestida. E você não vai contar para ninguém o meu segredo, vai? Agora pede uma saideira que passou da hora do meu almoço e logo tem a reprise da novela. Não esqueça que você prometeu pagar a conta.

Ataliba acompanhou Ide até a casa em uma vila próxima ao presídio feminino, a três quadras do bar. A vila de casas geminadas em uma rua sem saída lembrava uma cidade do interior perdida na imensidão de São Paulo. O calçamento era precário e as fachadas, decadentes. Ide parou à entrada da vila, olhou para Ataliba e agradeceu.

– Já sei quem você é, sei o que você faz, gostei de te conhecer e nós já trocamos nossos telefones. Na nossa idade não temos muito tempo a perder, precisamos ser objetivos. Quem sabe nos encontramos no próximo baile do parque?

– Eu vou te telefonar em breve para continuarmos esta conversa. – Ataliba respondeu.

– Eu também posso te ligar – disse Ide – se tiver uma boa razão. Gostei da sua especialidade de escrever obituários, achei adorável você colecionar defuntos. Se eu descobrir um caso bom, vou te ligar. Combinado?

Ataliba tomou o rumo da estação do metrô e, no trajeto da volta, pensou na mulher feliz que Ide parecia ser. Quando ele me contou essa história, estava feliz como um adolescente.

Fazia tempo que eu não o via tão animado.

CAPÍTULO 12

Do cemitério ao bar, abril

Percebi a agitação de Ataliba assim que cheguei ao apartamento. Ele não parava no lugar, não conseguia escrever, abria e fechava o arquivo sem se deter em nenhuma das pastas. Eu, sem tirar os olhos dele, examinava o arquivo em que sempre encontro algum caso surpreendente. Fiz um comentário qualquer, Ataliba não respondeu, então percebi que ele não estava na sala. Com cautela, fui até o quarto onde ele experimentava uma roupa ainda com etiqueta e calçava sapatos novos. Perguntei-lhe o que se passava e Ataliba me contou que se preparava para um passeio com Ide. Ele passou a falar sobre ela, que tinha a mesma idade dele, a descreveu como uma mulher que o interessou. Resolvi deixá-lo só para que ele se preparasse, e só retornei dias depois ao apartamento. Ele trabalhava no arquivo. Ao me ver, interrompeu o que fazia e passou a falar sobre a nova namorada.

– Caro Fefo, acho que ando com sorte, Ide é uma pessoa especial.

Ataliba falou que a levou para passear no cemitério da Consolação, e, ao longo da conversa, Ide se encantou com as histórias sobre os mortos. Ela nunca tinha ido a um cemitério apenas para um passeio, sempre havia um funeral. Dessa vez, ela teve uma experiência diferente. Ataliba conhecia cada alameda do Cemitério da Consolação, local que frequentava com a máquina fotográfica em punho. Ide chegou atrasada, reclamava de dores nos pés, trajava um vestido vermelho e carregava pacotes, – eram tantos que ela andava com dificuldade. Ataliba ofereceu-lhe espaço no banco no qual ela pode depositar a tralha que carregava. Ide respirou por um momento e observou o espaço ao redor, deslumbrou-se com o local. Durante o passeio pelo Cemitério da Consolação, Ide se deliciou com os relatos sobre os mortos e os vivos.

– Adorei este lugar, é melhor do que imaginei. Só falta uma barraquinha com cerveja e cachorro-quente, mas acho que não ficaria bem, não é mesmo? Não tem ninguém vendendo pipocas por aqui? Acho que vou começar um novo negócio. Quer ser meu sócio?

Ataliba ouvia sem interromper o fluxo verbal desordenado da amiga, que falava e ria em alta voz.

– Achei estranha esta sua escolha de escrever sobre os mortos, mas estou começando a compreender. Confesso que jamais imaginei que um cemitério pudesse ser tão lindo, ótimo para namorar.

Segundo Ataliba, a conversa seguiu misturando olhares sobre o local e trocas de palavras sobre a vida de cada um deles. Ataliba contou a respeito do grupo de leitura que se reunia no cemitério do Araçá e tentou explicar o que o motivava a escrever obituários. Ela ouvia, ou não ouvia, por vezes desviava o olhar para algum movimento ao redor, um túmulo diferente, uma pessoa qualquer que passava ao largo. Ataliba tentava concatenar um assunto.

— Ide, a melhor maneira de pensar sobre a vida é escrevendo sobre os mortos. Estamos em um lugar bonito, quase sempre vazio e tranquilo, eu confesso que há tempo não tenho a companhia de uma mulher atraente como você. — Ide se sentiu valorizada como nunca.

— Obrigada pelo elogio, saiba que encontrou a pessoa certa. Adoro falar sobre os vivos, os mortos não importam, a morte aparece no momento certo. E você nem notou o meu tênis novo, ou quase novo..., um Nike verdadeiro, não falsificado como aqueles que os camelôs vendem baratinho. Esse aqui custou caro, só não fui eu quem pagou.

Ide falava e ria com gosto, suas risadas chamavam a atenção das poucas pessoas ao redor. Ataliba descreveu as alamedas do cemitério que deixaram a amiga impressionada. Ao se aproximarem do túmulo de Domitila de Castro do Canto e Melo, a Marquesa de Santos, Ataliba falou a respeito da mulher que foi amante de D. Pedro I. Ide se deliciou com a história que desconhecia e comentou à sua moda.

— Imagino que esta senhora foi boa de cama, para agradar o Imperador devia desempenhar melhor do que a escrota da Princesa real.

Ataliba ouviu as reações e pensou em Eros e Thanatos. Ide pendia mais para a vida do que para a morte. Ataliba passou a contar sobre a família real.

— Ela foi amante de D. Pedro, viveu no solar que fica perto da Sé. As famílias reais tinham os casamentos oficiais e mantinham outras relações que nem sempre escondiam. Era um arranjo conhecido e aceito à boca

pequena. O imperador era um capeta, teve um caso também com a irmã de Domitila, a Baronesa de Sorocaba.
— A moça deve ter sido bonita para D. Pedro enchê-la de grana. Veja Ataliba, tem um palácio logo ali, quem mora lá? — Perguntou Ide.

Ataliba explicou que o palácio é, na verdade, o mausoléu da família Matarazzo, que ocupa vários terrenos do cemitério para deixar bem claro quem detinha o poder na época.

— Achei mais interessante a história da Marquesa. — Comentou Ide. — Já pensou que chique? Amante de D. Pedro I, ela deve ter sido influente.

Ambos seguiram pelas alamedas do cemitério e Ataliba apontou para o túmulo do jornalista Roberto Marques, pioneiro no Correio Paulistano, que foi ativo na Semana da Arte Moderna em 1922. Explicou que os intelectuais foram pessoas influentes, capazes de afetar os destinos do país. Ide não se entusiasmou com histórias de intelectuais, políticos e cientistas, quis saber mais sobre a tal Domitila.

— Eu imagino a influência desta mulher soprando nos ouvidos de D. Pedro, ela sim deve ter mexido nos destinos do país. — Ataliba se deliciou com a sua simplicidade. Ela falou sem freios e saltou de alegria ao encontrar um túmulo com um nome conhecido.

— Ah! veja este túmulo, que lindo! Eu gostava muito dele, este sanfoneiro era do meu time. Dancei ao som da sua sanfona nas festas juninas da cidade. Agora ele foi tocar em outras paragens, deve estar dedilhando Sanfoneiro Folgado para São Pedro, já pensou? Você conheceu Mário Zan, não conheceu?

A caminhada prosseguiu, Ataliba mais ouvia do que falava. Uma aglomeração chamou a atenção do casal e nela Ataliba encontrou o Fininho, que falava para um grupo de turistas. Ataliba foi recebido com festa.

– Viva! Meu querido jornalista, não esqueça de publicar uma linhazinha sobre o meu trabalho. Atualmente eu vivo dos mortos, são eles que me dão sustento. Acho que estão retribuindo pela maneira gentil com que eu sempre os tratei quando os enterrava.

– Pode deixar Fininho, você sabe tudo sobre os vivos e os mortos. Vou escrever para ficar sempre de bem com você, não quero que fale de mim quando eu sair desta para outra. – Respondeu Ataliba, que em seguida contou para Ide quem era Fininho.

– Foi coveiro por muitos anos, sabe tudo a respeito deste local. Hoje complementa a aposentadoria guiando passeios pelo cemitério. É um filósofo prático, eu diria.

– Ide gostou do tipo, parou para ouvir um pouco da história que Fininho estava narrando sobre fatos ocorridos no local.

Quando Fininho terminou – o grupo se dispersou não sem antes deixar uma contribuição para o bolso do filósofo –, quis ser apresentado a Ide.

– Dona Ide, eu conheço alguma coisa dos mortos que moram neste cemitério. Já o meu amigo Ataliba conhece os mortos de todo o mundo, portanto está melhor de amigos do que eu.

– Eu gostei de te conhecer – Ide respondeu –, vou dar uma sugestão para você ganhar uma grana boa. Coloque aqui uma barraca para vender pipoca, cachorro-quente, uma cervejinha e, quem sabe, uma cachaça. – Fininho não respondeu, andou alguns metros para pegar a sua mala com livros, da qual tirou uma garrafa e um copo, e serviu uma dose que dividiu com Ide.

– Viu só? – Ela agradeceu. – Sabia que você é um cara inteligente.

Ataliba e Ide acompanharam Fininho até se depararem com uma escultura que chamou a atenção.

– Ataliba, olha uma escultura de um casal se beijando em pleno cemitério. Está certo isto? E olhe ali, ao lado da escultura tem outro casal de carne e osso sentado ao lado do túmulo, estão se beijando. Acho que do jeito que vão, logo acordarão o defunto. Ataliba querido, muito obrigado, achei este lugar maravilhoso, melhor do que passear no parque.

Fininho voltou para a porta do cemitério, onde um novo grupo o esperava. O casal despediu-se do filósofo e seguiram pela Consolação, caminhando em direção ao centro da cidade. Pela descrição de Ataliba, tiveram uma tarde memorável.

CAPÍTULO 13

Da felicidade ao abismo, abril

Por alguns dias ouvi Ataliba contando sobre a nova namorada, estava claro que ele não era um homem que se acostumara a viver só. Compreendi que, por anos, a dedicação de Ataliba ao trabalho supriu a ausência da primeira mulher. As garotas de programa ajudaram a ocupar as noites solitárias, mas além disso, nada servia para equilibrar a vida de Ataliba. Cheguei a imaginar que ele havia encontrado em Ide a sua companheira e, talvez, alguma tranquilidade.

Sem perceber, eu me vi envolvido na sua vida como alguém próximo, mais do que um amigo. Percebi que o humor de Ataliba variava: ele flutuava entre a euforia e o recolhimento, o silêncio. Os episódios extremos passaram a se repetir com frequência.

Eu estava, como de costume, sentado à uma mesa no bar do Tico-Tico quando Ide e Ataliba chegaram. Ela, descalça, trazia um par de tênis novos nas mãos. Tão logo sentaram-se à mesa, Tico-Tico apareceu segurando a bandeja com uma cerveja e um copo de cachaça. Era assim que recebia Ataliba. Ide não conhecia o local, e ao ver-se ignorada pelo dono, olhou desafiante para Tico-Tico.

– Aqui neste bar mulher não bebe? – Comentou. –

Duas cachaças por favor, e pode trazer a segunda garrafa de cerveja. – Massageando os pés, ela completou. – Sapatos novos sempre me causam desconforto, como é difícil andar bem trajada nesta cidade louca.

Ataliba ofereceu a cachaça, que Ide sorveu de um gole. Tico-Tico voltou com outra dose e mais uma garrafa de cerveja. Ide comparou a fisionomia do garçom com a foto na parede ao fundo do bar.

– É o senhor? – Perguntou a Tico-Tico.

– Não, é uma homenagem a um antigo frequentador do meu bar.

– Parece muito com o senhor.

– É o que todos dizem, o meu apelido tem uma razão de existir.

Eu permaneci calado, já sabia detalhes do perfil de Ide, mas esperava que Ataliba nos apresentasse. Lázaro juntou-se a nós e Ide antecipou-se às apresentações. Disparou a fazer perguntas.

– Ah, enfim vou conhecer os amigos do Ataliba. Já sei que vocês se encontram no cemitério para conversar sobre os mortos. Que horror! Eu sou Alaíde, a nova amiguinha de Ataliba, podem me chamar de Ide. Sabem dizer se ele tem muitas amiguinhas? – Ide ria da própria piada e não nos dava fôlego para responder, dominava a conversa que se tornou quase um monólogo. Enquanto falava, continuava massageando os próprios pés. Apontou para o par de Nikes que estavam sobre a mesa.

– Comprei este par de tênis caríssimos, e olhem só o estrago que fez nos meus pés. Não vou mais gastar dinheiro com marcas de grife.

A aproximação entre nós foi fácil, a conversa fluiu, Lázaro sentiu-se à vontade para falar sobre os seus planos.

– Eu vou abrir uma livraria, um sebo talvez, procuro um lugar pequeno e acolhedor. Eu trabalho no cemitério do Araçá, o que não me traz muitos benefícios. – Ide começava a falar sobre Fininho, o filósofo que conheceram no Cemitério da Consolação, quando deram pela falta de Ataliba, que saíra sem ser percebido. Ide foi até a porta do bar e o viu sentado na calçada, com o celular nas mãos. Continuamos a conversar sobre o projeto da livraria de Lázaro. Eu não estava tranquilo, Ataliba estava estranho desde que chegou, fui ao seu encontro. Permanecia sentado na calçada, quieto, e não reagiu quando me aproximei. Eu o amparei e perguntei se queria ir para casa. Ataliba estava calado, calado permaneceu, deixou que eu o conduzisse para a mesa do bar. O seu passo era trôpego, parecia ter um peso nos pés.

— O que aconteceu? Com quem você conversava? – Perguntou Ide, vendo a estranheza no comportamento de Ataliba. Ela olhou para mim como quem busca uma resposta que eu não tinha. Os nossos olhares se voltaram para o rosto de Ataliba.

– O que aconteceu, querido? – Perguntou Ide. Ataliba recobrou o sentido e respondeu.

– Eu telefonei para a minha filha Lena, ela faz aniversário hoje. Foi só isto que aconteceu, nada de importante.

– E então, falou com ela? Mandou um beijo da sua nova namorada?

– Ela estava ocupada com os clientes. – Respondeu Ataliba, largando o corpo na cadeira. Eu olhei para o

rosto do amigo, o assunto sobre Lena me intrigava, era uma história que não fazia sentido.
– Mais uma tentativa, Ataliba? – Perguntei. – A sua filha parece ser uma pessoa ocupadíssima. – A pergunta ficou sem resposta, o ambiente ganhou um tom de aparente normalidade enquanto outros colegas do jornal chegavam. Sob o olhar de Tico-Tico, com a bandeja cheia de garrafas e copos, Lázaro ignorou o que se passou, e mostrou a coleção de gibis para Ide, que dava gritos de alegria quando reconhecia um dos super-heróis.
– Hummm, este super-herói parece o mais interessante de todos. – Comentou Ide, tomando um exemplar da coleção de Carlos Zéfiro das mãos de Lázaro, ela ria às gargalhadas. Lázaro explicou para o grupo, que mostrou interesse pelos exemplares.
– Estas são as minhas preferidas, sou especialista na obra de Zéfiro, compro e vendo tudo deste autor. O meu sebo vai se especializar em HQs.
– Sim, eu também sou especialista – comentou Ide –, só não sei desenhar, sou especialista prática. Ele deveria ter sido indicado para a Academia Brasileira de Letras, vocês não acham? Olhem só para esta cena, que horror!
Alaíde falava e ria ao folhear as revistinhas e se deliciava com as histórias de sexo explícito ilustradas em desenho tosco, que representava mulheres com o corpo torneado e homens com membros desproporcionais. As revistinhas colecionadas por Lázaro fizeram sucesso no bar do Tico-Tico. Ataliba não participou da conversa, tomou seguidos copos de cachaça. Eu vi quando Tico-Tico tirou uma garrafa de cachaça das suas mãos. Segui

Tico-Tico até o balcão ao fundo do bar para trocar uma palavra. Perguntei se ele conhecia Lena.

– Ela aparecia por aqui com o pai, isto faz alguns anos, depois as visitas foram rareando.

Perguntei se ele sabia onde Lena trabalhava, por que razão nunca procurava o pai. Tico-Tico ficou de costas lavando os copos, e, ao invés de uma resposta, ele enxugou as mãos no pano de pratos pendurado à cintura, sacou uma caneta escondida atrás da orelha, consultou uma caderneta. Escreveu um número de telefone em um pedaço de papel e colocou o bilhete no balcão.

– Este é o número do telefone do lugar onde ela trabalha. Ligue lá e procure pelo Jamanta, um cara que frequentou aqui.

Tico-Tico sumiu no bar carregando outra bandeja cheia de garrafas. Eu voltei para a mesa em que Ataliba, calado, não ouvia a conversa entre Lázaro e Ide. Ela prosseguia às gargalhadas, vendo os desenhos das posições sexuais improváveis no mundo real.

– Acho que Ataliba precisa ir para casa. – Disse para ela. – Apontei o olhar para o amigo que permanecia em silêncio, alheio ao movimento. Ide compreendeu, calçou o par de tênis, levantou-se, aproximou-se de Ataliba e o abraçou.

– Vamos para a minha casa, meu amor?

Ataliba obedeceu como uma criança. Decidi acompanhá-los, tomamos um táxi e rumamos em direção à zona norte da cidade, para a vila onde casinhas se alinham ao longo da rua, portas e janelas olham para a calçada, e as famílias sentam-se à frente das portas aproveitando a fresca. A casa de Ide tinha a sala repleta de pacotes e caixas com objetos encontrados nos bairros ricos da cidade. Ataliba andava levado pela mão da namorada e amparado por mim. Ela me tranquilizou, o conduziu até o banheiro, abriu a torneira e a água fria jorrou em uma banheira. Ide esquentou um balde com água no fogão e deu-lhe banho. Sem reagir, Ataliba se deixou cuidar como a mãe negra fazia na sua infância, na cidade do interior. Pelas mãos de Ide, Ataliba foi para o quarto, ela retirou os pacotes que ocupavam a cama e o acomodou. Ele fechou os olhos com a paz que não sentia há tempos, adormeceu sob o olhar de Ide.

Na volta para casa, eu me perguntava quem era Lena.

CAPÍTULO 14

A gráfica parou, abril

Eu trabalhava na sala reservada aos estagiários no jornal, sempre desempenhei bem as tarefas que me delegavam e era o foca mais destacado do grupo. Ataliba me procurava sempre que visitava a redação. Aprendemos a cuidar um do outro, eu via nele um modelo de profissional e creio que Ataliba me via como o filho que ele nunca teve, me protegia e me ensinava os truques da profissão. Nossos encontros eram frequentes, criamos um grau de dependência que as boas amizades trazem. Nós ansiávamos pelas conversas e naquele dia não foi diferente, Ataliba me telefonou e disse que precisava falar comigo. Combinamos nos ver na redação, ele me levou até a copa, vazia naquele horário, e me falou com um tom sério.

– Fefo, este jornal segue o seu destino, ladeira abaixo conforme eu previa. A família renunciou ao controle da empresa e vendeu o jornal para um grupo internacional.
– Eu perguntei quem havia comprado o jornal.
– Consta que foi um pessoal ligado ao mercado de produtos agrícolas sem experiência editorial. Em pouco tempo a redação vai tratar de temas como os milagres do campo, vai escrever sobre o Brasil que bateu o recorde da produção de alimentos, que vai suprir o mundo com

proteína e toda esta conhecida ladainha. Não vai falar do Brasil que não alimenta o seu próprio povo, que não lhe presta a mínima atenção e não vai tocar no assunto do meio ambiente, pois desagradará os anunciantes.

Eu lhe perguntei como sabia os detalhes sobre a venda do jornal. No nosso grupo de estagiários e focas ninguém comentou a respeito de mudanças. Corria a informação de que havia uma intenção de venda que fora postergada porque a empresa conseguiu se reequilibrar.

– Vocês desconhecem a verdade – Ataliba respondeu –, em algum momento a informação correta vai ser comunicada. Sugiro que você se prepare para as mudanças.

Eu inverti o sentido da nossa conversa, quis saber o que Ataliba faria quando a venda do jornal fosse efetivada. Precisava conhecer a sua conduta para orientar a minha decisão. Eu disse que ganhava tão pouco que mal perceberia se fosse despedido.

– Eu pretendo atender os pedidos que Adriano me fizer – Ataliba respondeu –, vou atuar até o último dia como se nada tivesse ocorrido. Sugiro que você faça o mesmo. Para mim, quando acabar, acabou. O dinheiro que tenho guardado resultou da vida que eu vivo e não do tamanho do meu salário. Tenho o suficiente para as minhas cervejas, o que me incomoda é pensar na nova geração de jornalistas como você, Fefo.

A resposta de Ataliba me fez pensar, fiquei desnorteado. Ataliba se preparava para ir embora quando foi chamado por Adriano para revisar matérias e o editorial que seria publicado na próxima edição. Ele vestiu a camisa de revisor, atendeu ao pedido do diretor, pegou o cheque mensal e se despediu tomando o caminho de casa. Eu fiquei incomodado com a conversa, nem tanto pela situação de Ataliba, ele já era um jornalista maduro e estava aposentado. Pensava na minha situação, em como prosseguir, bem agora que concluíra o curso e estava prestes a iniciar a carreira profissional.

Eu acompanhei Ataliba, ele estava chateado. Lembro que ele deixou o jornal como se fosse a última vez e me disse que não tinha vontade de ir para casa. Eu o acompanhei por uma caminhada pelo bairro onde vivia, paramos no restaurante grego para continuar a nossa conversa. As noites de abril eram as preferidas de Ataliba, que me disse que seguiria com seus objetivos inúteis de vida, como ele mesmo chamava. Colecionava, em um caderno de anotações, as distâncias percorridas a pé, continuava atento a olhar as mulheres balzaquianas com quem cruzava na rua, derramando olhares de admiração respeitosos, e eu era a pessoa a quem ele revelava suas dúvidas e certezas. Ataliba sabia da importância que tinha para o jornal, talvez tivesse alguma noção de como ele era importante para mim. No jornal substituiu as funções do diretor editorial, ajudou Adriano que lhe pedia opinião sobre todas as decisões, fossem elas editoriais, financeiras ou pessoais. Sabia que Adriano exagerava na bebida e que se importava cada vez menos com o jornal. Os outros sócios tinham arruinado a empresa, enriqueceram e mandaram a grana para bancos no exterior. Só Adriano permanecera no posto conduzindo as negociações que ninguém acreditava que pudessem vingar, até o dia que deu certo. Se o valor da venda abatesse a dívida com os bancos já seria ótimo. O jornal era uma nave sem rumo e sem piloto e Ataliba era o tripulante desinteressado que permanecia ao lado do comandante.

A noite fresca nos convidou a permanecer na rua. Escolhemos uma das mesas externas do restaurante, de onde podíamos observar o movimento das pessoas que voltavam para casa após um dia de trabalho. Não sei no que Ataliba pensava, estava mergulhado em algum mundo que eu desconhecia. Um ouzo rebatido por uma cerveja o ajudaria a fechar o dia. Ao primeiro gole, Ataliba recebeu um chamado ao celular. Era Ide. Ela precisava falar pessoalmente com urgência, disse ter uma pauta para o jornal.

Ide explicou a seu modo, atropelado e confuso, que alguém importante havia morrido e a imprensa não sabia do fato, o qual a polícia estava ocultando. Ela, por acaso, estava no lugar e na hora certos, falou sobre um político, em uma festa cheia de gente famosa que celebrava o fechamento de um negócio escuso. Ao telefone, eu ouvi Ataliba sugerir que Ide viesse ao nosso encontro.

– Pegue um táxi e venha até o restaurante perto da minha casa, eu acerto a corrida quando você chegar. – Ataliba ditou o endereço e desligou. Estava feliz, gostou da ideia de rever Ide e ficou curioso com o fato, alguém importante morreu, uma celebridade, poderia dar uma boa matéria. Mas quem poderia ser?

Ide chegou ao restaurante, desceu do táxi ao lado da mesa onde estávamos. Carregava pacotes como de costume, sentou-se conosco e virou o primeiro copo de cerveja antes de falar.

– Então vamos lá, Dama dos Sapatos Vermelhos, me conte o que é tão importante. – Perguntou Ataliba.

– Você sabe que eu gosto de andar pelas ruas dos bairros ricos, adoro o Jardim Europa e o Jardim Paulistano. Lá existem mansões e prédios imensos, e eu posso chegar de ônibus sem estragar os meus sapatos. Sabia que eu não preciso pagar as viagens? Ai, revelei a minha idade. O bairro é tão bonito...

– Quem morreu? – Perguntou Ataliba impaciente.

– Espere que eu vou contar. – Naquele lugar as famílias se desfazem de roupas de grife como a gente joga fora uma casca de banana. Costumo chegar cedo quando os empregados, quase todos são meus amigos, terminaram a limpeza do resto das festas da noite anterior. Só que hoje aconteceu algo diferente, eu fui informada pelos meus amiguinhos que haveria uma festa diurna em uma mansão. Por isto mudei o meu horário, cheguei no final da tarde e me aproximei do endereço onde mora o Dr. Mauad. Estranhei ao ver um monte de gente parada na porta, eu nem consegui chegar perto do latão ao lado da entrada dos serviçais, onde os empregados colocam os restos da casa.

– O Dr. Mauad, o deputado?

– Sim, exatamente, o político corrupto, cheio de grana e vazio de ideias. Nem me deixaram chegar perto, mas você sabe, eu sou amiga dos funcionários e fiquei sabendo de tudo. A festa rolou por todo o dia, estavam comemorando um contrato não sei bem do quê, sei que era uma grana boa. Quem me informou foi o garçom da casa com quem eu costumava ir aos bailes no parque.

Rolou muita bebida e droga, tinha um monte de garotas de programa e a casa estava cheia de coleguinhas de partido do Dr. Mauad. Daí ele tomou umas a mais, cheirou mais do que estava acostumado e pifou. Eles dispersaram todo o mundo, armaram a cena, limparam a festa e amanhã vão anunciar a morte como sendo de causas naturais. Mas ele já está mortinho da silva agora, de overdose e nem vai ter tempo para gastar a grana da propina. Eu até sei quem esteve na festa, os meus amiguinhos me contaram. Viu como é bom ter boas relações?

– Preciso da lista com os nomes dos políticos presentes na festa.

– Eu consigo a lista, é só ligar para o meu amigo que trabalha na casa.

Ataliba pagou a conta e fomos até o seu apartamento. Ide conseguiu a lista com apenas um telefonema e Ataliba fez contatos com suas fontes, levantou detalhes, até que se deu por satisfeito. Escreveu o obituário do Dr. Mauad, cuja morte seria anunciada na manhã seguinte. Ligou para Adriano, narrou os fatos e enviou o texto do obituário sem a revisão que estava acostumado a fazer. Desta vez não poderia esperar, a imprensa seria informada em nota oficial do partido que o deputado morrera naquela noite, mas o jornal daria o obituário com os detalhes da festa e a lista dos presentes na primeira edição. Ataliba pediu para Adriano alterar a edição que já estava na gráfica e que encerraria a sua carreira no jornal. Adriano relutou.

– Ataliba, hoje resolvemos fechar a edição mais cedo, nada de novo aconteceu neste país e você me ajudou a fazer o editorial que anuncia a venda do jornal. Não vamos parar agora.

— Caro amigo, garanto que aconteceu um fato jornalístico grave que justifica segurar a edição.

— Ataliba, o pessoal da produção vai reagir, o jornal está pronto e diagramado, as impressoras estão rodando.

— Caro Adriano, pare a edição, porra! Vamos ter mais do que um obituário, um furo que você nunca deu na história do jornal. Vais encerrar a sua carreira de editor com chave de ouro.

— Ataliba, eu não posso fazer isto, vai custar uma grana e estamos sem orçamento.

— Pare a gráfica agora, vamos dar um furo, ninguém sabe que o defunto de amanhã morreu hoje. Todos os jornais vão falar do tema na edição de depois de amanhã, só o seu jornal vai dar a morte do Mauad. O mais importante, o jornal vai relatar sobre a festa, quem estava presente e o acerto com a polícia para abafar o caso, até mesmo o médico que assinou o óbito sem examinar o falecido. Eu averiguei tudo. Você vai sair do mercado com um furo de interesse nacional. Vou mandar a lista com os nomes dos presentes e você decide o que fazer com esta informação.

Às onze horas a decisão estava tomada, a edição interrompida. Ataliba, exausto, viu que Ide adormecera no sofá. Aproximou-se dela e retirou os sapatos vermelhos dos seus pés. Preferiu não a acordar, trouxe um cobertor leve e um travesseiro, ajeitou-a no sofá, apagou as luzes e foi para o quarto. Eu fui para a minha casa pensando em tudo que havia acontecido.

No dia seguinte o escândalo explodiu, as autoridades prometeram abrir um inquérito administrativo para encontrar os responsáveis. Os políticos negaram que estiveram na festa, o partido acusou a oposição de inventar a história, o corpo foi velado no saguão da Assembleia Legislativa e tudo seguiu como dantes no quartel de Abrantes.

Ide ficou feliz por ajudar Ataliba no trabalho. Ataliba tinha em mãos a lista dos presentes na festa do deputado. Com a euforia causada pelo furo de reportagem, ele demorou a perceber que o nome de Lena estava na lista dos convidados. Foi o gatilho para Ataliba entrar em outra fase depressiva.

CAPÍTULO 15

Terceiro obituário – suicídio da celebridade, maio

Ataliba estava atrasado, postergou o tanto quanto pode o terceiro encontro no Araçá. O impacto do furo jornalístico sobre a morte do deputado repercutiu nos meios políticos, empresariais, e na vida de Ataliba. Na câmara dos deputados, a oposição quis abrir um processo na comissão de ética, foi impedida pela bancada majoritária. Os deputados interessados em proteger a honra corporativa questionaram o sentido de debater sobre atitudes de alguém que já morreu. Canalhas!, exclamava Ataliba cada vez que o assunto surgia nas nossas conversas, ele tentava digerir a notícia da presença de Lena na festa. A digestão foi difícil.

Eu pressionei Ataliba a retomar os encontros no Araçá, os sinais de depressão estavam estampados nas suas atitudes, ou na falta delas. Lázaro tentava me ajudar, foi Ide quem convenceu Ataliba a dar continuidade às leituras. Em um acordo tácito, não tocávamos no assunto de Lena. No horário marcado, caiu uma chuva fina que nos fez buscar abrigo na capela. Lá dentro, o silêncio emanava um ar de respeito que foi facilmente transgredido por Ide, cuja voz ressoou nas paredes, vitrais e colunas do templo.

– Que capela imensa escondida neste lugar. Não deveria ser chamada de capela, é um desperdício vocês não acham? Quem construiu valoriza mais a morte do que a vida. – A voz de Ide ecoava nas paredes estreitas e altas da capela.

A brisa que restou depois da chuva refrescou o ambiente à sombra do araçá. A meia estação paulistana era ideal para o encontro esperado por todos. Ataliba chegou sem fazer as brincadeiras costumeiras. Nós aguardávamos a oportunidade para quebrar o gelo, Ataliba retirou as pastas da sua mochila sob total silêncio. Ide se aproximou e abriu um dos pacotes que carregava, distribuiu sanduíches de mortadela, o que ajudou a criar o clima para a conversa. Ataliba iniciou a leitura do obituário com voz mais ofuscada do que o usual e sem perguntar se havíamos lido os textos que enviara. Ele escolheu a dedo um tema depressivo.

Terceiro obituário: faleceu na cidade de São Paulo a escritora Linda Ferreira Braga ao cair do 15º andar do edifício onde residia. LFB, como era conhecida, tinha 83 anos e as autoridades aventaram a hipótese de suicídio. Nascida no Rio de Janeiro, LFB atuou como jornalista em importantes veículos de imprensa, foi autora premiada de biografias de celebridades. LFB era dona de considerável fortuna herdada do pai, o magnata Antenor Ferreira Braga. Ela era divorciada, teve dois casamentos e seus dois filhos vivem no exterior.

Conversa no cemitério:

Eu critiquei o texto do obituário oficial. Achei que tinha o propósito de esconder os fatos. Mau jornalismo, eu disse, e comentei que lera os documentos do arquivo e com base neles certamente eu escreveria um texto diferente.

– Como você escreveria este obituário? – Ataliba perguntou.

Eu havia escrito um texto motivado pelas informações contidas na pasta de Ataliba. Perguntei se poderia lê-lo para o grupo, todos concordaram.

– A editora e escritora Linda Ferreira Braga faleceu ao cair do apartamento de cobertura do 15º andar do edifício onde residia na Av. Higienópolis, em São Paulo. Segundo a perícia, o corpo permaneceu sobre a laje do edifício vizinho desde a madrugada. Por volta das 10:30 horas a cena insólita chamou a atenção de um morador que informou à polícia sobre a existência de um corpo sobre a laje. LFB, como era conhecida nos meios literários, nasceu no Rio de Janeiro, exerceu a profissão de editora e escritora, tendo publicado livros e artigos sobre a vida de celebridades, entre os quais se destacam as biografias do Presidente JK, da cantora Maysa, do arquiteto Niemeyer e do playboy Chiquinho Scarpa. Seus escritos causaram impacto entre os leitores, seja pelas inovações de caráter literário, seja pelo fato de que alguns dos biografados ainda viviam na época da publicação não autorizada de suas respectivas biografias. Como jornalista, LFB atuou nas revistas Manchete e Realidade e no jornal Pasquim. Era um nome respeitado pela intelectualidade progressista brasileira. Ainda jovem, e contrariando a orientação política do pai, ela participou da resistência ao golpe militar tendo flertado com a esquerda armada. Sofria de depressão e tentou o suicídio por duas vezes. Era uma mulher rica que manteve hábitos simples ao longo da vida, era filha de Antenor Ferreira Braga, conhecido empresário e magnata da área financeira que enriqueceu durante o período da ditadura militar. O ativismo político de LFB e o seu estilo de vida lhe renderam a ruptura com o pai, que tentou deserdá-la sem sucesso. A fortuna do pai garantiu que a filha estudasse nos melhores colégios de São Paulo, cidade para onde se mudou com a mãe quando esta separou-se do esposo. Posteriormente estudou na Suíça e em Paris, onde cursou jornalismo. LFB participou das manifestações de 1968 e iniciou carreira jornalística fazendo entrevistas com intelectuais brasileiros refugiados na Europa. As entrevistas lhe renderam fama imediata, ao retornar ao Brasil iniciou a carreira de escritora especializada em biografias de artistas e políticos famosos, foi inovadora ao retratar a realidade do país por meio das biografias e criou um estilo próprio de narrativa que valorizava o ambiente histórico e social em que inseria o personagem biografado. O leitor era levado a transitar entre os fatos da sociedade e a vida que ela retratava.

A escritora casou-se duas vezes, na primeira com um homem de finanças, amigo do seu pai. O casamento durou quatro meses e dele nasceu um filho. O segundo casamento foi com um mecânico de carros de corrida que conheceu no autódromo de Interlagos, e gerou a primeira ruptura com o pai, que não admitiu o enlace. Este segundo casamento durou dois anos e dele nasceu o segundo herdeiro. Os dois filhos de LFB foram educados em colégios internos na Europa e nunca viveram no Brasil, o mais velho é ator e mora em um barco em Amsterdam, o mais novo é operador do mercado de commodities e vive em Londres.

Os amigos ouviram a minha leitura e Ide gostou do relato, reagindo assim que concluí a leitura.

— Tá vendo, eu conheço esta gente cheia de grana que não consegue dar valor àquilo que tem. Onde já se viu, a mulher com 83 anos, podre de rica e famosa, se jogar do 15º andar? Eu já andei pelo bairro dela, talvez até tenha algumas das suas roupas.

Eu apontei para o fato de ela ser depressiva, já havia tentado o suicídio duas vezes e aparentemente não recebeu ajuda. Lázaro, que conhecia muitas mortes, comentou:

— Quem tenta o suicídio e não consegue é porque não tinha certeza do que queria. Quem quer se matar sempre encontra um jeito fácil. Quero ouvir a história contada pela falecida.

— Sem marido, filha única, os filhos vivendo longe, parece que ela era solitária. — Ide completou. — Eu vivo sozinha, não tenho família por perto, não tenho grana, e me divirto muito. Esta coisa de depressão é para gente rica. Eu também estou curiosa para ouvir a história contada pela senhora LFB.

Eu acompanhei o debate entre Ide e Lázaro. O tema da morte, do suicídio, das perdas começava a me atrair, tal como capturara Ataliba. Mergulhei nos argumentos que ouvi e concordava em parte, eu os achei um tanto simplistas. A minha atenção ficou voltada à depressão da falecida e ao comportamento de Ataliba, que dava sinais preocupantes. Ataliba interrompeu o meu pensamento.

– Embora vocês não acreditem nos relatos em nome dos mortos, eles explicam o que ocorreu na verdade com LFB, ela narrou mais ou menos assim.

A narrativa de LFB:

– As noites de sábado são as mais vazias para mim. Sobraram poucas alegrias na minha vida, ainda mais depois dos oitenta anos. Todos os meus amigos perderam o viço, perderam o tesão, perderam a imaginação, alguns já se foram. Eu, que escrevi tantas biografias, tenho pronta a minha autobiografia, na qual revelo fatos que amigos e amigas não imaginam que conheço. Nunca abandonei a prática de bisbilhotar a vida dos outros, não existe esporte mais adorável do que este. Revelações íntimas, mesmo que sejam sobre o passado remoto, incomodam muita gente. Amigos e amigas que tinham casamentos bem-sucedidos aos olhos do mundo, esconderam a verdade que eu revelei nos meus textos. Eles me odiaram por isto. Encontrei de tudo, casamentos falsos, fortunas que não existiam, machões que mantinham casos amorosos homossexuais. As revelações nunca batiam com a imagem plantada pelos poderosos. A começar pelo meu pai, rude, rico, dono da verdade, investidor de sucesso e que tinha os seus amiguinhos que satisfaziam suas taras. Eu estou só aos 83 anos, e a razão é simples: ninguém gosta de pessoas como eu, que falam a verdade, que revelam segundas e terceiras intenções de políticos, que abrem o jogo das deformidades morais e que confessam as suas fantasias. Não, ninguém deve fazer como eu, se fizer pagará um preço alto e este preço tem nome, se chama solidão. Cheguei ao limite, mais de uma vez tentei me matar, como fui tola. Falhei na primeira tentativa, tentei uma segunda vez. Eu sabia que seria socorrida a tempo, estava tudo previsto, sobrevivi. Hoje a noite está calma, a temperatura amena e da minha janela posso ver a vida íntima das pessoas. Eu, que sempre fiz isso profissionalmente, agora faço por puro voyeurismo. Gosto em particular do casal do apartamento que fica no prédio ao lado do meu. Eles aprenderam a jogar comigo, quando detectam a minha presença, abrem as cortinas e se entregam aos prazeres mais encarnados, profundos. Está na hora de admirá-los, vou me postar à janela, vou me deliciar com as estrepolias deles. Depois vou decidir o que farei, quem sabe uma terceira tentativa.

Ataliba terminou a leitura e guardou as páginas na pasta de casos. Nós quatro nos entreolhamos por alguns instantes. Eu concluí que ela se jogou depois que o casal adormeceu. A solidão mata, afirmei.

– Prefiro pensar que ela se entusiasmou e caiu ao tentar observar algum detalhe da transa entre os vizinhos. Se fosse minha cliente poderia ver os melhores detalhes picantes na obra dos autores que coleciono. – Disse Lázaro.

Ide observou Ataliba, que ouviu os comentários, sem ação, como se ele próprio estivesse próximo da janela do 15º andar. Eu e Lázaro perguntamos pelo desfecho da história. Concluímos que o voyeurismo tem mais a ver com Eros do que com Thanatos, portanto não achávamos que ela tivesse de suicidado.

– Não há tanta diferença entre Eros e Thanatos – Ataliba respondeu –, o orgasmo é chamado de *la petite mort* pelos franceses.

O debate saiu do radar, Ide reagiu em busca de Eros.

– Esta história de Eros e Thanatos é muito complicada para mim. Vamos para a minha casa, Ataliba, hoje eu não te deixo sozinho.

Nos dispersamos pensando em tudo o que ouvimos e nas interpretações que cada um fez sobre o ocorrido. Eu não me preocupei com Eros e Thanatos, concluí que não há fortuna que resolva o problema da solidão. Esta era a chave para eu compreender como ajudar Ataliba.

CAPÍTULO 16

Na casa de Alaíde, maio

O humor de Ataliba oscilava ao sabor das horas, dos dias, das ocasiões, sem uma razão aparente. Algumas vezes ele me recebia no apartamento com honras de chefe de estado, me servia café e até preparava almoço se lhe desse na telha. Outras vezes eu chegava, me punha a trabalhar por horas no arquivo dos mortos e ia embora sem que Ataliba dissesse uma palavra sequer. Ide o ajudava a passar pelos momentos piores, dentro da simplicidade com qual ela encarava a vida. Ela conseguia avaliar exatamente as necessidades de Ataliba a cada período de depressão. Quando a situação piorava e Ataliba deixava de fazer até mesmo a higiene básica, eu permanecia mais tempo para ajudar, dividia o espaço do apartamento, que passou a funcionar como meu escritório fora da redação.

Ataliba e Ide mantiveram comigo um canal de comunicação desinteressado, algo que só acontece entre amigos. Eu os ouvia e colocava as peças juntas de modo que fizessem sentido.

Certo dia presenciei um momento de euforia, Ataliba se preparava para um jantar que Ide planejara havia meses. Ele saiu pelo bairro e voltou com roupas novas, perfume, presentes para a namorada, estava tudo pronto para o grande evento. Eu permaneci no apartamento e trabalhei até altas horas preparando textos e revisando o trabalho feito por ele. Naquela noite Ataliba não retornou do jantar e só me contou o que tinha acontecido quando nos encontramos dois dias depois. Quando o vi, percebi que a euforia tinha cedido espaço para o recolhimento. No início ele pouco falou, depois mudou o comportamento. Deitado no sofá ele descreveu a casa de Ide: era um lugar tomado por pacotes e caixas dos produtos que ela coletava pelas ruas. Finalmente ele constatou que ela é uma acumuladora. Ele me revelou detalhes do encontro.

Ele chegou antes do horário combinado, Alaíde o recebeu sem rodeios. A porta da casa estava aberta, Ataliba tocou a campainha para se anunciar e ouviu a voz da namorada, que gritou da cozinha.

– Entre e se acomode, estou preparando o jantar, não quero que você me veja usando estas roupas surradas e o meu avental de trabalho.

Ao entrar na casa, Ataliba percebeu que as louças arrumadas sobre a mesa da copa tinham etiquetas indicando que eram novas – possivelmente guardadas para uma ocasião especial. Ele encontrou uma cadeira na sala, acomodou-se e teve tempo para explorar o ambiente, observou que os objetos expostos tinham formas e cores que se misturavam sem nenhum estilo. Ataliba percebeu que havia peças danificadas, outras precisavam de reparos, todas eram de segunda mão, encontradas no lixo dos bairros ricos da cidade. Ide era uma acumuladora compulsiva.

– Eu vou tomar banho. – Ela gritou da cozinha sem permitir que Ataliba a visse. Para passar o tempo, ele arrumou os pacotes que estavam sobre o sofá e outros que ocupavam as duas poltronas que compunham a sala de visitas. Daquele ponto, pôde observar as paredes com fotos e reproduções de artistas conhecidos entremeadas por imagens de São Jorge, Padre Cícero, Nossa Senhora, Papa João Paulo II, Iemanjá, Getúlio Vargas, Roberto Carlos e Chico Xavier. Um altar montado sobre a cristaleira tinha um Buda com um pires cheio de areia em que restos de incenso indicavam algum ato de devoção. O lugar lembrava uma instalação parecida com o que Ataliba vira nas bienais de arte.

Ataliba ficou fascinado, subiu pela escada que o levou a um corredor entre dois quartos e um banheiro no meio deles. Uma das portas estava aberta, a outra dava acesso ao quarto onde Ide se arrumava para recebê-lo. Ataliba prosseguiu a exploração e entrou no quarto que estava aberto, onde encontrou montes de roupas, sapatos e aparelhos eletrodomésticos quebrados. Uma cama de solteiro servia para acumular mais pacotes, roupas e sapatos, sapatos, muitos sapatos. Entrou no banheiro e percebeu que Alaíde se banhara há poucos minutos. O piso era de cerâmica vermelha e nunca fora trocado, tinha falhas não repostas e o antigo brilho estava ofuscado. Um chuveiro elétrico pairava acima de uma banheira de ferro, apoiada sobre pés que imitavam patas de um felino. Os objetos espalhados pelo banheiro provocaram em Ataliba a sensação de uma criança em um parque de diversões, ou dentro de uma piscina com bolas de várias cores. Sobre um aparador, ele viu uma toalha, sabonete, lâmina de barbear e um roupão vermelho dobrado com cuidado. A voz de Ide o surpreendeu.

– Gostou do robe de chambre? Veio de uma família da alta sociedade cujo patriarca morreu, nunca foi usado. Pensei que talvez você quisesse estrear.

Ide, em pé na porta do quarto, olhava para o rosto do seu amigo, ela rescendia a perfume barato e trajava uma túnica branca e longa que lhe conferia um ar confortável.

– Eu não te reconheceria. – Comentou Ataliba ao ser conduzido por Ide para a copa onde o jantar seria servido. A anfitriã acendeu duas velas e deixou que um abajur iluminasse o ambiente de forma suave.

– Pode me fazer as perguntas que desejar – comentou Ide –, sei que você deve estar curioso com os meus badulaques. Eu já te expliquei que é o meu passatempo, gosto das coisinhas que eu busco pelo mundo dos ricos. Ataliba respondeu que não tinha perguntas para fazer, apenas revelou que estava feliz com a companhia dela.

– Você também pode me fazer as perguntas que desejar. – Disse Ataliba. Ide mirou os olhos do seu convidado e respondeu.

– Eu não faço perguntas para os meus convidados, as visitas têm sido raras nos últimos tempos.

Ide manteve o olhar fixo nos olhos de Ataliba, enquanto reinou um lapso de silêncio na conversa. Depois concluiu.

– Pensando bem, eu tenho uma pergunta. Vamos jantar primeiro, farei a pergunta depois.

Ataliba usufruiu da atenção que não tinha havia muito tempo. Compartilharam um jantar calmo, descontraído, ao mesmo tempo cheio de promessas e revelações. Ataliba lembrou-se de uma frase que lera em um livro e que pronunciou em voz baixa.

– Nada como uma conversa espirituosa entre amigos ao redor de uma mesa.

– O que você disse? – Ide perguntou enquanto se afastava na direção da cozinha. Retornou e não houve tempo para Ataliba elaborar uma resposta.

– Vem comigo, vamos tomar um café na minha mesa preferida lá na cozinha. Ataliba andou poucos metros e tropeçou no par de tênis Nike ao lado do par de sapatos vermelhos. Um silêncio leve criava um ambiente que tranquilizava Ataliba, um ambiente doméstico que ele apreciava e não vivia desde quando a mulher o abandonou.

– Ataliba, talvez você confie em mim o suficiente para responder a uma pergunta. Já sei sobre o seu trabalho, a sua história, o seu passado.

– Então, qual a pergunta misteriosa que você nunca fez?

– Quem é Lena? Quero dizer, sei que é sua filha, mas que raio de comportamento estranho tem esta moça, o que ela quer de você?

Ataliba permaneceu em silêncio por um instante enquanto sorveu o café recém-coado.

– Lena é minha única filha, nasceu do meu casamento com Aline. – Começou a contar. – Nos separamos enquanto a mãe estava ativa na luta armada contra a ditadura militar, teve que se esconder por alguns meses, passou pelo Uruguai, Chile e México e acabou por receber asilo político na França. Ela nunca voltou ao Brasil. Eu criei Lena sozinho, com a ajuda de uma senhora que fez tudo o que pode fazer, mas não preencheu a ausência da mãe. Quando minha filha saiu de casa tinha 17 anos, ela foi morar com três amigas. Foi um período difícil, ela se envolveu com drogas, conseguiu entrar na faculdade de comunicação, onde foi uma aluna aplicada. Ao se formar, Lena começou a atuar em agências de propaganda, foi assistente de um importante agente de celebridades. Aprendeu a função de vender sonhos e cresceu na agência até assumir uma diretoria, quando passou a cuidar das contas de gente famosa.

– É por isso que ela estava naquela festa? – Perguntou Ide.

– Sim, é parte da sua profissão frequentar os ambientes onde estão seus clientes, que são políticos, artistas, alguns milionários em busca de fama. Esta é a breve história de Lena, de filha abandonada pela mãe até se tornar uma rica empresária. Satisfeita com o meu relato?

– Não, querido amigo, não estou satisfeita, digamos que entendo que seja o relato possível.

Ataliba complementou com uma informação.

– Lena tem uma característica que talvez explique o seu comportamento recente. Ela passou a ter atitudes estranhas e diz que carrega uma maldição, ela acredita que é uma bruxa, ela fala sobre o mito de Lilith. Passou a ler sobre o tema, comprou muitos livros. Ela diz que nunca dependerá de homem nenhum, ela adora as noites sem lua, e gosta de caminhar quando uma tempestade se aproxima. Lena fixou a ideia de que algumas pessoas podem ser afetadas pela sua presença, mais do que afetadas, podem morrer.

– Você seria uma destas pessoas. – Comentou Ide.

Ataliba não negou, ficou calado e permaneceu com Ide até a manhã seguinte quando se despediu.

Alaíde serviu-lhe uma xícara de café com leite e colocou um pão com manteiga sobre um pires. A manhã se apresentava sombria e uma garoa fina molhava a vidraça da cozinha quando Ataliba seguiu para casa.

Eu já não me encontrava no apartamento quando ele chegou pela manhã. Fui para a minha casa depois que concluí as leituras na madrugada. Mas ainda estava no apartamento por volta da meia-noite, quando atendi ao chamado do interfone, e uma voz feminina perguntou por Ataliba. Respondi que ele não estava, então ela desligou e não deixou recado. Ao olhar pela janela, vi uma moça com traços orientais. O meu amigo estava envolvido em dois casos amorosos, talvez uma garota de programa. Seria apenas isso? Dias depois, quando ouvi a história de Ataliba, não lhe disse nada a respeito da moça. Ele relatou os detalhes do encontro com Ide, assim eu soube a respeito de Lena. Ele entrou em estado de depressão nos dias seguintes ao jantar. Entendi que devia ajudar Ataliba, precisava começar de algum ponto. Agora eu sabia um pouco mais sobre Lena, resolvi procurar por ela.

PARTE II

Ao encontro de Lena

We tell ourselves stories in order to live.

JOAN DIDION

CAPÍTULO 17

Fefo conhece Jamanta, maio

Eu segui a sugestão de Tico-Tico e procurei por Jamanta na empresa de marketing e comunicação com a qual Lena teria ligações. Marquei um encontro e me dirigi ao endereço que tinha em mãos. O que encontrei foi uma propriedade com muros altos e sem identificação na fachada, nada que sugerisse uma empresa de comunicação. Rodeei o muro de modo discreto, olhei através da cerca e vi uma casa construída nos anos 60, uma típica moradia das famílias da classe média alta paulistanas em um bairro arborizado. Acionei o interfone e o portão foi destravado sem que eu precisasse me anunciar. Entrei e atravessei o jardim onde um caminho de pedras levava à porta principal da casa. "Árvores à espera de poda e canteiros à espera de água", foi o que vi, pensei comigo mesmo e tentei interpretar os sinais que revelam um jardim descuidado. Admirei a arquitetura da casa, foi construída com esmero, mostrava ornamentos nos beirais e as janelas eram protegidas por grades de ferro que imitam folhas, um trabalho artesanal de serralheria. Eu reconheci nos detalhes da decoração o trabalho produzido por algum mestre de obras que conhecia a sua arte. Como teria sido a família que habitou o local agora convertido em espaço anônimo? Onde estaria a família que construiu tudo isto? Talvez tenham realizado seus sonhos em outro lugar, ou quem sabe os sonhos nunca tenham se realizado. Atravessei uma porta e entrei pela casa, onde um punhado de jovens interagia, cada qual com a sua estação de trabalho. Os detalhes internos da habitação chamaram a minha atenção, o piso era de tacos de madeira de duas cores, que formavam desenhos simétricos no saguão da entrada. A estrutura da casa fora mantida intacta, apenas os ambientes foram adaptados para acomodar o trabalho de um bando de jovens. Estranhei o local que não me acolheu, na verdade me lembrou uma redação de jornal com um clima diferente daquele que eu conhecia. Como ninguém me recebeu, sentei-me em uma poltrona e fiquei à espera de alguém que me recepcionasse. A sala ampla fora segmentada por divisórias de vidro onde duas dezenas de pessoas silentes tinham os olhos mergulhados nas telas de computadores. Não havia como me ocultar dos olhares que se cruzavam, todos observavam e cada um podia ser observado. Me lembro de ver um grupo de jovens que discutia em uma das salas, eu pude vê-los e ouvir o som abafado das vozes. Por uma porta entreaberta, vi um homem que tinha mais idade do que os demais e parecia exercer liderança sobre o grupo. Seria Jamanta? Recuei, aguardei, tornei a olhar os detalhes do ambiente sem janelas, as estações de trabalho e o corredor com iluminação natural que vinha de uma claraboia. Eu estava incomodado, não me senti à vontade, ninguém falava a não ser dentro dos espaços envidraçados, onde pequenos grupos interagiam. Silhuetas e sons abafados era tudo o que pude observar e ouvir.

O rapaz mais velho reapareceu, tinha gestos agitados e não olhou no meu rosto quando se apresentou.

– Sou o Jamanta, você deve ser o Fefo. Me acompanhe até o *lounge*. Você veio para me entrevistar sobre a matéria que está produzindo sobre celebridades. Correto?

Concordei e acompanhei os passos rápidos do meu entrevistado até o final do corredor onde havia uma cozinha integrada a uma área com sofás e tatames espalhados sem ordem definida. O perfil dos presentes era o mesmo que observei nas salas de trabalho, a diferença estava na postura que adotavam no *lounge*. Alguns dormiam, outros usavam fones de ouvido e moviam a cabeça embalados ao som de alguma música que eu não escutava. Outro grupo de jovens fumava na varanda, ninguém tinha mais de 30 naquele lugar. A voz de Jamanta me alertou. Ele era uma pessoa talvez com 50 anos, magro, usava calça jeans, um tênis surrado e a camisa branca com o bolso que trazia duas lapiseiras. Não tinha o perfil de empresário da comunicação bem-sucedido.

– Então, estou pronto para te ouvir.

Eu expliquei que vinha como jornalista e que escrevia uma matéria sobre o mercado de celebridades para atender a um pedido. Comentei a respeito da conversa com amigos que frequentam o bar do Tico-Tico e expliquei que ele, Tico-Tico, me deu o seu contato. Jamanta não manifestou qualquer reação, o que me deixou mais desconfortável. Prossegui o relato e lhe disse que trabalho como repórter, que até pouco tempo era estagiário e que ganhei experiência durante o período em que cursei a faculdade. Jamanta permaneceu em silêncio e não olhou nos meus olhos, a falta de reação me sugeriu que deveria ir direto ao assunto inventado para chegar ao nome de Lena.

– Me descreva o mercado das celebridades – comecei –, tenho certeza de que você poderá me ajudar a enriquecer a matéria com as impressões de quem conhece este tipo de cliente. – Jamanta ouviu, pensou um pouco e balbuciou algumas palavras.

– Eu acho que jornalistas devem saber o que perguntar, ou você quer que eu te diga qual é a pergunta? – Eu entendi a mensagem de Jamanta, eu não o convencera com a minha história, tentei manter a postura.

– Não é preciso, eu pesquisei e sei que as celebridades são uma fonte de renda para algumas agências de publicidade especializadas. Eu quero saber, por exemplo, se os clientes procuram por vocês ou são vocês que descobrem quem tem potencial para ter o nome trabalhado. Como se constroem os perfis ou este pessoal já chega pronto? Quanto custa produzir um perfil e torná-lo público? São estas as perguntas que eu tenho. – Eu tentei ser incisivo, olhei para Jamanta e pensei que talvez a minha afirmação o tivesse convencido de que eu sou jornalista e das minhas intenções.

– O seu nome é Fefo, não é mesmo? – Indagou Jamanta. – Você parece esforçado, mas as suas perguntas não se encaixam. Então eu vou dar uma sugestão. Caso você queira continuar a nossa conversa, diga o que veio fazer aqui.

Eu me vi desarmado, sem jeito, a história que narrei não fora convincente. Olhei para Jamanta e mudei o discurso, fui ao ponto.

– Tico-Tico me informou que você conheceu uma moça chamada Lena. Consta que ela trabalhou aqui e ocupou cargo de diretora. Você poderia me falar algo sobre ela?

– Por que eu lhe falaria sobre Lena?

– Eu sou amigo do Ataliba, jornalista e pai de Lena, ele precisa encontrar a filha, entrou em depressão profunda, ele não sabe que estou aqui e estou convencido de que algo sério aconteceu com ela. Não tenho outra intenção a não ser ajudar o Ataliba.

Jamanta andou até a varanda onde acendeu um cigarro, silenciou por instantes e pôs-se a falar sobre Lena.

– Lena trabalhou nesta agência por 10 anos, era sócia-diretora, o que significa que ela gerenciava uma conta gorda de projetos, quer dizer, de carreiras. Lena teve uma fase criativa, trouxe novas abordagens para trabalhar com celebridades. Nós somos amigos, mas Lena passou a ter um comportamento estranho, se isolou e não conseguia mais desempenhar o trabalho. Ela tinha uma carteira de clientes que daria inveja a qualquer profissional da área. Ela começou a se envolver com os clientes, teve casos amorosos com vários deles, apaixonou-se por uma estrela do mundo country. Ficou irreconhecível, eu não conseguia mais me aproximar dela. Quando começou a ter alucinações, sugeri que buscasse apoio médico. Ela não terminou o tratamento, eu soube que exagerou nas drogas e que andou pela estrada procurando caminhos esotéricos. Por fim, Lena sumiu e hoje não sei do seu paradeiro, desapareceu no mundo.

– O pai dela soube do que se passou? – perguntei.

– Ele tentou contatá-la, chegou a procurar por ela no escritório que ainda não era nesta casa. Ela escapava do pai de todas as maneiras. Certa vez soube que eles se encontraram, mas eu não sei o quanto ele sabe do que se passou com Lena.

A copeira, uma senhora de idade, entrou na sala com duas xícaras de café e ouviu um rabo da conversa. Entregou uma xícara nas mãos de Jamanta e perguntou se eu queria com açúcar ou adoçante.

– Eu tomo puro. – Respondi, e Jamanta prosseguiu.

– Obrigado Dona Dida, o café chegou em boa hora. Sabe de quem estamos falando? – A velha senhora respondeu que ouvira parte da conversa.

– É sobre Lena, não é? Pobre menina, eu gostava dela. Quando a coisa ficou muito ruim, ela chegou a me procurar, tinha perdido tudo o que ganhou na vida. Ficou pele e osso com a tal da história da bruxaria. Chegou na minha casa com uma mala, que ainda está lá, disse que viria buscar, mas desapareceu.

– Bruxaria? Explique melhor.

– Parece que ela acredita que carrega uma maldição, diz que é uma bruxa e que pode fazer mal às pessoas mesmo que não queira. Quando ela está bem nem lembra do assunto, mas quando está possessa, parece outra pessoa. Você acredita em espíritos?

– Quando foi o último contato? – Perguntei.

– Deixa eu pensar... faz uns seis meses mais ou menos.

– Se ela voltar a contatá-la, por favor me avise. – Falei, deixando um cartão com Jamanta, e agradeci pelas informações.

– Talvez ela esteja bem, mas o seu pai não está. Precisa saber dela. – Me lembro de ter dito.

Naquela tarde, retornei para casa tentando ligar as pontas. Pensei na mulher bem-sucedida que se perdeu na vida, no pai que não consegue encontrá-la, na mãe de quem pouco se sabe e que vive fora do país, no fato de que Lena e o seu pai padeciam de problemas que talvez estivessem associados. Refiz a caminhada pelo jardim, saí da casa e andei até o ponto do ônibus. Se eu não convenci o Jamanta, ele e D. Dida tampouco me convenceram, sabia que eles não me disseram tudo. A história da possessão soava estranha.

CAPÍTULO 18

Primeira narrativa de Lena, maio

— Eu gosto de tirar fotos das pessoas, expliquei para o porradomédico e ele me deixou ficar com a máquina fotográfica, o único objeto além das roupas e da escova de dentes. A máquina é a minha companheira, o meu olhar para o mundo, eu guardei fotos de todos os meus amores, algumas são íntimas. As que mais gosto me lembram os momentos de prazer que já não tenho. Faz tempo que não tenho prazer. Sou vidrada em fotos, acho que a parede do corredor do apartamento do meu pai me influenciou. Fotos são momentos congelados para a eternidade, serão importantes um dia, quem sabe ajudarão a lembrar dos outros quando eu perder a minha memória. Perder a memória aos poucos equivale a morrer devagarinho.

Eu não tenho fotos da minha mãe e nem lembro do seu rosto mesmo depois de tê-la visitado em Paris. Eu não gravei a sua imagem na minha memória, portanto ela nunca existiu. Por que será? Talvez a memória seletiva exista para nos proteger dos fatos desagradáveis. Quando eu era menina, resolvi criar um rosto para minha mãe, coisas de criança. Já adolescente eu não conseguia ver o seu rosto, decidi construir uma imagem dela a partir dos relatos que ouvi dos amigos que ela deixou no

Brasil e que visitavam papai de tempos em tempos. Penso que viam papai como um herói, alguém que sacrificou o casamento e criou uma filha sozinho. Falsa imagem, como ele faria algo por uma luta que nunca acreditou? A ditadura militar foi uma merda, destruiu a nossa vida e deixou pegadas que me perseguem até hoje. Esses porrademilicos. Os amigos de mamãe eram uns brutos, alguns pareciam apalermados, só falavam de política e de como foram tolos quando optaram pela luta armada. Riam o tempo todo das besteiras que fizeram, riam das perseguições e das marcas de tortura que, segundo eles, são marcas perenes que ficam gravadas como tatuagens na pele. Porradetatuagens. Era assim que se apresentavam, como pessoas que carregavam marcas perenes e que todos lhes deviam a alma pelo seu heroísmo. Ou estupidez, eu diria. Eu, menina, ouvia os relatos das mulheres que foram estupradas e dos homens que foram humilhados. Eu ouvia as conversas como uma criança ouve conversas, atenta e fingindo não ouvir. Tempos depois, já adulta, eu percebi que os amigos da minha mãe não se livrariam daquelas tatuagens. As tais cicatrizes perenes ressurgem todos os dias na vida destes zumbis, aparecem de muitas maneiras, a mais intolerável é quando eles se põem a falar como derrotados, e quando eles adotam um ar autocrítico brincando com as memórias dos momentos que viveram. É como se desprezassem o sentido do que os uniu no passado sem terem conseguido sucesso e muito menos um norte para orientar a vida. Desolados, viraram párias que tomam cerveja, alguns estão velhos e caquéticos. Encontram-se periodicamente para recordar as tolices do passado e depois vão para casa ver televisão e viver da aposentadoria. Vivem da utopia que construíram. Essaporradeutopia, nada restou do sonho. Uma das amigas caquéticas disse que minha mãe saiu no lucro, buscou asilo na França e escapou sem um arranhão. Ela disse também, com ar de crítica, que minha mãe não foi torturada e nem estuprada como ela, disse que minha mãe pôde estudar quando chegou na França e que arranjou um marido por lá, um cara remediado e que se esqueceu dos companheiros de luta. Eu ouvia e não sabia como responder, não conhecia nada sobre minha mãe a não ser que ela esqueceu de mim e do meu pai. Só sei que continuei a esculpir uma imagem para ela, eu precisava ter um apoio, até que chegou o dia em que a encontrei, então pude remover a imagem postiça e rasguei o quadro com muitas camadas de tinta que pintei ao longo dos anos. Eu gastei a minha infância sem um colo de mãe para me amparar, éramos só eu, papai e a empregada que cuidava de mim. Coitada, era ela que mais carecia de apoio e não podia me dar o que eu precisava.

Acho que foi assim que aprendi a construir personalidades, de tanto elaborar um perfil falso para a minha mãe. Quem diria que esta expertise seria o meu ganha-pão, eu vivo de construir personalidades falsas. Ou será que não vivo mais?

Papai bem que tentou, fez o possível para me ajudar, preferiu a solidão a buscar outro relacionamento, até que encontrou Choi. Acho que ele gostava da minha mãe. Será que é isso que chamam de amor? Claro que eu nunca o ajudei nem facilitei a sua vida, pelo contrário, eu tinha raiva, queria que ele se fodesse. Uma única vez ele me apresentou uma moça que eu a agredi, apareci fumando um baseado na sala e ela nunca mais voltou. Meu pai não reclamou, recuou e deixou que eu ocupasse o espaço do apartamento, o meu espaço que eu não queria dividir com ninguém e que acabei dividindo. Hummm, alguém entrou no quarto.

— Olá Dona Lenina, vim ver como a senhora está. Posso medir a sua pulsação e temperatura?

— E se eu responder que não pode, vai adiantar?

— Acho que não, então a senhora nem vai tentar.

Eu fiquei no apartamento porque o papai pagava as contas. Depois do incidente com Choi, aquela puta coreana, eu saí da casa do meu pai e fui morar com um casal de amigos músicos, no apartamento em Santa Cecília. Ele ficou sozinho e eu cada vez mais distante, queria que ele seguisse a vida, encontrasse companhia, mas não foi o que aconteceu. Choi o explorou o quanto pode, onde já se viu uma paixão entre um cara de 70 anos e uma mulher de 30? Papai mergulhou de cabeça na pesquisa sobre os mortos, ficou vidrado por obituários, pesquisava as mortes que ele descrevia cada vez com maior interesse e detalhes. A vida dele passou a ser o jornal, a máquina de escrever, as conversas no bar do Tico-Tico, onde ele me levou algumas vezes. Quando me levava ao bar, ele dizia, apontando para mim:

— Olha pessoal, esta é minha filha Lena.

E eu morria de vergonha no meio dos seus amigos. Eu morava com ele quando comecei a me aproximar de Choi. Ela tinha chegado da Coreia com a família e se estabeleceu no bairro. Era uma família de imigrantes, trabalhavam dia e noite, ela foi estudar na escola pública, não tinha com quem conversar na casa dela e eu me divertia com o seu sotaque. Foi ela que me apresentou drogas que eu não conhecia e os seus contatos na Ásia traziam os novos produtos. Nós viramos aviõezinhos, começamos a vender para um dos seus contatos. Choi vinha todos os dias para a minha casa e começou a dormir comigo algumas noites, depois aumentou a frequência das visitas. Na prática, ela mudou-se para a casa de papai. Uma madrugada eu acordei ouvindo um ruído e ela não estava no quarto. Fui até a sala e não a encontrei, mas o ruído continuou. Entreabri a porta do quarto do meu pai e os observei por alguns instantes, ela montada sobre ele, trepando com o meu pai. Armei uma cena, joguei as coisas dela na rua, briguei com meu pai. Soube que dois meses depois ela voltou ao apartamento acompanhada pelo irmão, um rapaz forte com cara de marginal, acusaram o meu pai de estupro. Algum tempo depois voltaram, ela disse que estava grávida, queria a grana para fazer o aborto. Meu pai ficou abalado, ela continuou visitando o meu pai, dormia com ele que lhe dava a grana que ela pedia.

Minha amiga ocupou o meu espaço e o meu pai foi acusado de estupro. Para mim foi o limite, deixei papai resolver o problema dele, nunca entendi esse caso, o quanto ele teve culpa, o quanto Choi era uma cafajeste. Por certo ela me traiu e o meu pai também me traiu. A nossa relação nunca mais foi a mesma.

— Dona Lenina, posso entrar? Sou o médico de plantão, vim ver como a senhora está. Eu acho que logo vamos passar para a segunda etapa do tratamento. A senhora gosta de fazer caminhadas pelo jardim?

Desde que Jamanta me trouxe para cá, a minha vida tem sido entre as quatro paredes deste quarto. Ainda bem que tenho a minha máquina fotográfica, eu tiro muitas fotos, quando a memória da máquina fica cheia, eu apago tudo e tiro mais fotos. Só tenho a máquina, minha escova de dentes, uma cama. Os copos, pratos e talheres são de plástico. Acho que os hóspedes costumam se matar quando bate a vontade de uma dose, nesta porradeclínica.

Nunca mais vi a Choi, os meus amigos músicos não sabem por onde ando, os meus clientes procuram por mim e Jamanta cuida deles, quer dizer, traz os casos para mim e eu explico o que ele tem que fazer. Eu não quero ver o meu pai, ele não acreditaria se eu tentasse explicar a coisa da bruxaria, ele pensaria que estou louca, teria a mesma reação que o Jamanta teve. Se eu encontrar o meu pai ele morre, como eu matei a minha mãe, é assim que funciona a minha maldição, eu virei uma bruxa e ninguém pode me ajudar. Eu sou uma Lilith que nunca se deixa montar, sou dona do meu corpo, nenhum homem manda em mim, vou trepar com todos os demônios e pagarei o preço de ser livre. Foi a poesia de Reza Barahcni que me ensinou sobre Lilith. Uma lua negra vai nascer com um buraco no centro. Eu sou Lilith.

— Então, Senhora Lenina, gosta de andar pelo jardim?
— Adoro caminhar, doutor. Posso levar minha máquina fotográfica?

CAPÍTULO 19

Quarto obituário – suicídio de Jamil Salomão Jamil, junho

Obituário: o médico Jamil Salomão Jamil faleceu no dia 15 de setembro de 2014 em São Paulo. A vítima era conhecida por ter executado uma paciente na clínica onde realizava cirurgias estéticas. O fato resultou na cassação da sua licença para exercer a profissão, ele aguardava a ordem para o cumprimento da sentença em liberdade. O corpo do médico foi encontrado com a jugular seccionada, a polícia levantou a hipótese de suicídio causado por instrumento cortante. O falecido tinha 67 anos, era solteiro e deixou uma sobrinha. No momento da sua morte a polícia se dirigia ao local da residência para executar a ordem de prisão referente ao crime por ele cometido há 14 anos. O corpo foi encontrado trajando roupas femininas, o que causou estranhamento entre os policiais. O féretro ocorreu no cemitério da Vila Mariana e foi acompanhado por poucas pessoas.

A interpretação: eu era o responsável pela distribuição dos obituários escritos por Ataliba. O nosso grupo de amigos recebia os textos com antecedência para a leitura, depois debatíamos nos encontros à sombra do araçá, – a árvore era o nosso ponto de referência, onde tínhamos privacidade para conversar. Naquele dia, eu e

Lázaro aguardávamos por Ataliba e Ide, que chegaram a seguir. Ide se mostrava motivada com as conversas. Assim que nos encontramos, o estranho caso do médico dominou a conversa e passamos a tecer hipóteses sobre a história.

Eu achava que o suicídio descrito, as roupas femininas e o tipo com poucos amigos, eram características insólitas demais.

– Um prato cheio para as suas pesquisas, não é mesmo Ataliba? – Comentei enquanto folheava um jornal da época que se encontrava na pasta de arquivo e trazia notícias sobre o caso, que a imprensa explorou o fato com muito alarde.

– O que pode ser chamado de normal no mundo de hoje? – Ataliba respondeu com voz baixa. – O fato de ele trajar roupas femininas não foi o ponto que chamou a minha atenção. Eu conheci casos desta natureza no tempo que fui repórter policial. A polícia dirigia-se à casa do médico para fazer cumprir uma ordem de prisão emitida pelo poder judicial, a prisão seria inadiável e poria fim ao processo criminal que o condenou por crime de assassinato qualificado. Tudo estava mais do que provado, entretanto, o cumprimento da sentença havia sido protelado por longos anos.

– Como isto foi possível? – Indagou Lázaro.

– A tese da defesa foi baseada no argumento da semi-imputabilidade do acusado, tese que foi vencida em definitivo. O Sr. Jamil, que exercera a prática médica, teve o registro profissional cassado pelo Conselho de Medicina, e iria para o presídio para cumprir a pena que lhe cabia.

– Esta história de ele se vestir de mulher também não me perturba, mas a imprensa deve ter explorado o fato, eles gostam destas histórias. – Ide fez a sua primeira intervenção na conversa. – Tá cheio de gente dentro do armário, eu conheço um punhado. Explique esta tal de tese de semi-imputabilidade que você falou. – Pediu, enquanto, com o dedão do pé esquerdo, descalçava o sapato vermelho do pé direito.

– Os advogados da defesa apresentaram o argumento de que o assassino confesso era desequilibrado e não tinha controle sobre si no momento que assassinou a amante. Jamil Salomão Jamil foi condenado por homicídio duplamente qualificado cometido no consultório que mantinha na Zona Norte de São Paulo, onde matou e esquartejou Maria Helena do Rosário. O crime ocorreu no ano de 2000 e teve detalhes de horror. A vítima teve a pele do rosto, das mãos e dos pés removidas, o corpo foi esquartejado, metido em sacos plásticos e colocado no porta-malas do carro do médico, que em seguida relatou o ocorrido a uma sobrinha. Ela foi ao local do crime onde encontrou o corpo e chamou a polícia. O assassino não fugiu nem negou o fato.

– Ai, que horrível! – Ide reagiu. – Imaginem a cena, deve ter jorrado sangue por todos os lados. De 2000 até 2014 o assassino deve ter vivido um inferno, é cruel, a justiça demorar 14 anos para concluir um processo.

Ataliba prosseguiu a leitura:

– O Dr. Jamil recebeu a primeira condenação em 2005, que foi anulada com base na tese de semi-imputabilidade. Os advogados da vítima recorreram, o réu teve a pena reconfirmada e aumentada para 16 anos de reclusão, a sentença foi emitida em 2011 e teve o cumprimento protelado até que o processo fosse considerado encerrado. Finalmente a ordem de prisão foi emitida, mas não chegou a ser executada, como vocês ouviram. O Sr. Jamil soube que os policiais estavam a caminho da sua casa e tomou a atitude extrema, já passava do meio-dia quando os policiais encontraram o corpo do ex-médico com a jugular seccionada.

– Como era o comportamento do médico, ou ex-médico, sei lá como chamar? – Lázaro quis saber. – Afinal, o homem tinha cerca de 50 anos quando o crime ocorreu, como médico teria tudo para ser respeitado na sociedade.

– Os vizinhos do falecido relataram que ele apresentava comportamento discreto. – Ataliba explicou. – Visitava a prima, aquela a quem ele contatou no dia do crime, frequentava um restaurante árabe nas proximidades da casa onde vivia e mantinha vínculos com uma igreja evangélica. Impedido de exercer a profissão, pois o conselho de medicina cassou a sua licença na época da primeira condenação, ele tinha poucos recursos financeiros, o que não o impediu de estudar Saúde Pública e Filosofia em faculdades particulares. Foi um aluno com desempenho acima da média, mas não concluiu nenhum dos cursos. O assunto era de conhecimento do público desde o trágico assassinato. Enquanto o recurso era julgado, os vizinhos declararam que o falecido começou a apresentar comportamento estranho, vestia-se com roupas femininas e andava pelas imediações da casa apoiado em uma bengala. A senhora que vivia na casa geminada ouvia ruídos noturnos no sobrado onde ele residia, parecia o som de uma bengala batendo no piso. Certo dia, ela percebeu que o médico passou a utilizar prótese nos seios e roupas femininas, daí veio a notícia que se espalhou pela vizinhança.

– Está vendo? – Ide interrompeu esbravejando. – É isto que chama a atenção e não o drama do pobre homem, toque no assunto que envolva sexo e todos vão ficar interessados. Acho que ele fez o que muito machão tem vontade de fazer e não se atreve.

– É verdade – Ataliba prosseguiu. – Quando Jamil saía para caminhar, apoiado na sua bengala, a vizinha observava os detalhes, por exemplo, que ele vestia sutiã, hábito que foi constatado pela polícia ao encontrar o corpo desfalecido que trajava roupas femininas.

Eu observava as diferentes leituras dos fatos, Ide parecia se penalizar pelo médico, já Lázaro tinha visão mais conservadora. Eu achava o debate mais interessante do que o fato em si, e perguntei se Ataliba investigou outros contatos do criminoso.

– Eu conversei com o garçom do restaurante árabe que ele frequentava, que informou que Jamil vinha mensalmente ao local com a sobrinha, era ela quem pagava a conta. A vizinha da casa geminada disse que ele pouco saía de casa, fazia compras no mercado do bairro e andava lentamente, sempre cabisbaixo. Ela repetiu o que disse para os jornais da época, que era uma pouca-vergonha ele ter sido encontrado em roupas femininas.

– O que a incomodou muito, não é? O cara poderia ter saído do armário sem matar a pobrezinha, se o mundo fosse mais compreensivo. – Disse Ide.

– Ele era homossexual – comentou Lázaro –, era louco varrido e perigoso. Se não tivesse se matado iria amargar pena na prisão.
– Um sofredor, um cara incompreendido. – Insistiu Ide.
– Um caso criado por uma patologia social. – Comentei quando Ataliba interrompeu o debate.
– Vamos ler a explicação do ex-médico, eu trouxe um texto revelador que vou ler para vocês. Vamos permitir que os mortos falem.
A narrativa do Dr. Jamil:
– Eu não andava nada bem, o meu consultório ia mal, eu não tinha uma especialidade e nem gostava de atender a população do bairro. Os poucos clientes, a maioria mulheres, costumavam relatar a sua vida pessoal para mim, é sempre assim, confundem o médico com um confessor. Este bairro está cheio de clínicos gerais que não as satisfaziam, parece que elas me escolhiam para conversar, para fugir da solidão, foi assim que Maria Helena do Rosário certo dia apareceu. Logo na primeira consulta ela relatou detalhes da vida pessoal, falou do marido que perdera o interesse por ela, disse que se achava feia e reclamou dos seios pequenos. Eu disse que poderia proceder ao implante de silicone. Falei besteira, nunca tinha feito uma plástica e, mesmo cirurgias, só acompanhei quando estava na faculdade. Fui ler sobre o tema, achei que o procedimento seria possível, comprei equipamentos cirúrgicos, adaptei o meu consultório e obtive licença para fazer procedimentos simples.

Comecei a fazer pequenas cirurgias plásticas, eu me baseava nas leituras que fiz sobre o assunto. Estava dando certo, colocar próteses de silicone não é difícil. Eu só precisei treinar a auxiliar que me ajudava como se fosse instrumentista. A minha clientela aumentou aos poucos, eu recebia mulheres, a maioria delas eram lindas e queriam ficar mais atraentes. Eu tinha inveja delas. Fazia a minha parte, elas me pagavam, e tudo ia bem até que apareceu a Maria Helena, ela precisava de um psiquiatra mais do que de um cirurgião plástico. Ela me pedia para sedá-la levemente, e ela falava, falava, falava sobre ela e tudo o que lhe vinha na cabeça. Ela me revelou os seus dramas, que não eram poucos. O estupro sofrido na adolescência, o casamento arrumado pelos pais, a relação com a melhor amiga com quem mantinha um caso e experimentava orgasmos que não conhecia com o marido, entre outros fatos. Relatou as trocas de espinhos com o marido, a separação litigiosa, as visitas dos garotos de programa que contratava vez ou outra. Eu me interessei pelo último assunto e lhe fiz várias perguntas. Queria contratar um garoto de programa, mas nem sabia por onde começar. Daí ela começou a me assediar, cada dia mais. Marcava consultas sem necessidade e começou a pressionar para fazer pequenas correções plásticas, que eu fazia. Naquele dia, lá estava ela, deitada sobre a cama e eu, sozinho, sem a minha auxiliar. Olhei para ela, sedada e deitada sobre a mesa de atendimento. Olhei para o seu corpo e tive inveja, muita inveja. Eu queria ser como ela.

Eu nunca tive sucesso com as mulheres. Não gostava delas, elas nunca me deram prazer, na verdade eu tinha terror de encontrá-las. Só a minha sobrinha me compreendia, com ela eu falava tudo o que me atormentava. As pacientes me viam como médico ou algo parecido, quase sempre abriam o coração, a alma e as pernas. Eu fugia delas, não conseguia me aproximar. Maria do Rosário se apaixonou pela pessoa errada, eu comecei a ter raiva dela. A raiva virou ódio. Fiz um, fiz dois, fiz três procedimentos simples que deram certo. Ela passou um tempo sem aparecer e quando voltou reclamou dos excessos de gordura, perguntou se eu poderia fazer uma lipo. Eu li sobre o assunto, comprei equipamentos e fiz o procedimento.

O meu consultório ficou ainda mais conhecido no bairro, eu cobrava pouco para fazer as plásticas. Eu admirava o corpo das minhas pacientes, alguns corpos eram lindos, com os seios perfeitos. Pensei até que eu poderia ter um. Fui visitar um jovem prático que fazia implantes de silicone perto do Horto Florestal. Não me apresentei, dei algumas sugestões de assepsia, o lugar era horrível, e implantei silicone nos dois seios.

Em uma das visitas, Maria Helena estava louca. Eu não pedi nada e ela tirou a roupa no banheiro e vestiu roupas íntimas negras e perfumadas. Saiu e me abraçou, me excitou o quanto ela pôde, até que eu a empurrei para o chão e trepei com ela. Foi péssimo, não gostei, ela ficou feliz e foi se banhar. Neste dia, ela esqueceu as roupas íntimas no banheiro, eu me apossei delas. Achei ótimo, comprei outras. Um mês depois, ela voltou e disse que queria fazer outro implante. Eu a examinei. Ela chorou muito, tinha se separado do amante. Ela me puxou pelo braço, queria repetir a brincadeira, me beijou, me abraçou, e descobriu a minha prótese. Eu não correspondi, ela me beijou, me acariciou, falou que entendia a minha opção e que não teria nenhum problema. Eu insisti para iniciar o procedimento, ela não quis. Ela queria trepar novamente comigo.

Na quarta consulta seria feito o implante. Ela chegou atraente, eu decidi dispensar a ajudante. Dei uma dose de sedativo suficiente para que ela dormisse por um dia inteiro. Busquei os instrumentos e tive o ímpeto de matá-la. Injetei uma dose suficiente para adormecer um elefante, ela nem sentiu quando seccionei a jugular. Depois que o sangue parou de jorrar eu a esquartejei. Deixou muito sangue, eu nem me preocupei em limpar, ela nunca mais iria me beijar, me acariciar, fazer o que eu não gosto. Eu queria mesmo é fazer o papel dela. Esquartejei o corpo e coloquei as partes em quatro sacos plásticos, esperei anoitecer e levei para o porta-malas do meu carro, resolvi telefonar para a minha sobrinha.

Claro que eu fui condenado e virei alvo da imprensa. O meu advogado quis recorrer da sentença, me convenceu de que eu não sabia o que estava fazendo. Acho que não sabia mesmo, ou talvez soubesse, sei lá. Sei que senti inveja dela. Me impediram de exercer a medicina, o meu dinheiro acabou, vendi o apartamento, o carro, passei a morar neste sobrado, herança da família. Eu não faço mal para ninguém, vivo a minha vida. Gosto de estudar filosofia, frequento um templo evangélico, lá ninguém pergunta nada, os vizinhos me toleram, a minha sobrinha me compreende, eu converso com ela nos nossos jantares no restaurante árabe.

Hoje eu recebi um telefonema do oficial de justiça, ele disse que saiu a sentença final e eu vou voltar para a cadeia. Não tenho mais idade, já passei algum tempo por lá. Eu causo comoção quando estou no presídio. Todos ficam sabendo do doutor assassino que é gay. Não quero mais ser estuprado. Chega! Vou vestir estas roupinhas que a Maria do Rosário esqueceu no consultório. Só nelas é que eu fico inteiro, calmo, em paz. O meu amigo me informou que três viaturas da polícia estão a caminho. Chega, não quero mais.

O sol nas tardes de junho não chega a aquecer os ambientes externos. Assim que Ataliba concluiu a leitura do obituário, tivemos tempo para trocar olhares curiosos. Na minha mente, ficou marcada a solidão do criminoso, ou vítima, quem pode dizer? Ataliba não disse nada além da leitura. Recolheu as folhas soltas, as colocou na mochila, nos deu as costas e seguiu em direção do portão do cemitério. Tinha o andar pesado, quase arrastando os pés ao trocar o passo. Era um homem solitário.

CAPÍTULO 20

O encontro com Grego, junho

Eu estava tão perturbado que não conseguia me concentrar nas tarefas do jornal. A cada visita que eu fazia a Ataliba, voltava mais frustrado. Eu já tinha ouvido falar a respeito de depressão, mas é chocante ver um amigo prostrado, sem reação, sem motivação para se vestir, se banhar, nem mesmo se alimentar. No jornal comentava-se à boca pequena a respeito de mudanças editoriais, a equipe de repórteres desconhecia os novos proprietários, nós não fomos informados sobre eventuais planos da empresa. Eu decidi que deveria trabalhar normalmente até que alguma orientação fosse apresentada. As coisas começaram a ficar claras quando Adriano me chamou ao andar da diretoria – eu só frequentava a sala da redação –, para uma conversa que ocorreu de maneira informal.

– Fefo, você tem sido um excelente profissional em que pese a sua pouca experiência. O nosso amigo em comum, Ataliba, indicou o seu nome para a equipe na nova fase do jornal. Caso decida continuar, a vaga é sua, apenas terá que se preparar para um novo perfil editorial e aprender a respeito dos mercados agrícolas.

– Mercados agrícolas?

– Sei que é um tema novo para você, mas eu penso que um repórter precisa atacar qualquer assunto. Prepare um resumo sobre pautas de interesse jornalístico sobre agricultura e me entregue até a próxima semana.

O convite me surpreendeu, embora Ataliba tivesse me dado pistas. Respondi que poderia tentar, mas não sabia se teria a competência necessária. A partir dessa conversa, mergulhei no tema, li o que pude a respeito de agricultura e identifiquei fontes para consultas. Em uma semana de trabalho, compreendi que o tema era controverso, deveria andar com cuidado sobre um terreno minado. Identifiquei conflitos, interesses de ambientalistas que se chocavam com um lobby de empresários, havia vários mundos dentro da caixa chamada agricultura. Eu fiz um relatório e retornei para a segunda conversa com Adriano.

– E então, me conte o que conseguiu levantar sobre o fascinante mundo do agro. – Indagou o diretor.

Perguntei se poderia ler uma sinopse sobre os pontos principais que identifiquei. No texto, relatei que o Brasil tinha desafios, Adriano pediu detalhes, expliquei que a produção se expandia e ameaçava os biomas da Amazônia e do Cerrado, os produtores com quem conversei se mostraram insensíveis para o impacto sobre o meio ambiente, identifiquei interesses oclusos de políticos em busca de apropriação de terras devolutas. Eu me senti à vontade e disse para Adriano:

– A insensibilidade para as questões ambientais permanecerá enquanto os interessados enchem as burras de grana.

Adriano me interrompeu.

— Eu não pedi que escrevesse um tratado de sociologia — ele disse —, pedi para você ler sobre os mercados de grãos. Você precisa compreender qual será a linha editorial do jornal, pense que os diretores chineses que compraram esta empresa são pragmáticos e querem atrair anunciantes, exatamente os empresários com quem você falou. A conversa terminou e voltei para a minha mesa na redação pensando que Ataliba estava certo, talvez eu devesse seguir outro caminho. Fui pragmático e prossegui com as pesquisas, me esforcei e a nova atividade me absorveu.

Ao mesmo tempo eu não conseguia deixar de pensar em Lena, Jamanta e Ataliba. O que teria acontecido com Lena? Como poderia ajudar Ataliba, que mergulhara na depressão? Decidi conversar com Lázaro e Ide, eu precisava fazer algo. Eu os convidei para um encontro, deixei a redação ao final do expediente e os aguardei no bar do Tico-Tico. Ide chegou carregando os pacotes angariados no dia e falou com o seu jeito peculiar.

— Fefo querido, este lugar sem o Ataliba parece vazio.

Lázaro chegou logo depois, curioso para saber o motivo da conversa.

— Vamos falar sobre o próximo obituário, ou querem ouvir histórias sobre o Araçá? — Perguntou. — Se quiserem eu conto, conheço a memória daquele cemitério, fatos que só a morte permite revelar. Todos nós temos fantasmas escondidos, eu conheço vários.

Eu expliquei a minha preocupação, disse que o assunto era sério, que Ataliba estava mal e que tínhamos um fantasma para encontrar e o fantasma atendia pelo nome de Lena. Tico-Tico serviu a mesa e deu pela falta de Ataliba, expliquei que ele estava doente e que nós precisávamos ajudá-lo. Contei que Tico-Tico deu uma pista de Lena e que visitei o último local onde ela trabalhou. Ide perguntou sobre os fatos que eu sabia e mencionou a conversa que teve com Ataliba na sua casa.

– Ataliba me contou sobre Lena, mas estava evidente que não me disse tudo. Parece que tem dificuldades para lidar com o sumiço da filha.

Eu falei sobre o Jamanta, expliquei que ele conhece os fatos sobre Lena, que ela era dependente química e que ambos eram sócios na agência de comunicação, e que ela estava em local desconhecido. Todos concordaram, precisávamos ajudar Ataliba e o caminho seria encontrar Lena. Lázaro fez uma proposta, que hoje eu percebo, era tola.

– Vamos visitar Ataliba para uma conversa, uma tentativa para trazê-lo à realidade.

– Eu posso acompanhá-los até a casa dele – disse Ide –, mas não acho que podemos fazer muita coisa, ele precisa de ajuda profissional.

Eu concordei, na minha ingenuidade achava impossível que ele não conseguisse encarar os fatos. Era certo que Ataliba e Lena estavam em uma sinuca.

No dia seguinte, fui ao apartamento de Ataliba e não o encontrei. Ao sair, me deparei com o Velho Abdias. O movimento da rua contrastava com a sua imobilidade, eu o reconheci das muitas visitas que fiz a Ataliba.

– Posso saber quem o senhor procura? – Ele perguntou.

Olhei para o tipo com cabelos desgrenhados, roupa suja e sapatos rotos que permanecia na calçada, na mesma posição, sentado sobre caixas de papelão que ele coletava pelas ruas. Ele se moveu lentamente, seu rosto denotava alguma idade e sinais do alcoolismo. Falava com sotaque nordestino e um certo rigor no uso do vocabulário que parecia incompatível com a sua figura.

– Quero falar com o Ataliba, talvez deixe recado com o zelador.

– Ah, sim, o zelador. Ele dorme o tempo todo, possivelmente não ouvirá a campainha. Quanto a Ataliba, ele estava naquele bar próximo da esquina onde costuma fazer as refeições, saiu há pouco tempo e deve estar caminhando pelo bairro, como tem feito nos últimos tempos, quando consegue.

– Parece que o senhor conhece bem Ataliba. – Comentei.

– Sim, conheço faz muito tempo, sei da sua vida, da sua rotina, sei que ele tem uma namorada nova e que o senhor tem permanecido muito tempo com ele.

– O senhor é um observador atento, talvez conheça Lena, a filha de Ataliba.

O velho ficou calado enquanto se pôs em pé com dificuldade.

– Não me consta que fomos apresentados e o senhor entra em um assunto que não me cabe tocar. – Falou o velho enquanto passava as mãos sobre a roupa buscando alinhar-se. – Posso dizer que a conheço desde menina, tal como conheço muitos moradores deste bairro.

Eu fiquei interessado naquele homem.

– Você é o Abdias, certo? – Perguntei.

– Sim, me conhecem como Velho Abdias.

– Morador antigo do bairro? – Perguntei.
– Digamos que estou por aqui desde o tempo em que o bonde passava pelos trilhos. Deixei o sertão do nordeste varrido pela seca e cheguei a esta terra onde as esmolas são generosas, melhores do que as que eu ganhava por lá.

Eu comentei que queria saber de Lena, ao que o Velho Abdias respondeu.

– Este é um assunto difícil, eu conheço Lena e o pai desde que ele ficou sozinho na vida. Ela foi uma menina prodígio, estudava na escola pública lá para as bandas da parte baixa do bairro. Algumas vezes o pai me pedia para levá-la à escola. Ela entrou na faculdade, ficou famosa, até pouco tempo ela aparecia por aqui sempre de carro novo, mas esta é uma história do passado, hoje não é mais assim.

O meu interesse pelo Velho Abdias só aumentava.

– Você sabe onde ela mora? – arrisquei perguntar.

O Velho Abdias silenciou por alguns instantes, alisou a roupa, removeu ciscos de sujeira como faria um lorde inglês, e respondeu:

– Sei que Ataliba gostaria de saber dela, posso dizer que ela sabe dos passos do pai, ela não o abandonou, mas não quer se aproximar. É tudo o que eu posso falar.

– Eu posso pagar pela informação, parece que o senhor precisa de dinheiro.

O Velho Abdias me olhou e disse.

– O jovem está enganado, eu não preciso de dinheiro, encontro nas ruas tudo o que quero e não preciso de muito. De que necessitaria um velho como eu? Estou apenas esperando o momento certo para sair de cena.

Expliquei que sou amigo de Ataliba, que ele não sabe onde está a sua filha, que Ataliba estava desequilibrado e que queria ajudá-lo.

– Lena não quer ser encontrada – Abdias respondeu –, esta é a sua vontade, o que não me impede de contar que Lena sabe mais do pai do que o pai sabe dela.

A voz do velho foi interrompida quando o portão do prédio foi destravado e abriu com um ruído metálico.

– Deseja algo? – Perguntou o zelador.

Quando me dei conta, o Velho Abdias se afastava, observei o vulto se misturando com a gente que andava pela rua. Eu permaneci no local até quando Ide e Lázaro chegaram.

– Mirei em um alvo e acertei em outro. – Comentei. – Não encontrei Ataliba, mas consegui informações sobre Lena.

Convidei Ide e Lázaro para um almoço, lembrei do restaurante grego próximo da esquina, achei que poderia ser uma boa opção, caminhamos meio quarteirão e procuramos por uma mesa vaga. O proprietário era um homem já idoso, usava óculos de lentes grossas, ao falar aproximava o rosto quase tocando as nossas faces. Sem rodeios juntou-se à nossa mesa e nos contou histórias do seu país, as mesmas que narrava para todos os fregueses novos. Falou sem parar até que atingiu o seu intento, nos vimos compelidos a revelar algo da nossa vida pessoal. O restaurante estava lotado quando um homem surgiu na porta e acenou para o velho.

– Ah, o meu amigo Stephanos chegou, é o meu freguês mais antigo. Posso acomodá-lo nesta mesa ao lado de vocês? Ele é bom de conversa, todos o conhecem por Grego.

Não havia alternativa, em poucos instantes, o Grego dividia o espaço conosco e se pôs a repetir a narrativa que distribuía todas as noites aos novos fregueses do restaurante, falou da sua profissão de investigador policial aposentado. Não demorou muito para que Ide soasse a sirene.

– Nos conhecemos, sabia? Você é o grego metido a garanhão que frequenta o baile do parque.

– Gostei do garanhão! Sim sou eu mesmo que frequento os bailes. Já dei em cima de você?

– Não teria chance, você estava no baile com Ataliba, que agora é o meu namorado.

– Mas vejam que coincidência, Ataliba é meu amigo, fomos juntos ao baile de carnaval e eu soube que ele até arrumou uma namorada por lá. – Disse o Grego com a voz que preenchia todo o salão. Eu liguei os fatos, Grego poderia ser uma boa ajuda na nossa busca. Resolvi tentar uma aproximação.

– Então o senhor é o policial e amigo de Ataliba, talvez tenhamos interesses comuns.

– Sim, policial quase aposentado, sou investigador e faço qualquer tipo de trabalho, descubro maridos traidores, mulheres com vida dupla, sei desvendar mistérios. – Respondeu o Grego rindo às gargalhadas. Eu lhe disse que temos um mistério que talvez ele pudesse no ajudar a desvendar.

– Mistério? É a minha praia, vamos lá, desembuche.

CAPÍTULO 21

Segunda narrativa de Lena – eu Lilith, junho

– Ontem me levaram para andar pelo jardim, por aqui os dias são todos iguais, só muda a folhinha do calendário que às vezes eu esqueço de trocar. Posso ficar uma semana inteira no mesmo dia e nada muda, é tudo igual nesta porradelugar. Foi o Jamanta que arrumou a clínica para mim, acho que estou ao lado do horto florestal, o ar aqui é bom de respirar e eu até ouço o barulho dos macacos. A enfermeira disse que são os bugios que moram na mata da Serra da Cantareira, quando estão com fome eles se aproximam em busca de comida. Eles é que são felizes, os bugios, eu não. Ontem, eu acho que foi ontem, ao final da tarde, fechou o tempo e garoou, eu interrompi o passeio com a enfermeira que anda sempre ao meu lado. Até que ando calma, acho que os remédios fazem efeito, eu durmo a noite toda, devem estar me chumbando. Não aguento mais esta porradelugar.
 Eu vivia no apartamento alugado em Santa Cecília com dois amigos, fui para lá enquanto cursava a faculdade, depois de formada não quis mudar. No início, meu pai bancou tudo, eu mantinha distância dele e quase não o via, preferia assim desde que o vi trepando com a minha melhor amiga. Parei de vender bagulho, depois

que rompi com Choi não tinha mais as cartelas coloridas para vender nas baladas. Não vendia, mas comprava, passei a consumir tudo o que aparecesse na minha frente. Depois de algumas overdoses mal curadas, visitei o meu pai, eu precisava de grana, ele me ajudou como sempre. Numa das minhas visitas ele não estava, eu fiquei parada na porta do prédio esperando por ele, e quem apareceu e puxou conversa foi o Velho Abdias. Logo me lembrei dele, o nordestino com cara de vaqueiro que me acompanhava até a escola quando eu era pequena. Ele me encantou na primeira conversa, declamou um cordel que falava de amizade, rimos bastante. Eu ainda lembro das rimas. Ele estava um trapo, precisava de um bom banho, o homem do táxi não quis deixar ele entrar. Eu o convenci, disse que iria levá-lo a um hospital, menti, fomos para a minha casa onde ele tomou banho e ganhou roupas limpas dos meus amigos. Em troca, o Velho Abdias me escutou, ouviu um, dois, ouviu muitos relatos, compreendeu a minha necessidade e me deu o amparo que nunca tive. Os meus colegas de apartamento também passaram a considerar o Velho Abdias como um confessor, um analista do sertão. Eles são um casal gay, um deles é escultor, além de músico, eles foram expulsos da cidade onde moravam, eram um espelho que os moradores não aguentavam olhar. Vieram para a cidade grande e continuam sendo expulsos, o Velho Abdias lhes deu força. Foi Abdias que me aconselhou a procurar a minha mãe em Paris, "quem sabe o teu pai paga a passagem", ele disse. Eu precisava ver a minha mãe, tirar este peso das costas, queria lhe dizer o que eu sentia. Eu contei para Abdias sobre Choi. – A minha melhor amiga trepou com o meu pai. – Eu lhe disse. Falei muito com ele sobre a minha mãe, descrevi a imagem que construí para ela. O Velho Abdias voltava ao meu apartamento sempre que o gás terminava, ele tem a saúde frágil. Essa coisa de morar na rua não faz bem para ninguém. Com a barba feita e banho tomado, ele voltava para a rua ou para o cômodo emprestado onde mora vez ou outra. Ele declama poesias de cordel pelas ruas, as pessoas param para ouvir e ele ganha alguns tostões. "Mais do que na minha terra", é o que ele diz. O fato é que eu cuido dele e ele cuida de mim. Somos dois desvalidos.

Eu não aguento mais este quarto, as caminhadas no jardim não estão me ajudando. Inventaram uma atividade com os outros internos – é para você se socializar – eles dizem, como se eu fosse um animalzinho selvagem, só que eu não sou um animalzinho, sou selvagem quando eu quero. Aceitei conversar com a porradapsicóloga e participei de jogos lúdicos com outros internos. Não deixaram que eu tirasse fotografias, precisavam proteger a individualidade dos residentes, porradesocialização. Eu perguntei para o doutor quando eu terei alta, ele rodeou, rodeou e não respondeu. Perguntei quem estava pagando as despesas e ele disse que um amigo que trabalha comigo arranjou tudo, é o Jamanta. Eu já estou bem, falei para o doutor, ele respondeu que a minha vontade de sair era um bom sinal e que eu iria ter uma vida normal e que vou encontrar o equilíbrio. Essa porradedoutor, cansei dele.

– Posso tirar uma foto sua, doutor?

Eu não imaginava o impacto que o encontro com minha mãe causaria, foi nesta época que Lilith começou a se revelar. Compreendi que carregava uma bruxa dentro de mim, uma bruxa da lua negra com um buraco no centro. Uma bruxa que não cede um milímetro, uma bruxa que desobedece a Deus. Compreendi que a morte me ronda, quem cruza o meu caminho pode ter um fim trágico. Foi num sonho que Lilith apareceu, ventava muito e caiu uma tempestade. Lilith ama os ventos e as tempestades. Ela falou do encanto, a princípio eu não acreditei, depois ela apareceu novamente e avisou que eu tivesse cuidado, foi então que as pessoas começaram a morrer. Eu sou filha de Lilith, sou livre como ela, ninguém me monta. A liberdade tem um custo, no meu caso é a maldição e eu não sei como me livrar dela.

Ninguém acreditou na minha história, nem os meus amigos de Santa Cecília, nem o Jamanta, só o Velho Abdias, ele poderia me encontrar, olhar no meu rosto, visitar a lua negra comigo, pois está protegido pelos cordéis que declama sem parar. A minha maldição confirmou as histórias das mulheres malditas que são seres superiores causadoras de tempestades, sangram todos os meses e vivem nos ventos. Sou filha de Lilith, a mulher que é a origem de todos os males, criada do mesmo barro de Adão e que surpreendeu o Criador quando não quis se submeter ao homem-macho, detentor de todo o saber. Ela foi expulsa do jardim antes de Eva existir, não comeu da árvore da sabedoria, portanto nunca teve culpa, foi assim que ela passou a ter filhos com os demônios. Eu sou filha de Lilith, a mulher que justifica o mito, quem me conhece sabe o que quero dizer. Percebi a maldição aos poucos, aqueles que se aproximam de mim podem encontrar a desgraça. Eu não imaginava o que me esperava a partir do encontro com minha mãe. Eu e Lilith somos almas gêmeas, ou até mais do que isto, eu e Lilith somos a mesma pessoa.

– Doutor, deixa eu tirar uma foto sua? Vá até aquela parede ao lado da janela... Aí ficou esquisito, chegue mais para esquerda... isso, agora sorria.

Eu gosto de olhar para as fotos que estão no corredor do apartamento do meu pai. As fotos cristalizam momentos, alguns que mereceriam ser esquecidos. O corredor do apartamento do meu pai é o único lugar onde posso ver a minha mãe, ver como ela era quando eles se casaram. Tem uma foto onde estamos os três, ela, eu e papai, andando pela rua do bairro. Para que servem as fotografias? Elas envelhecem e amarelam como a nossa memória, ou será que as fotos nos ajudam a construir a memória do que nunca existiu?

– Obrigada Doutor. Vem ver como ficou a sua foto. Dá para ver aqui na câmera. Porra Doutor, o senhor é bonito pra caralho.

O meu pai pagou a passagem para a França, tal como o Velho Abdias previu. Foi presente de formatura, ele disse. Viajei, e me hospedei em um hotelzinho em Belleville, um lugar horrível, o quarto era frio e sujo, eu queria ficar perto do local onde minha mãe morava. Foi ruim, bastava eu sair à rua para ser assediada pelos imigrantes norte-africanos. Porradefraternidade. A França paga o preço por ter explorado as colônias e por ter massacrado a Argélia, hoje os imigrantes continuaram a ser explorados como párias à margem da sociedade. Porradeliberdade. Belleville fica em Paris, mas não tem glamour, é um bairro de imigrantes muçulmanos, lugar cheio de jovens que andam pelas ruas sem nada para fazer, nunca serão franceses embora tenham nascido na França. Porradeigualdade. Eles me olhavam de um modo que me meteu medo. Eu precisava encontrar a minha mãe, sabia que ela morava naquele fim de mundo cheio de conjuntos residenciais de cor cinza-sem-vida, a mesma cor do céu que fazia no outono parisiense. Eu tinha o endereço que consegui com uma das amigas de minha mãe do tempo da luta armada, telefonei e combinamos um encontro em um local próximo da estação do metrô Belleville. Caminhei pelo bairro até encontrar o local, um restaurante tunisiano com um pequeno café. Abri uma porta de vidro e senti um cheiro de fritura misturado com fumaça de cigarro. Um casal servia os clientes sentados ao lado de um balcão. Uma mulher, com idade próxima da minha, lavava pratos. Um homem com aparência do norte da África trabalhava, tinha ar mal-humorado e a mulher usava lenço cobrindo a cabeça à moda muçulmana, ela trabalhava calada, ambos tinham por volta de 70 anos. Minha mãe devia ser aquela mulher. Ela disse algumas palavras para a moça, que se retirou sem dizer nada. Minha mãe enxugou as mãos em um pano, saiu de trás do balcão e veio em minha direção, trocamos olhares guardados por mais de trinta anos, tivemos certeza de quem éramos. Naquele momento não houve sinal de emoção, nos acomodamos em uma das mesas do café, não nos olhamos nos olhos, ela me contou sobre a vida, falou da chegada em Paris com visto de asilada política, entrou na Universidade de Paris em Nanterre, não longe dali. Cursou história e conheceu o marido, um imigrante da Tunísia, apontou para o homem mal-humorado atrás do balcão, ele era um dos donos do restaurante. Descobri que tenho um meio-irmão, desempregado, solteiro e que mora com os pais quando necessita de grana.

Naquele encontro refiz a imagem que tinha da minha mãe, ela não era uma intelectual com vida independente e glamorosa. Era uma mulher amarga, oprimida pelo marido e explorada pelo filho. O quadro que pintei durante anos foi para o lixo. Ela não perguntou sobre o meu pai, pouco quis saber a meu respeito, o seu olhar demonstrava medo do marido que, em certo momento, a chamou para ajudá-lo no balcão onde os clientes, quase todos tunisianos, esperavam. Ele falou em tom rude e ela deu a entender que precisaria obedecer. Era hora de ir embora, me despedi e ela chorou ao me abraçar. A mulher que encontrei não era a da foto, nem era a da imagem que eu havia construído. Ela é Eva, eu sou Lilith. Porradeencontro.

Eu queria voltar para o Brasil o mais rápido possível, antecipei o voo, precisava respirar, sair daquele local cinzento e triste. Para mim Paris não foi uma festa, confirmei duas semanas após a minha volta quando recebi a notícia da morte de minha mãe. Ela suicidou-se com uma dose hiperbólica de tranquilizantes. Contei para o meu pai, que entristeceu mais do que de costume. Eu nada senti com a morte dela, não desconfiei que seria a primeira de uma série de mortes de pessoas que cruzam o meu caminho. Mas logo comecei a compreender a maldição, e entendi que deveria proteger o meu pai. Eu vivi como uma rainha, o meu pai bancou tudo e, agora, eu quase não o encontrava, temos uma relação protocolar. Chegou o momento de protegê-lo.

— Dona Lenina, vamos para o jardim? Trouxe os medicamentos que o doutor prescreveu para hoje, depois teremos o horário da socialização — Porradesocialização, eu quero ir embora, quero ser livre como os macacos.

CAPÍTULO 22

O conflito cresceu no jornal, julho

Aceitei o convite para permanecer no jornal, ainda que estivesse inseguro para ocupar um posto na redação de agricultura. O que mais se poderia esperar de um jovem recém-formado? A minha primeira reação foi telefonar para Ataliba para agradecer por indicar o meu nome, caso ele estivesse em um dia bom, talvez falasse comigo. Eu o encontrei de bom humor e ele me atendeu como teria feito em outros tempos.

– Caro amigo, você bem que me avisou. Eles me convidaram para um cargo na editoria agrícola, agora preciso aprender sobre o tema. – Contei.

– Eles sabem onde estão pisando, você vai dar conta. – Ele respondeu com uma dose de indisfarçado estímulo.

– Só que vai tratar de assuntos controvertidos como a agenda social, o conflito entre ruralistas e ambientalistas, o tema das terras indígenas. Enfim, um prato cheio para aprender a lidar com os grupos de interesse, você vai experimentar a vida como ela é, cheia de conflitos.

– Eu poderei contar com a sua ajuda? – Perguntei.

– Eu te ajudo até onde eu puder, sei que você está maduro, foi por isto que indiquei o seu nome. Em algum momento você vai estar sozinho nesse barco, portanto meta a cara. O meu acordo com o jornal, na verdade com o Adriano, é o de apoiá-los durante o primeiro ano, eu sei que a nova diretoria logo vai perceber que não precisa de mim. Acho que não tenho muito a cooperar e não ando muito bem nos últimos tempos.

A conversa com Ataliba me deu segurança. O editor me pediu que apurasse a situação dos ministérios que tratavam com temas afeitos à agricultura. Eu me empenhei para levantar informações sobre a origem dos ministérios, identifiquei que existiam dois, um dedicado à agricultura familiar e outro para os grandes proprietários e empresários rurais. Difícil compreender, eu pensei, conversei com empresários, com líderes ruralistas, lideranças do movimento dos agricultores sem-terra. O meu primeiro trabalho tomou tempo e gerou um documento útil para pautar matérias para o jornal. Resultou que em pouco tempo fui chamado a escrever a primeira matéria para a página de política agrícola. Tomei cuidado, apresentei as opiniões divergentes sobre o papel dos dois ministérios, algumas fontes consideravam um absurdo tratar a agricultura como se fossem mundos diferentes. O meu texto revelou que a estrutura refletia a composição política do governo de esquerda que contava com o apoio de partidos e interesses dos agricultores conservadores. Eu achava que aquele arranjo mais parecia um saco de gatos, não poderia dar certo. O texto foi publicado, foi o primeiro artigo autoral que me conferiu plenos créditos.

Eu trabalhava com o interesse dividido entre a ajuda a Ataliba e a redação de política agrícola. Estava animado, algumas entidades de agricultores me parabenizaram, tudo ia bem até que recebi um telefonema da chefia da redação. Era uma jornalista chinesa que representava o grupo dos investidores e que passou a comandar o jornal. Eu me preparei para um encontro pessoal, os colegas da redação me olharam com interesse, pelas reações dos leitores eu esperava receber elogios. Fui recebido pela chefe-geral e pelo editor, a quem eu respondia, foi ele quem abriu a porta da antessala e me convidou para aguardar em uma sala de reuniões. A espera de 15 minutos terminou quando entraram, a chefe-geral e meu chefe imediato. Eu me levantei e estendi a mão para cumprimentá-los em chinês.

– Ni zao.

Eles não responderam ao cumprimento e sentaram-se à mesa retangular na qual caberiam algo como dez pessoas. Eu fiquei sozinho, sentado ao centro da mesa a olhar para os dois superiores que falavam em mandarim. Ela iniciou o diálogo em um português correto e marcado por sotaque.

– Você tem ideia do impacto do texto que escreveu?

– Sim, recebi cumprimentos dos meus amigos jornalistas, inclusive de outros veículos de imprensa e de associações de produtores. A senhora gostou?

– Não importa se eu gostei, importa que os anunciantes com os quais estamos trabalhando rejeitaram o seu texto. Já falei com o seu chefe e lhe disse que ele não avaliou o trabalho como deveria ter feito. Vocês dois são responsáveis e sofrerão as penalidades que constam dos nossos procedimentos. Uma vez que nós perdemos anun-

ciantes, vocês não terão direito ao abono tradicional nas nossas empresas. Ficou claro?
 Eu fiquei estático.
 – Ficou claro? – Perguntou novamente a chefe-geral.
 – Sim, eu entendi a mensagem. – Respondi enquanto o meu editor permanecia em silêncio, sem esboçar reação.
 – Então os dois podem se retirar.
 Eu caminhei ao lado do editor até o elevador, não trocamos uma palavra sequer. Ao abrir a porta do elevador ele não entrou, permaneceu no andar e fez um comentário final.
 – Senhor Fefo, o nosso jornal não tem a intenção de debater os aspectos sociológicos do seu país. Somos objetivos, queremos informar fatos, principalmente os fatos que nos interessam. Espero que compreenda. *Xiê-xiê*.
 A porta do elevador fechou separando os dois mundos, o meu e o do jornal.
 Voltei ao meu posto de trabalho, cercado pelos colegas de quem recebia olhares curiosos. Claro que queriam saber qual o motivo de ter sido chamado, mas ninguém se atreveu a perguntar, apenas Nora, uma repórter recém-contratada aproximou-se de mim no café da redação.
 – Sou nova por aqui, isto me dá algumas vantagens. Eu tenho admirado o seu trabalho, li a matéria que você escreveu sobre agricultura. Você é corajoso.
 – Não sei se sou corajoso, eu apenas tentei pôr em prática alguns princípios que aprendi sobre jornalismo.
 – E lhe contei sobre a conversa que tivera com a diretora.
 Eu e Nora passamos a nos encontrar depois do expediente. Ela me atraiu desde o primeiro dia que chegou na

redação, ela estava na mira dos olhares interessados de Adriano, sempre dirigido para as pernas das funcionárias do jornal, as recém-chegadas tinham a sua predileção. Senti certa necessidade de protegê-la. Nos aproximamos.

Eu me dividia entre o trabalho e os cuidados com Ataliba, com o passar do tempo percebi que ele não conseguia concluir os textos encomendados por Adriano. Resolvi assumir a revisão e até mesmo a redação dos textos. Ataliba agradeceu, daí por diante eu passei a levar o trabalho para casa, concluía os textos e os entregava para Adriano em nome de Ataliba. Eu controlava o humor do meu amigo, e quando percebia que ele não daria conta, escrevia os textos, fiz isto ao longo de todos os meses em que ele esteve prostrado.

Nora acompanhava tudo, em um dos nossos encontros ela falou dos comentários que corriam à boca pequena na redação, os colegas achavam que eu estava tirando o lugar de Ataliba, que era ele quem deveria estar no jornal e interpretaram a minha ida até a diretoria como uma aproximação do poder. A minha reputação ficou abalada no ambiente de trabalho, Nora estava angustiada, não podia lhes revelar a verdade sobre o meu empenho por Ataliba. Para os colegas, eu o traíra, por tomar o seu lugar.

Um dia, Adriano me chamou para conversar, a sua sala ficava na redação e era cercada por divisórias de vidro. Ele podia observar todos os movimentos dos colegas, falava pouco e exigia muito. Depois do meu conflito com a diretora, Adriano passou a ler os meus textos com a tesoura nas mãos, eu comecei a ser censurado dentro do ambiente de trabalho. Naquele dia ele foi claro na sua intenção.

– Este texto em que você fala da exploração ilegal de madeira não pode ser publicado. Quero que você faça uma matéria sobre as compras de grãos brasileiros feitas pela China.

Eu compreendi as ideias de Ataliba, ele sabia que o ambiente seria hostil, ele sabia que o meu perfil não serviria para aquele tipo de trabalho, mas ele também sabia que era eu quem deveria tomar a decisão, caso contrário eu nunca saberia lidar com aquela situação. Nora me apoiava, mas dizia para eu ir com calma, que eu deveria buscar uma alternativa mantendo o emprego ainda que me causasse conflitos. Em certos momentos eu me lembrava das ideias de Ataliba sobre a profissão do jornalista e sobre o futuro da imprensa.

CAPÍTULO 23

A depressão de Ataliba, julho

Fiquei dois dias sem visitar Ataliba, e quando entrei no apartamento compreendi o quanto ele precisava de ajuda. Eu o encontrei deitado na cama a observar o horizonte do teto do quarto, ele não respondeu as minhas perguntas, os seus olhos estavam abertos e ele quase não piscava. Ele estava cercado por restos de comida grudados nos pratos e panelas, e não respondia a nenhum estímulo embora estivesse desperto. Eu fiz uma limpeza básica no apartamento e telefonei para Ide, que quando chegou me ajudou a arrumar a bagunça. Retornei no dia seguinte e o encontrei deitado no chão, o seu corpo não se movimentou quando o toquei, percebi que estava vivo, mas não respondeu ao meu chamado. Eu o levei ao pronto-socorro onde foi diagnosticado um estado de prostração. – Ele está com um quadro depressivo, precisa de tratamento psiquiátrico – o médico falou.

Ele piorou, continuei a limpar o apartamento a cada par de dias, e o Velho Abdias me ajudou a lhe dar banho. Ainda bem que pude contar com ajuda para cuidar de Ataliba. O Velho Abdias, que normalmente dormia na entrada do prédio, passou a frequentar o apartamento todos os dias. Eu achei as senhas de Ataliba para checar os e-mails e conferir as mensagens deixadas na secretária eletrônica. Ouvi as vozes de Lena, de Ide, a minha própria voz, ouvi mensagens de Choi. Encontrei e-mails de Adriano cobrando pelos textos prometidos, eram editoriais, revisões e traduções de matérias da imprensa internacional. Ataliba era cobrado pelos trabalhos que estavam atrasados. As mensagens que encontrei do jornalista norte-americano, o Mike, cobravam por textos prometidos por Ataliba para um livro de obituários. Ataliba resolvera seguir com o projeto de publicar os textos, em um dos e-mails de Mike encontrei uma mensagem: "Ataliba, aguardo há duas semanas o texto do próximo obituário. Precisamos concluir o livro, a editora pediu que enviássemos as provas."

Compreendi que precisava ajudar Ataliba tanto no jornal quanto na conclusão do livro, em tudo, enfim. Passei a responder os contatos de Mike e de Adriano me fazendo passar por Ataliba. Fazia os trabalhos em seu nome, virei um *ghost writer*. Ataliba compreendeu como pôde, aceitou de modo tácito.

O humor de Ataliba oscilava, nas fases menos críticas ele conseguia conversar comigo e até escrevia alguma matéria que depois eu revisava. Conversei com Ide, decidimos levá-lo a um psiquiatra que receitou antidepressivos e um tratamento. Ataliba precisava ir ao consultório duas vezes por semana na fase crítica, mas ele se recusou. O Velho Abdias parou de beber, cuidar de Ataliba passou a ser o seu compromisso. Nos períodos em que estava bem, Ataliba caminhava pelo bairro. Em uma das nossas conversavas ele revelou fatos ocorridos sobre uma mulher que não era Ide, foi a primeira vez que me falou a respeito de Choi. Me contando sobre uma conversa que teve com ela antes da última crise depressiva.

– Eu estava deitado quando ouvi o interfone a tocar.
– Ele começou. – A princípio, tentei ignorar, sabia que era ela, me senti incomodado pelos toques que soavam sem parar, venci a inércia, levantei-me da cama e andei, meio tonto, para atender o interfone. Era Choi querendo conversar, tentei recusar, ela me atraía e me assustava. Choi insistiu, precisava me ver, implorou que a deixasse subir, então destravei a porta automática do prédio e em poucos minutos ela estava no meu apartamento. Dei passagem para aquela mulher que me atormentava, ela entrou e foi até a janela da sala. – Ataliba apontou para a janela – Apoiou o corpo no parapeito e buscou na bolsa um maço de cigarros. É a postura que ela sempre faz quando está comigo, mostra o corpo, se oferece, me envolve. Ela olhou ao redor, deu várias tragadas que consumiram um terço do cigarro, a brasa acesa criou uma luz difusa que durou um segundo. Choi soltou a baforada da fumaça que passeara pelos seus pulmões e chegara aos meus sentidos. Ela veio na minha direção, me abraçou, e me excitou.

Ataliba narrava com os olhos fechados, como se estivesse à procura dos detalhes. Parece que ele narrava para si próprio antes de considerar a minha presença. Comentou sobre a fala de Choi:

– O seu apartamento está muito sujo, a sua filha não cuida de você? Tem alguém que cuida melhor de você do que eu? Quem é aquela senhora que anda te visitando?

Choi sabia muito a seu respeito:
— Eu não quero manter o relacionamento com ela, é quase uma adolescente. Então perguntei o que ela queria.
— Preciso de grana. — Ela me respondeu.
— E por que eu deveria lhe dar algum dinheiro?
— Porque o meu pai me mandou embora de casa depois do aborto. Tentei me virar, mas as coisas pioraram. Foi você que me jogou nesta vida, preciso de grana com urgência.
— Eu nunca fui atrás dela, foi ela quem me procurou desde o primeiro dia quando Lena nos encontrou na cama. Choi sentou-se na poltrona da sala como se esperasse por uma solução para o impasse. Eu entrei no quarto e peguei o meu talão de cheques, voltei para a sala, sentei-me à mesa e preenchi um cheque que entreguei para ela. Ela olhou para o valor e reagiu.
— Só isto? Pensei que você pudesse ser mais generoso comigo.
— Choi colocou o cheque na bolsa, apagou a bituca do cigarro e saiu, sem mais. Eu permaneci imóvel por instantes, tentando concatenar as ideias e compreender o que fizera, compreender o que Choi significava na minha vida, uma menina que poderia ser minha filha, que sabe me excitar, que traz lembranças que eu não deveria buscar, o passado deve ficar no passado. Tranquei a porta e voltei para a cama, onde deitei e tentei fingir que nada tinha ocorrido. Mas não consegui.

Achei importante que Ataliba conseguisse falar comigo sobre Choi, aparentemente ela era um dos motivos do seu desequilíbrio. Ele ainda não sabia do que se passava nos bastidores que Nora me ajudou a revelar. Choi aprendera com o irmão a aplicar pequenos golpes, Ataliba havia sido a primeira vítima, mas não a única. Ela conseguiu uma parte do dinheiro que Ataliba tinha guardado. Eu vi em Ataliba um homem fragilizado, sem poder de reação. Perguntei ao Velho Abdias se ele sabia algo a respeito de Choi. Ele me contou a outra parte da história, ele estava na porta do prédio quando Choi desceu os três lances de escada naquela noite em que esteve no apartamento. O Velho Abdias a encontrou quando ela alcançou a rua, ela olhava para o valor do cheque que tinha em mãos. Ao sair do prédio ela assustou-se ao sentir a mão pesada do Velho Abdias segurando o seu braço. Abdias lhe disse.

– Não sei o que você veio fazer aqui, mas vou te dar um conselho. Afaste-se de Ataliba, você já aprontou o suficiente, deixe este homem em paz.

– Você não tem nada a ver com a minha vida. – Respondeu Choi com o sotaque que marca a sua fala, e seguiu a caminhar pela noite.

O Velho Abdias pouco me conhecia, mas simpatizou comigo, sabia que eu queria proteger Ataliba. Ele me contou que assim que largou o braço de Choi, ele entrou no prédio e foi para o apartamento onde encontrou Ataliba deitado. Ele não se moveu ao ouvir a sua voz, nada o tiraria daquela penumbra, nada o moveria, nem mesmo o Velho Abdias.

Assim compreendi que Ataliba era pressionado por Choi e que o Velho Abdias sabia de muitos fatos sobre a sua vida. Eu passava os dias entre o trabalho e os cuidados com Ataliba, Nora me ajudava a prosseguir na dupla jornada, nós nos aproximávamos a cada dia, ela percebia as dificuldades ao meu redor. Nora vinha comigo ao apartamento de Ataliba, conheceu o Velho Abdias, quis saber detalhes sobre Choi, e como boa repórter investigativa ela foi buscar informações no bairro sobre aquela mulher. Descobriu que ela e Lena foram amigas e que ela era conhecida pelos golpes que dava em homens maduros em busca de aventuras sexuais. Os seus clientes eram envolvidos por histórias pouco críveis que ela mantinha como verdadeiras e, em troca, conseguia grana dos seus afetos.

Os encontros no Araçá ajudavam a manter Ataliba em pé, parece que ele se alimentava das discussões. Eu passei a marcar as datas, e Ataliba se punha a organizar as pastas do arquivo e escolhia um obituário.

– Quando eu entendo que tenho material suficiente para iniciar a redação de um obituário, eu o coloco nesta última gaveta, a mais próxima do chão. Pode abri-la quando quiser, quem sabe você se motiva a escrever. – Falou apontando para a gaveta de metal idêntica às demais.

Tudo o que aconteceu me deu a certeza de que precisava encontrar Lena, era a única maneira de ajudar Ataliba e a mim mesmo. Eu já era parte daquela história.

CAPÍTULO 24

Quinto obituário – a morte do escritor, agosto

Ide chegou cedo ao cemitério, queria conhecer a coleção de HQ de Lázaro. Eu a aguardava acompanhado pelo Grego, que se juntou ao grupo. Eu não estava certo se a motivação dele eram os obituários ou a presença de Ide.
Aguardamos por Ataliba à sombra do araçá, quando propus a retomada dos encontros ele não negou, e esta atitude me animou. Quem sabe ele se empolgaria com as discussões. Mas estranhei que ele já não estivesse presente, pois costumava chegar sempre mais cedo para os encontros. Compartilhei a minha preocupação com Ide.
– Ontem ele estava estranho, mais calado do que de costume, eu diria que estava desanimado, prostrado. – Ela comentou. – Eu não sei se ele virá, vamos iniciar a nossa conversa sobre o assassinato desse tal de Menis, parece ser mais um crime que envolve um homossexual. – Ide falava sem tirar os olhos das revistas que Lázaro lhe emprestara no encontro anterior.
Os encontros no cemitério do Araçá ganharam ideias novas com as presenças de Ide e Grego. Eu passei a ser o maior interessado nos escritos de Ataliba, afinal era eu quem respondia às pressões do seu editor nos Estados Unidos. Não revelei para o grupo que eu escrevi a pri-

meira versão do obituário de Menis, pois Ataliba não conseguira fazer a tempo. Ele me deu acesso livre ao arquivo dos mortos, procurei pela pasta com a etiqueta "Menis". A pesquisa dos textos me familiarizou com o arquivo de Ataliba, era uma arca do tesouro para quem se interessasse por histórias e obituários. A morte do escritor grego gerou um caso especial, que escrevi como se fosse um texto meu, com muito cuidado. Todos tinham em mãos as duas primeiras partes do obituário e eu trouxe a terceira, aquela que Ataliba costumava ler ao final do encontro, que trazia a voz da vítima. Eu me preparava para iniciar a leitura quando fui surpreendido por um comentário.

– Mais um crime que envolve roubo de migalhas, parece que a ambição humana não tem limites. – A voz de Ataliba soou nítida e surpreendeu a todos.

Eu lhe disse que nós estávamos preocupados com a sua demora e retomei a condução do encontro sobre a morte do escritor grego, enquanto Ataliba e Lázaro se sentavam à mesa sombreada. Grego comentou sem economizar na altura da voz.

– Como vai o meu amigo? Você não tem aparecido no restaurante como costumava fazer. Parece que este grupo é interessante, e agora vai ficar mais animado pois vocês contam comigo, um verdadeiro especialista em investigações criminais.

Cada um dos presentes trazia um olhar diferente. O cenário estava completo, todos os atores presentes. Lázaro espalhou exemplares das revistas pela mesa, sentou-se e comentou.

– Nosso especialista fala alto o suficiente para acordar os defuntos que nos rodeiam. Eu também estava preocupado com a sua demora, a nossa conversa sem o senhor ficaria capenga. – Ataliba, com voz quase inaudível, que se contrapunha à fala do Grego, respondeu:
– Tive problemas, pensei em faltar, mas não conseguiria ficar em casa sabendo que vocês estão por aqui. Vamos começar a conversa, você é bem-vindo ao grupo, caro Grego, e hoje de modo especial pois a história aconteceu no seu país. Eu vou ler o obituário.
Quinto obituário – A Morte de Menis Koumandareas.
O escritor e tradutor Aristomenis (Menis) Koumandareas faleceu no dia 5 de dezembro de 2014, aos 83 anos. O seu corpo foi encontrado pelo sobrinho, no apartamento onde vivia o escritor, no bairro de Kypseli, na região central de Atenas. O corpo apresentava hematomas no rosto e evidências de asfixia. Segundo a polícia, o apartamento não fora violado, o assassino vasculhou o local em busca de valores. A vítima era conhecida na Grécia pelos livros que escreveu, tais como: *Koula*, *A Fábrica de Vidro* e *Duas vezes Grego*. Pelo conjunto da obra que produziu, traduzida para vários idiomas, o autor recebeu o prêmio nacional de literatura. Além de escritor, ele traduziu autores como Hemingway e Scott Fitzgerald para o grego. Menis, como era conhecido, nasceu em 1931, foi oponente da ditadura militar instalada na Grécia entre 1967 e 1974 e um dos fundadores da associação dos escritores gregos. A polícia prendeu dois homens de origem romena suspeitos da autoria do crime.
A conversa à sombra do Araçá:

– Quem vai dar o pontapé inicial? – Indagou Ataliba enquanto retirou os documentos da pasta e os espalhou sobre a mesa. Ide tomou a iniciativa.

– Eu sempre falo para vocês que o mal do homem é a solidão, e este caso confirma o meu pensamento. O homem era um solitário, embora fosse famoso, só atraía a companhia íntima de garotos de programa.

Grego não se conteve e comentou:

– Eu gostei do desempenho dos investigadores, veja que profissão exigente que eu escolhi. Parece que eles logo resolveram o caso, perceberam que o criminoso conhecia a vítima, o apartamento não foi violado, e em pouco tempo encontraram os assassinos.

– Eu fiquei cheio de dúvidas. – Disse Lázaro. – Será que ele não se expôs demais? Será que o cara precisava trazer meninos de programa para a sua casa? Um escritor famoso que se entrega a aventuras aos 83 anos, claro que só poderia arranjar encrenca.

– Não acho que a gente deva considerar o caso como resultado de uma aventura ou de uma busca por problemas. – Discordou Ide. – Menis tinha o direito de fazer escolhas como eu, como você. A verdade que conhecemos é que ele era um cara solitário, a solidão é que pode nos causar problemas e não as opções sexuais.

Grego se sentiu à vontade com o grupo, replicou:

– Caros amigos, eu li o relato e posso afirmar que nada existe de novidade neste caso, tudo sugere que o escritor conhecia os assassinos. Posso fazer um comentário de quem trabalha no ramo? Cenas parecidas com esta, eu vi muitas, com pequenas variações.

– Continuo achando que o cara estava buscando problemas, buscou tanto até que encontrou. – Lázaro emendou. – Uma bicha velha, é o que ele era, só podia encontrar o que encontrou.

– Você não tem o direito de chamar o cara deste modo, tenha respeito pelas opções das pessoas. – Ide reagiu furiosa. – E tem mais, quer saber? Eu sempre desconfiei de caras que demonstram ódio aos homossexuais.

Ataliba ouviu os comentários, com gestos lentos buscou a pasta do caso, retirou recortes de jornais de Atenas, os colocou nas mãos de Grego e comentou:

– Neste caso, a polícia teve trabalho para chegar aos assassinos, pois foram dois. Eles chegaram aos assassinos a partir de uma pista que eu duvido que você, Grego, teria imaginado. Vou pedir para você ler e traduzir estas notícias que saíram no principal jornal de Atenas nos dias que se seguiram à morte de Menis.

– Tudo bem, não sou bom em traduções, mas gosto de colunas policiais. Vamos ver... aqui está dizendo o seguinte: a polícia sabia que havia duas pessoas no apartamento e que ninguém tinha percebido algum movimento anormal. Os vizinhos disseram que Menis frequentemente recebia rapazes jovens no seu apartamento e que nem sempre eram os mesmos. O sobrinho e os amigos de Menis sabiam da sua opção homossexual e sabiam que ele recebia garotos de programa. Menis nunca lhes dissera nada a respeito de supostas extorsões, até porque ele nunca escondeu a sua opção. O jornal informa que Menis era uma pessoa benquista, sincera e não era rico.

– Grego colocou o jornal sobre a mesa e comentou. – Foi

um crime de roubo seguido por homicídio que nada teve a ver com extorsão. Isto ocorre quando a vítima tem algo a esconder e teme pela sua reputação, parece que no caso de Menis a vítima nunca escondeu a sua opção sexual.

– Extorsão é outra coisa, eu concordo. Trata-se de um crime vil, como são todos os assassinatos, só que este foi premeditado, a vítima conhecia os assassinos. – Disse Ide, que recebeu o sinal de anuência de Lázaro. Todos olhavam para Ataliba aguardando a síntese do debate. Ele permanecia calado com o olhar perdido.

– Então Ataliba, o que você acha, roubo ou extorsão? – Perguntou Grego, que trouxe Ataliba à realidade.

– Eu vou relatar a conclusão do inquérito policial. Houve um fato que eu considero curioso, talvez uma coincidência. Um dos investigadores gostava de literatura e conhecia a obra de Menis. Lembrou-se do último livro publicado poucos meses antes do crime, que tinha um perfil autobiográfico. Eu comprei a tradução francesa do livro, uma descrição detalhada dos assassinos é relatada no texto. Repito, o perfil dos criminosos está citado no último livro de Menis. A partir desta pista a polícia os encontrou, eram dois garotos de programa de origem romena, conhecidos nos meios homossexuais de Atenas. Menis foi morto por um motivo torpe, movido pelos valores que os assassinos pensavam encontrar no apartamento. Eles se enganaram, não encontraram valores e decidiram matar o escritor.

Neste ponto do debate eu fiz a primeira intervenção. Concordei com Ide, a origem do problema está na solidão. Este homem tinha amigos, era conhecido no país e no mundo literário, vivia uma vida tranquila. Só carregava o peso da solidão, que contornava pagando pela companhia dos garotos de programa. O caso me fez pensar no poço da solidão em que muita gente penetra. Lembro que neste momento Ataliba fez uma revelação.

— Hoje eu vou delegar a leitura do relato da vítima para o Fefo. Está na hora de ele falar com os mortos. Trate de nos contar como Menis trouxe à luz a revelação. Por favor, Fefo, leia!

Eu me surpreendi com a decisão de Ataliba. Ele me permitiu mergulhar nos seus arquivos e agora me convidava a ler o texto da vítima.

A narrativa do escritor assassinado:

— Convites para dar entrevistas, participar de encontros literários, escrever na coluna política do jornal. O que eles imaginam que uma pessoa de 83 anos consegue fazer? Eu acho que já dei a minha contribuição, arrisquei a vida durante o regime militar e nunca deixei o meu país como outros intelectuais fizeram. Boa parte dos meus amigos morreram, as pessoas de quem eu realmente gostei, se foram. Nada mudou na política, os militares foram desumanos nos métodos, os socialistas eivados de boas intenções humanistas não conseguiram corrigir os rumos da economia, alguns deles também se corromperam quando chegaram ao poder, a sociedade grega cobra as promessas de campanha. A dívida pública é enorme e as pressões internacionais não param de nos afligir. Os socialistas não conseguem conversar com os outros partidos de esquerda e terão de se aliar com a direita no parlamento. As promessas de suporte social aos menos assistidos irão para o ralo. Somos um país que não suporta a sua própria história.

Por que eu escolhi a literatura? Andei pelo teatro, pela filosofia, nunca concluí um curso superior. Encontrei oportunidades escrevendo para os jornais, assim que eles perceberam que eu conseguia concluir uma frase sem me contradizer, começaram a chegar convites. É o mínimo, não é? Parece que hoje ninguém liga para a lógica, para a estética, e menos ainda para a ética, tudo desmorona ao meu redor. Os raciocínios viciados e simplistas ganham apoio do público, o que facilita que políticos imbecis cheguem ao parlamento. O belo não faz mais sentido para a geração jovem, preferem o ruído à sinfonia. O comportamento ético, ligado aos valores que a história grega ajudou a criar, perdeu todo o sentido. Políticos roubam descaradamente em todo o espectro político, a corrupção nos observa da colina do Partenon, no alto da Acrópolis.

Tenho 83 anos e não suporto a imbecilidade do tempo que vivo. Vou descer ao café onde posso encontrar os meus amigos. Eles são poucos, mas ao menos posso compartilhar o drama do envelhecimento. Vou tomar um licor e depois voltarei para aguardar pela minha visita. Não terminarei a noite sozinho.

Não houve comentários sobre a fala de Menis. Apenas compartilhamos a solidão em que ele viveu.

CAPÍTULO 25

Terceira narrativa de Lena, agosto

– Retornei da porradaviagem a Paris e mergulhei no trabalho, eu não queria pensar na minha mãe. Eu comecei a namorar com o Jamanta, melhor do que nada. Ele é um tolo apaixonado por mim, tornou-se meu sócio em tudo, não sabe dar um passo dentro da agência sem a minha mão. O trabalho na agência me ajudou, consegui clientes bons, o número de projetos aumentava a cada dia. Tem muita gente querendo ter uma imagem pública, uma personalidade que seja reconhecida não importa quão falsa ela seja, o importante é a fama. Eu me tornei conhecida como uma agente capaz de criar personalidades, e cobro bem pelo trabalho. Tudo começou quando consegui a conta de Madalena Sabino Sales, dondoca da sociedade cearense que veio morar no Rio de Janeiro. Ela tinha dinheiro da herança da família e dos três casamentos desfeitos por rusgas ou por viuvez. Qualquer que fosse a causa, os casamentos contribuíram para aumentar a sua fortuna. Em nenhuma das relações Madalena pôde ser Madalena, ela era a mulher do fulano, esposa do sicrano. Com 50 anos, era uma mulher rica, sozinha e fragilizada. Decidiu estudar pintura, dedicou duas décadas ao trabalho com arte abstrata. Madalena não era talentosa, mas tinha dinheiro que não poupou para estudar com os melhores mestres da arte abstrata dos anos 70 e 80, no Brasil e no exterior.

O meu trabalho não é simples e Jamanta não entende nada sobre a criação do perfil de uma celebridade. Ele carece da sensibilidade necessária para chafurdar no ego dos clientes e massageá-lo docemente para que cada um se sinta dono do mundo. Expliquei várias vezes para Jamanta quais os passos necessários, algo como uma metodologia de trabalho. Primeiro é preciso que a cliente não desanime frente à primeira crítica; segundo, é preciso lapidar as personalidades imaginárias, lapidar ou construí-las do zero, depende do caso. Terceiro, é preciso manter a coerência da personalidade criada gerando notícias nos jornais e usando o perfil criado nas redes sociais. Depois é só manter a proa do barco apontada e contornar eventuais acidentes de percurso. O meu trabalho é quase como o de um psicólogo, o cliente deve ser conduzido a adotar determinadas posturas e acreditar que a construção seja dele. Eu sempre soube fazer isso com elegância, desmonto o perfil do cliente, o real e o imaginário, e remonto aquele que eu quero criar. Utilizo algumas partes reais e crio outras para dar sabor à história, defino detalhes de personalidade, e revelo para o público só aquilo que é desejável, seja verdadeiro ou não. Alguns acham imoral esta minha abordagem, mas é o mesmo que criar uma marca, vender um produto, a verdade nem sempre é revelada. Aos poucos, Jamanta tornou-se meu subalterno, de chefe passou a ser o meu criado. Sou eu quem dito as ordens e ele as cumpre. Quando me dei conta, ele estava apaixonado por mim e não conseguia fazer nada sem a minha presença e orientação. Jamanta é um pobre coitado que hoje paga as contas desta porradelugar onde estou internada.

Madalena Sabino Sales virou MSS, marca registrada da grande artista abstrata que o Brasil gerou. Sua obra medíocre aumentou de preço, os galeristas disputavam os seus quadros. Ah, esses estúpidos galeristas! Eu não deixei que ela assinasse contrato de exclusividade com nenhuma galeria. Como o mercado de arte é idiota, os galeristas não têm nenhum critério, caem em qualquer história bem contada. A minha cliente passou a ser conhecida por MSS, ela acreditou na história criada, o mercado também acreditou e eu ganhei um monte de grana. Ela, que sempre foi rica, nunca passou pelas fases típicas dos artistas que transitam do figurativo para o abstrato. Ficou famosa no momento que eu quis, expôs em São Paulo, Rio, Brasília, depois entrou no circuito internacional. Fomos juntas para Milão, Nova York, Paris, Moscou e Veneza. Eu ganhei todo o dinheiro que quis, a fama era tudo o que MSS desejava.

A exposição em Paris foi na Casa da América Latina, aquela porradelugar. Um grupo de críticos de arte vasculhou a vida de MSS e desenterrou a verdadeira Madalena Sabino Sales. Os jornais noticiaram algumas, digamos assim, pequenas inconsistências no currículo de MSS que não encontraram respaldo quando foram verificadas. Foi um vexame, voltamos para o Brasil, MSS trancou-se no apartamento, não atendia aos meus telefonemas. Depois de duas semanas do nosso retorno ela se suicidou no apartamento onde vivia e o corpo foi encontrado pela empregada. O ocorrido e a repercussão foram demais para ela, ingeriu uma dose pesada de calmantes e não acordou da viagem. Porradeparis sempre atravessando a minha vida.

O que sobrou para mim? Os clientes continuaram a me procurar. O ocorrido com MSS veio a público, mas a vaidade humana é minha companheira, os clientes continuaram a acreditar em mim e eu segui a ganhar dinheiro construindo imagens. Sou uma escultora de imagens, amasso nuvens ao invés da argila. Com a morte da minha mãe e de MSS, eu me certifiquei da maldição que carrego. Primeiro minha mãe, depois MSS, ambas me encontraram e se mataram. Eu comecei a pirar, mas o trabalho me ajudou a passar pelo mal momento. Tal como MSS, eu tinha outras contas valiosas e a nossa agência ganhou fama e muita, muita grana.

Hoje o médico fez uma visita, não foi o mesmo de ontem, este era um velhinho sem nenhuma simpatia que cumpria um dever burocrático. Ele chamou a enfermeira e deixou a prescrição dos remédios, disse que eu precisava andar mais, que poderia caminhar pelo jardim, me juntar a qualquer das sessões de socialização, blablabla, porradesocialização. Ele me tirou da cama, pediu para a enfermeira me ajudar a escolher uma roupa. Eu disse que só tinha duas calças jeans, camisetas e agasalhos para o frio. Fomos até a sala onde o grupo se reunia, cada um dos presentes foi convidado a falar sobre o que desejava fazer no futuro, quando saísse daquela clínica. Quando chegou a minha vez, a psicóloga perguntou:

– E você, Lenina, o que vai fazer quando sair daqui?
Eu respondi o que me deu na telha.
– Vou prosseguir na minha carreira de puta.
Lembro do caso do empresário bem-sucedido no ramo da celulose, o sba. Tinha origem humilde que fazia esforço para esconder, era feio e de estatura baixa, mas ganhava rios de dinheiro. Começou a se interessar por conhecer ambientes que nunca frequentara, precisava moldar uma personalidade que fosse além do ganhador de dinheiro, queria ser admirado. Eu inventei uma fundação social que atuasse em áreas acima de qualquer suspeita. Um trabalho com crianças em situação de risco que apoiaria projetos de treinamento, escolas, materiais e as famílias carentes. Os corações são ansiosos por historinhas de contos de fadas, o perfil de empresário benemérito seria o ideal. O cliente era um tosco que estava pouco preocupado com a educação ou com crianças em situação de risco. Se ele enriqueceu sem nenhuma educação, qualquer tese sobre a necessidade de escolas, ele rebateria. Topou quando lhe disse que seria convidado para participar de grupos de empresários intelectuais, amantes das artes e nem sempre com uma folha de serviços que pudesse ser lida por menores de idade. Um mundo de casca, de imagem, de faz de conta, que eu domino bem, entendo de imagens e de faz de conta. O cliente topou e decolou, colocou algum dinheiro no projeto. As crianças pouco importavam, o que valia era a sua imagem, que começou a brilhar.

As suas empresas cresceram, ele se engraçou com políticos em Brasília, conseguiu empréstimos novos para pagar as dívidas antigas, a empresa era pobre, podre e quebrada, mas o empresário estava rico e feliz. Quem pagava a conta eram fundos governamentais, ele ganhou a fama que queria e eu tive a minha parte em grana. Nossa agência crescia a olhos vistos, Jamanta nem acreditava nas coisas que eu arranjava.

Certo dia, a maldição apareceu novamente. Lá pelo interior de Goiás, onde o cliente tinha uma das plantas industriais, ele se engraçou com uma menininha cor de jambo, faceira, cheinha de carnes e que sabia onde pisava. Era esperta e sabia onde investir os seus atributos. Com 17 anos ela conhecia o ponto fraco dos homens maduros que precisavam provar que ainda. E assim, a menina engravidou e o pai liquidou o meu cliente com um só tiro, na porta do hotel da cidade. Eu perdi o empresário de sucesso e fiquei assustada com a minha sina, comentei com Jamanta sobre o meu desassossego. Todos aqueles a quem eu fazia crescer, terminavam mal, no caixão.

— Dona Lenina, tem uma visita para a senhora. Pelo nosso protocolo a senhora decide se quer receber a pessoa.

Era o Velho Abdias. Com a grana que eu lhe dei ele comprou roupas e ajeitou o seu quartinho, estava de banho tomado. Eu quis saber como Jamanta estava, ele não falou muito, daí perguntei se sabia do meu pai, senti que ele não quis responder. Abdias é o meu amigo, o único que tenho, conhece a minha alma e eu posso confiar nele. Pedi que ele não revelasse a ninguém onde estou. Ele declamou um cordel para mim. Chorei.

CAPÍTULO 26

Brigando com os chineses, agosto

Envolvido com o material que colhi sobre invasões de garimpeiros em áreas indígenas na Amazônia, não percebi que o telefone da minha sala na redação tocava. Era a secretária da redação, o editor do caderno de agricultura, meu chefe imediato, queria falar comigo. Não interrompi o trabalho, tinha colhido depoimentos de fontes ambientalistas que trabalham no local dos conflitos. Por fim, abri os meus e-mails e lá me esperava uma mensagem do meu chefe chinês.

"Encaminho o texto que você escreveu sobre invasões de áreas indígenas por garimpeiros. Considero o conteúdo antagônico com a linha editorial do nosso jornal. Sugiro que você produza um texto alternativo que trate das possibilidades da exploração mineral em terras indígenas, esta é uma tendência que..."

Eu nem concluí a leitura. Como imaginei, a mordaça ficava cada vez mais apertada. Eu fiz o melhor trabalho possível, já tinha material suficiente para escrever um livro sobre uma tragédia social e ambiental em curso no Brasil. Como jornalista, estava convencido da exploração irresponsável que acontecia no país, os desmandos eram claros, identifiquei o conluio entre deputados, prepostos de governadores e órgãos de controle ambiental. Eu sabia que chegara o momento para eu me posicionar sobre o tipo de profissional que eu queria ser. Naquele momento, eu dependia do que ganhava dos patrões chineses, era a minha sobrevivência que estava em jogo embora fosse um salário de miséria. Eu me dividia entre a censura profissional e a depressão de Ataliba. Depois da primeira reunião com a editora-chefe, quando fui orientado a parar de escrever ensaios sociológicos, eles mantiveram os olhos sobre o meu trabalho, tudo o que eu produzia era censurado. Na minha vida pessoal, eu acompanhava o humor de Ataliba flutuar a olhos vistos. O meu apoio era Nora, que atuava em silêncio e com uma compreensão imensa.

Conforme fora negociado, Adriano cumpria o período de transição no jornal atuando ao lado da editora-chefe como consultor. Uma vez ele comentou que ela o procurava cada vez menos à medida que o jornal ganhava outro rumo, mesmo assim ele passava pequenos trabalhos para Ataliba, na maior parte eram revisões de textos, obituários e temas gerais. Assim foi, até o dia em que Adriano me procurou. Nos encontramos no café e ele puxou assunto.

– Como vai, Felício, o foca?

– O senhor não percebeu que eu não sou mais foca? E ninguém me chama de Felício, por favor me chame de Fefo.

– Não se zangue. Pois bem, então, como vai o Fefo?

– Eu vou bem, um pouco atrapalhado com os novos chefes. E o senhor, permanecerá no jornal por algum tempo?

– Os novos chefes são pragmáticos, as coisas devem ser feitas do jeito deles caso você queira ter um futuro por aqui. Quanto a mim, estou quase pronto para sair em definitivo, antes preciso concluir as tarefas que prometi na negociação do jornal, devo passar modelos de colunas que nós publicamos durante anos, entre elas a coluna dos obituários, e esta é a razão que me levou a te procurar. Eu não tenho recebido respostas de Ataliba aos meus pedidos, ele demora para entregar os textos que solicito e a qualidade... deixa a desejar. Ataliba mudou muito e não quer entrar em assunto particular comigo. Amigos velhos não funcionam para tudo, talvez você, que é um amigo novo, possa procurá-lo para entender o que se passa. Em breve vou passar os novos obituários para você elaborar, acho que já aprendemos bastante com o Ataliba e eu sou cobrado por resultados.

Adriano ignorava que eu conhecia as respostas às suas perguntas, pelo menos parte delas. Não me comprometi a escrever os obituários que ele pediu, apenas prometi que conversaria com Ataliba e fui procurá-lo no apartamento. Eu o encontrei conforme imaginei, prostrado e acompanhado por Ide, que já não sabia como proceder com o companheiro. Eu a acalmei, sugeri que buscássemos novo apoio médico, mas dessa vez Ataliba recusou. Peguei os textos incompletos que Adriano encomendara, levei para casa, escrevi, reescrevi, pesquisei e os concluí. Encaminhei para Adriano, em nome de Ataliba, eu mesmo os entreguei, expliquei que Ataliba estava sob cuidado médico e que tinha pouca disposição para ir ao jornal. Menti ao falar que o meu amigo pedira que eu entregasse o material e que o dinheiro poderia ser depositado na sua conta bancária. Deu certo, o trabalho foi elogiado, Adriano continuou com a atividade no jornal e passou a encaminhar para mim os textos que deveriam ser trabalhados por Ataliba. Eu escrevia em nome do meu amigo, Adriano não percebeu.

A minha presença no apartamento de Ataliba tornou--se mais do que rotineira. Lá eu encontrava ora com Ide ora com o Velho Abdias, ambos cuidavam do companheiro e amigo, que oscilava entre prostração total e momentos de alguma razão. Ide me mostrou um envelope com documentos que chegaram dos Estados Unidos assinados por Mike. Continha o contrato para publicação de um livro e as provas do texto traduzido para o inglês. Falei com Ataliba, que não reagiu, então decidi ler e enviei para um advogado amigo que explicou o significado do contrato. Ataliba deveria entregar os quatro obituários que faltavam no prazo de quatro semanas. Os temas já estavam definidos. Mergulhei no arquivo de Ataliba, encontrei as pastas que continham a pesquisa detalhada de cada caso, além de pastas com material sobre óbitos, passei a noite lendo, me encantei com o caso do casal encontrado nos Alpes quarenta anos depois da sua morte. Soube ainda de outros casos, como as mortes de Pedro Nava, e de Ernest Hemingway, ambas por suicídio. Um artigo me chamou a atenção, era sobre a morte de uma livraria, a Livraria Duas Cidades, parece que Ataliba pretendia escrever a respeito. Ataliba tinha material para escrever uma vida inteira sobre mortes. Falei com Ide a respeito do compromisso nos EUA e ela me sugeriu que assumisse a redação. Topei, mas teria que conversar com Mike, não poderia blefar por muito tempo.

Eu continuei o trabalho no jornal, ainda que tolhido pelo policiamento interno, colhi materiais sobre conflitos fundiários, aprofundei as buscas sobre impactos ambientais da expansão da atividade agrícola, acompanhei o debate sobre a legislação que propunha limites para a abertura de fronteiras agrícolas e a obrigação de que agricultores recuperassem áreas devastadas, apresentei para o editor os rascunhos dos textos a serem publicados. Os novos diretores decidiram por mim, chegou um envelope em meu nome vindo da editora-chefe. Achei estranho que ela passasse por cima do meu chefe imediato, então deduzi o que me esperava.

Decidi não abrir o envelope naquele momento. Ao final do expediente, no caminho para casa, decidi parar no bar do Tico-Tico. Não havia o movimento dos jornalistas tampouco dos amigos dos tempos de Ataliba. Atrás do balcão do bar vazio, Tico-Tico lavava pratos e limpava a pedra de mármore desgastado em que anotava as despesas das mesas. Um cliente solitário o chamou pedindo a conta. Tico-Tico tirou, com a mão direita, um lápis que se encaixava na sua orelha esquerda, debruçou o corpo sobre o balcão de mármore e fez as contas. Gritou o valor para o cliente que deixou o dinheiro sobre a mesa. Ato contínuo, Tico-Tico limpou os traços de grafite do balcão e me perguntou o que eu queria beber. Respondi sem me aproximar do balcão.

– Uma cerveja e uma cachaça em homenagem ao nosso amigo Ataliba.

– Como ele anda? Não o vejo há semanas.
– Mal, a depressão o jogou no fundo do poço. E você, Tico-Tico, o bar parece vazio para o horário.
– Caro Fefo, os jornalistas da velha guarda, aqueles que trabalhavam no jornal, tomaram outro rumo, os novos profissionais apreciam locais mais sofisticados. Estou avaliando se vale a pena continuar com este negócio. – Tico-Tico colocou o meu pedido sobre a mesa e adicionou uma porção de calabresa com queijo. – A calabresa é por conta da casa, bom apetite.
Tomei a cachaça que cobri com um gole da cerveja antes de abrir a carta. De algum modo eu sabia o que iria encontrar, a notícia não me surpreendeu. A editora-chefe escreveu, sem nenhum pudor, que o jornal tinha princípios e o principal era a própria sobrevivência. O texto concluiu com precisão oriental:
"Agradeço pelo empenho e dedicação que o Sr. demonstrou, entretanto o estilo que apresentou não se alinhou com as nossas necessidades. Dispensamos o seu trabalho a partir desta data. Passe no departamento pessoal para dar baixa no contrato de trabalho."
Sem problema, pensei, terei mais tempo para ajudar Ataliba.
Nas semanas seguintes, mudei o meu escritório para o apartamento de Ataliba, trabalhei nos quatro obituários e iniciei um livro sobre o drama ambiental brasileiro. Conversei com Ide e com o Velho Abdias, que acharam que seria bom ter mais uma pessoa por perto. Eu passei a revezar com Abdias em algumas tarefas como, sair com Ataliba para andar pelo bairro em horários definidos,

e levá-lo ao médico. Caminhar faz bem, disse o Velho Abdias, e parece que ajuda na recuperação de Ataliba.

Troquei e-mails com Mike, expliquei que assumi o papel de secretário de Ataliba, evitei dar detalhes sobre o seu estado de saúde. Ataliba assinou todos os papéis, autorizações e o contrato para o livro, sem esboçar reação. Nada perguntou, nada quis saber.

Faltava abrir o jogo com Mike. Tinha em mãos os quatro obituários que faltavam e os encaminhei para o Mike, omitindo que os havia escrito. Mike enviou uma mensagem de e-mail: "Foram bons os textos que você escreveu. Espero que Ataliba se recupere, enquanto isto não ocorre, você tem uma carreira promissora."

A seguir, Mike perguntou para quem deveria enviar o dinheiro, eu insisti que fizesse uma ordem de pagamento para a conta de Ataliba. Ele compreendeu tudo.

Eu e Ide pensávamos em como seguir com o caso de Lena, ela era a chave para resolver o problema do pai. Marcamos um encontro do grupo no Araçá, era preciso achar um caminho.

CAPÍTULO 27

Reunião sem Ataliba, setembro

As conversas no Cemitério do Araçá perderam a graça sem a presença de Ataliba. Era ele quem organizava e enviava os textos para leitura e conduzia a conversa sobre os obituários. Eu me esforçava para substituí-lo, nem sempre conseguia. Foi necessário dedicar mais tempo para o meu amigo, o seu quadro depressivo me assustava. Sem as obrigações do dia-a-dia no jornal, eu passei a trabalhar no apartamento ao lado do arquivo. Não imaginei que permanecer ao lado de Ataliba naquela condição afetaria o meu equilíbrio, mas lembro que comecei a ter dificuldade de concluir os obituários encomendados por Mike. Ataliba percebeu a minha aflição e, em um lapso de lucidez, saiu das sombras para me ajudar. Pigarreou antes de falar com voz pastosa.

– Comece com um fato peculiar, algo inusitado que deve surpreender quem conheceu o falecido. Ao escrever mantenha também a intenção de atrair o interesse do outro leitor, aquele que não conheceu o finado. Depois fale de como se deu a morte, descreva em linhas gerais, mesmo os leitores de obituários evitam a intimidade com a hora fatal. Não deixe de citar algum esqueleto esquecido no armário do falecido, isto dá sabor ao texto. Fale da descendência, afinal serão eles que pagarão as despesas com o funeral e do obituário que você vai gerar. Se possível, encerre com alguma mensagem para o leitor comum, a morte sempre tem algo a ensinar.

Depois que Ataliba fez estes comentários, que soaram como uma aula, ele voltou a mergulhar no poço escuro, e permaneceu calado pelo resto do dia.

Eu não me sentia à vontade para cumprir o papel de Ataliba, me considerava um aprendiz. Aos poucos compreendi que por trás de cada obituário existe uma história de vida a ser reconstruída, aprendi a escrever sobre alguém que não conheço, tendo como único apoio a narrativa dos que viveram ao lado do falecido. Eu, um aprendiz de jornalista, não conseguia replicar aquele talento nato e muito menos ter a sensibilidade de Ataliba. Percebi que cada um de nós – Ide, Lázaro, Grego e eu – tem um olhar diferente sobre a morte e a vida. Ataliba não imaginava o quanto ele mudou o meu modo de pensar. Os encontros no cemitério foram momentos que desfrutei como se bebe uma taça de vinho fino.

Marcamos um novo encontro no Araçá com intenção diferente da usual, não serviria para conversarmos sobre um novo obituário, mas sim sobre Lena. Quem sabe nós faríamos com que pai e filha se reencontrassem. Quando cheguei à sombra do araçá, Grego já estava por lá.

– Olá Fefo, pensei que tivesse errado de data ou de local, eu costumo fazer isso, acho que é a idade chegando. Não recebemos nenhum texto novo para debater, o que nós vamos fazer aqui hoje? Lembre-se, um policial

investigador sabe que o tempo é importante e não deve ser desperdiçado. Onde estão nossos colegas?
— Fique tranquilo Grego, logo eles aparecerão. Lázaro está acostumado a trabalhar fora de hora, poucos conseguem escolher o momento para morrer e quem morre precisa ser enterrado. Respondo a sua pergunta, o nosso assunto hoje é Lena, você ficou de bolar uma estratégia para encontrá-la, lembra? Podemos contar com você?
— Claro, um investigador que honra a profissão tem estratégias prontas adequadas a cada caso. Lá vem a Ide, cheia de pacotes e parece que ela está mancando, acho que precisa de ajuda.

Enquanto Grego ajudava Ide com os pacotes, Lázaro emergiu da cripta-depósito, veio carregando revistas e livros que depositou sobre a mesa. Ele vibrava com algo diferente e não guardou segredo.

— Eu tenho uma novidade para compartilhar com vocês, encontrei um local para instalar a minha livraria. Um espaço pequeno nos baixos do Minhocão, próximo da casa dos estudantes da Faculdade de Direito. O proprietário está com medo de ter o local invadido, prefere me alugar por um valor barato a servir de moradia para os craqueiros que andam por lá.

— Você vai deixar o emprego no cemitério? — Ide perguntou.

— Por enquanto não — respondeu Lázaro —, continuarei a enterrar os mortos, eu não viveria sem eles, vou manter parte do estoque de revistas na cripta, só vocês sabem do meu mais fundo segredo. Vocês e os mortos, é claro.

— E a livraria já tem nome? — Perguntou Ide.

— Sim, vai se chamar Sebo e Livraria Cripta, não é bonito?

Eu ouvi aquela conversa e pensei que Lázaro sonhava em ter um sebo, Ide sonhava em ser feliz, o Grego sonhava em ser um Sherlock Holmes, e eu não tinha um sonho definido naquela época, a não ser permanecer perto de Nora. Talvez sonhasse em ser um jornalista como Ataliba. Retomei a razão do nosso encontro, perguntei se Grego havia pensado no plano para encontrar Lena. A resposta me surpreendeu.

— Tenho mais do que um plano, eu e Ide temos a resposta, sabemos o paradeiro de Lena. Gostaram desta notícia?

— Eu estou surpreso com a sua rapidez, Grego. Vamos, nos conte o que sabe.

— Agora vocês saberão o que significa ser um investigador de categoria internacional. Depois do nosso encontro no bar, conversei com Ide e ela topou investigar comigo. Sabem, as mulheres têm uma sensibilidade que nós, homens, não temos. Conte para eles Ide, você tem todos os detalhes.

Ide trocou um olhar cúmplice com Grego e os dois começaram a falar desordenadamente, cada um dando um sabor diferente à investigação que mais parecia uma aventura policial. Relataram que Ide suspeitou que o Velho Abdias sabia de detalhes a respeito da vida de Lena, afinal ele a conhecia há muito tempo.

— Fomos até o apartamento de Ataliba para fazer uma visita, encontramos o zelador do prédio, que dormia na portaria, e puxamos o assunto sobre Lena. — Ide começou a explicar. – O zelador deu com a língua nos dentes, falou que na última vez que viu Lena, ela esteve no apartamento acompanhada pelo Velho Abdias. Disse que os dois entraram e saíram juntos e pegaram um táxi.

– O segundo passo da investigação foi uma visita ao apartamento que Lena dividia com os músicos, em Santa Cecília. – Continuou Grego. – Era um casal que não teve problemas para explicar detalhes sobre a decadência de Lena, o envolvimento com drogas, o relacionamento com a amiga coreana. Falaram que ela ganhava rios de dinheiro e nunca mudou de vida, permaneceu no apartamento e chegou a bancar alguns meses de aluguel, quando o dinheiro deles acabou. Lena ficou perturbada com a morte da mãe na França, que foi seguida pela morte de dois clientes, uma por suicídio e outra por assassinato, passou a ter um comportamento estranho, acredita carregar uma maldição. Encontramos uma estante no quarto de Lena, cheia de livros sobre o mito de Lilith. Os amigos de Lena falaram sobre o Velho Abdias, que é acolhido por eles naquele apartamento sempre que exagera na bebida.

– A partir dos contatos feitos com zelador e os músicos, nós entendemos que o Velho Abdias era a chave para encontrar Lena, ela cuidou dele nos momentos delicados e o Velho Abdias nutria um sentimento de dívida com ela. – Detalhou Ide. – Ficamos de guarda na rua onde fica o quartinho que o Velho Abdias ocupa nos fundos de um depósito de papel no bairro. Eu e Grego esperamos o momento certo para seguir os passos do velho.

– Estávamos no meu carro quando ele saiu com uma roupa bem-aparada e andou até um ponto de ônibus. –

Grego contou. – Seguimos o trajeto, ele trocou de ônibus e foi até um local próximo ao Horto Florestal onde desembarcou.

– No local existe uma clínica de repouso e recuperação de viciados. – Ide cortou a fala de Grego. – O lugar é lindo, eu até moraria lá.

– Chegamos ao ponto, Lena estava internada em uma clínica na zona norte da cidade. – Grego prosseguiu. – Nós não entramos naquele momento por respeito ao Velho Abdias, mas conseguimos o telefone e eles confirmaram que Lenina, que é o nome verdadeiro dela, estava internada. Agora nós precisamos decidir o que vamos fazer.

– Mas que eu gostei do lugar, gostei. – Ide completou.

Eu e Lázaro ficamos surpresos com o trabalho de Grego e Ide, e as opiniões sobre como prosseguir foram muitas. Lázaro sugeriu que fôssemos lá para conversar com Lena, eu pensei que deveríamos contar antes para Ataliba, quem sabe ele tivesse alguma reação. Foi Ide quem trouxe uma proposta que o grupo acatou.

– Eu acho que temos que conversar com o Velho Abdias, ele pode fazer a ponte entre Lena e Ataliba melhor do que qualquer um de nós.

Decidimos ir procurá-lo para abrir o jogo com ele. Esperamos na porta do prédio de Ataliba, pois sabíamos que ele viria para ajudar o amigo. Ele nos ouviu, no início relutou em cooperar, até que se convenceu de que queríamos ajudar. O Velho Abdias contou o que sabia, que Lena foi uma menina diferente, com inteligência rara, sempre com opiniões firmes e independentes. Dizia que nunca se submeteria a nenhum homem na vida. Sua amizade com Choi a levou às drogas e à dependência de álcool. Explicou ainda que Lena tem fixação pelo mito de Lilith, acha que quem se aproxima dela corre o risco de ter uma morte trágica, ela acredita ser uma bruxa, o que quer que isto signifique. Esta loucura ficou impregnada no seu comportamento e por isso evita encontrar o pai. Ela teve uma relação com Choi, a garota de programa que hoje explora Ataliba. Lena tem o direito de se isolar, o Jamanta a apoia, ele tem acesso à sua conta bancária. Ele depende dela até hoje, mesmo internada, para tocar a agência. Lena lhe dá instruções sobre como abordar cada cliente.

A narrativa do Velho Abdias foi esclarecedora. Aquela coisa de bruxaria era o que mais me perturbava, compreendi a malha de horrores que cercava a vida de Lena e ainda não tinha certeza de como abordá-la, mas pelo menos sabíamos o seu paradeiro.

CAPÍTULO 28

Ataliba e Fefo em Berkeley, setembro

A ajuda que dei para o cumprimento do contrato entre Ataliba e Mike gerou uma oportunidade inesperada: a minha primeira viagem internacional.

A minha rotina adaptou-se ao trabalho, e me concentrei na publicação do livro de Ataliba. Atendi os pedidos editoriais que Mike fez, reescrevi partes dos capítulos, anexei informações que encontrei no arquivo dos mortos, revisei os obituários que foram traduzidos para o inglês por um professor da Universidade de Berkeley.

Era comum que Mike pedisse detalhes sobre as fontes, documentos e citações. Eu encontrei as informações no arquivo de Ataliba, todos os detalhes estão registrados. Percebi que Ataliba tinha o perfil que caracteriza alguns pesquisadores acadêmicos. Sabia que os obituários tinham precisão jornalística, mas iam muito além, eram criações literárias e refletiam o perfil ficcionista de Ataliba. Até onde ia a verdade sobre cada óbito e onde começava a imaginação de Ataliba? Eu não saberia distinguir. Eu me tornei familiar com o arquivo, encontrei as respostas para Mike nos documentos organizados e descritos com rigor, e descobri outros documentos com esboços para a escrita de obituários. Trabalhar ao lado de Ataliba no seu apartamento me deu segurança, mesmo sabendo que ele pouco reagia às minhas perguntas e comentários. Ataliba passava as horas sentado na poltrona com o olhar fixo em algum ponto da sala que eu não via, era assim que ele permanecia na fase crítica da depressão que o assolava todos os dias. Ele se movia apenas quando chegavam as refeições que eu pedia em algum restaurante das imediações. Ataliba era um homem destruído, um inválido, poderia dizer. Ele mostrava alguma reação quando o Velho Abdias vinha buscá-lo para a caminhada diária, eu percebia que essa rotina fazia bem para ambos.

Mike passou a tratar diretamente comigo, ligava de Nova York para falar sobre a publicação. Certo dia recebi um e-mail em que ele me pediu para marcarmos um horário para "uma conversa um pouco mais demorada", foi assim que ele escreveu. Uma conversa um pouco mais demorada? Eu me preocupei com o que poderia ser. Eu falo um pouco de inglês e Mike esboçava o português, assim nos entendemos. Marcamos um telefonema quando Ataliba saiu para caminhar, enfim pudemos falar com franqueza e não me surpreendeu o teor da conversa. Lembro quando Mike disse:

– Nestas quatro semanas de trabalho com os preparativos do livro eu compreendi que você tem apreço por Ataliba, assim como eu. Acho que é hora de tratarmos com franqueza a respeito dos limites do nosso amigo comum e do papel que você assumiu como *ghost writer*. Para mim ficou claro que foi você quem escreveu os quatro obituários que faltavam, deu para ver que você é um talentoso escritor embora a diferença dos estilos seja visível.

– Digamos que eu aprendi com Ataliba. – Respondi.

– Infelizmente ele passa por um período difícil, estamos aprendendo a lidar com a depressão, o médico não tem clareza para nos dizer quanto tempo esta situação vai durar. Ele entrou em estado depressivo, profundamente depressivo. Foi esta a razão que me levou a escrever em seu nome, espero que você não me critique.

Mike já demonstrara saber quem escrevia os textos, de qualquer modo foi bom falar abertamente sobre o assunto, tirou um peso das minhas costas e ele ficou seguro para me contar as novidades e planos.

– Eu tenho contatos com editores brasileiros que souberam do plano do lançamento do livro aqui nos Estados Unidos. Uma editora fez uma oferta para publicação no Brasil, o que significa que você precisa iniciar uma revisão dos originais em português. Claro que será um trabalho remunerado.

Eu estava sem emprego, de repente me vi envolvido com a edição do livro nos Estados Unidos, com as publicações no jornal em nome de Ataliba e agora, com a organização dos textos em português para publicar o livro por aqui. Mike me garantiu um razoável pagamento de honorários, mantivemos tudo em nome de Ataliba que assinava os documentos sem perguntar nada. Aos poucos estabeleci uma rotina de produção dos obituários e outras colunas que Adriano pedia para o jornal, sempre em nome de Ataliba. Adriano talvez soubesse que era eu quem escrevia os textos, mas fazia vistas grossas. Depois da nossa conversa, Mike passou a me ajudar, apresentou o meu nome para uma revista semanal de assuntos latino-americanos, e para uma revista de grande circulação que precisava de um obituarista capaz de produzir algo que fosse além do relato insosso que costuma aparecer nos jornais. Com a indicação de Mike, eu iniciei uma quarta atividade, pela primeira vez em meu próprio nome. Achei que deveria me associar à entidade internacional de obituaristas, eles responderam à minha aplicação com uma carta de afiliação e quiseram saber por onde andava Ataliba. Eu lhes expliquei.

Passei a trabalhar sem pausa, ajudava Ataliba com os textos enquanto Ide cuidava do apoio médico. Nosso plano de uma aproximação com Lena prosseguiu, precisávamos tomar cuidado. Ide foi conversar com um psiquiatra indicado por Grego, que a orientou como proceder para levar Ataliba até ele. Assim foi feito e tentamos um tratamento com medicamentos e consultas. Fomos informados que o processo de recuperação seria longo, que demoraria um tempo até que a crise fosse contornada. O psiquiatra cuidou da fase crítica e passou o caso para um psicanalista, que, claro, Ataliba recusou. Foi o médico que sugeriu que eu buscasse um local diferente para trabalhar, deixando espaço para que Ataliba reassumisse a sua vida aos poucos. Aluguei um apartamento nas imediações, de onde poderia visitar Ataliba com frequência. Achei um lugar que passou a servir de casa e escritório. Ganhei vida independente.

Entre os meses de julho e agosto, Mike me apresentou as provas do livro. Era um trabalho primoroso! Ele sugeriu a data para o lançamento e o local escolhido foi a sede do *Center for Latin American Studies* da Universidade de Berkeley, na Califórnia. Seria uma longa viagem para mim. Ataliba deveria estar presente, ele se recuperava bem e estava apto a aceitar a viagem. Eu evitei contar que ele teria que dar uma palestra sobre o jornalismo no Brasil, e certamente sobre o tema dos obituários. Fiquei com receio de uma reação negativa.

Nesse período não percebi nada de estranho no comportamento de Ataliba, a não ser os sintomas da depressão aos quais já me habituara. Uma tarde em que eu saía da visita rotineira, encontrei uma moça com traços orientais no corredor do andar do apartamento. A cumprimentei, talvez ela fosse visitar o apartamento vizinho. No dia em que contratei um carreto para levar a minha escrivaninha e os livros, novamente ela estava no local. Eu a cumprimentei e segui caminho. Tempos depois liguei os fatos, a moça era Choi.

As semanas seguintes foram de preparativos – compramos dois paletós adequados para a viagem do lançamento do livro – e conversas com o médico de Ataliba. Enfim, a viagem. Nosso voo decolou de São Paulo, trocamos de avião em Dallas, de onde embarcamos para São Francisco. Lá Mike nos aguardava, e dali seguimos de carro para Berkeley, atravessamos a ponte, passamos por Oakland e em poucos minutos estávamos no campus da Universidade onde ficamos hospedados. O estado de Ataliba melhorou, saiu do torpor, mas o seu humor deixava a desejar. Ele não queria falar em público – tive que contar sobre a palestra. Ataliba ficou estarrecido, tinha medo de não desempenhar bem. Eu lhe disse que estaríamos ao seu lado, eu e Mike, mas não adiantou.

– Não me peçam para falar ao público, eu não quero fazer discursos, o que eu tenho para dizer está escrito nos obituários.

No dia seguinte acordamos um tanto abatidos pelo jet lag, estávamos nos aposentos reservados para professores visitantes na Universidade de Berkeley. Da janela do quarto, no alto de uma colina, se avistava o campus cheio de estudantes que caminhavam em todas as direções no que parecia ser um movimento caótico. Acordei Ataliba que estava no apartamento ao lado, e em poucos minutos chegamos na cafeteria do andar térreo onde Mike nos aguardava para o café da manhã.

O CLAS ficava localizado a três quadras de onde estávamos hospedados, ocupava uma casa antiga em uma das ruas nas imediações do campus, próxima da Telegraph Street. Eu obtivera informações sobre Berkeley na internet, a cidade transpirava o ambiente universitário, até mesmo os moradores de rua pareciam saídos do túnel do tempo dos anos 60, quando Berkeley se transformara em um barril de pólvora da luta pelos direitos civis, dos protestos contra a guerra do Vietnã e pela defesa dos direitos raciais. A jornalista Angela Davis viveu e deu aulas aqui, eu imaginava a sua presença agitando o campus e questionando o destino do seu país.

Chegamos à sala onde seria feito o lançamento do livro, que já estava cheia de estudantes. Ao lado havia um pequeno auditório já totalmente ocupado. Eu vi a reação de Ataliba, ele transpirava, embora a temperatura da manhã fosse amena. A diretora do CLAS era Clara, uma peruana graduada em Letras e Ciências Sociais, que demonstrou simpatia e interesse pelo Brasil. Tentou aproximar-se de Ataliba, ele foi rude o suficiente para que ela percebesse a sua intenção de isolamento. Eu tentei explicar-lhe, ela foi compreensiva e se dirigiu ao microfone para montar a mesa. Primeiro convidou Mike que, a seguir, chamou Ataliba, que subiu sob aplausos. Vi quando Mike falou discretamente para Clara apontando na minha direção. Ela anunciou o meu nome e eu fui convidado a compor a mesa.

Mike apresentou Ataliba e anunciou a minha presença. Explicou a ideia do livro, sobre os textos elaborados por Ataliba, falou do limite entre estilos e do jornalismo literário. Clara leu em inglês um dos obituários e todos ficaram impactados com a estrutura do livro. Finalmente Mike passou o microfone para Ataliba, que passivamente o colocou nas minhas mãos e disse que não falaria. Eu peguei o microfone e segui para o púlpito, onde me desculpei em seu nome, falei algumas palavras improvisadas e me coloquei à disposição para perguntas. Os presentes queriam saber sobre o Brasil, sobre a Amazônia, perguntaram sobre o Presidente, sobre o movimento dos agricultores sem-terra, sobre a pobreza e os avanços sociais. Eu respondi o que pude, sobre o livro pouco se falou. Todos compraram os exemplares, que se esgotaram enquanto Ataliba recebia cumprimentos e autografava, calado, um por um dos livros. No dia seguinte, voltamos para o aeroporto de São Francisco, compramos o jornal e a foto de Ataliba estava na primeira página. "Surge um novo autor brasileiro na linha do realismo fantástico."

Não entenderam nada, Ataliba comentou com desdém, enquanto tomávamos o rumo de Nova York para um segundo lançamento, e de lá seguiríamos ao encontro da fantástica realidade chamada Brasil.

CAPÍTULO 29

Quarta narrativa de Lena, setembro

– Eu penso no Jamanta, no meu pai, no Velho Abdias, acho que eles são as pessoas com quem eu posso contar. O Jamanta, porque depende de mim, o Velho Abdias porque eu dependo dele, o meu pai, porque é meu pai. Eu me sinto só. Para não esquecer as feições de ninguém eu resolvi tirar fotos dos visitantes, dos internos, dos médicos. A memória da máquina fotográfica encheu, para gravar uma foto nova eu preciso remover outra antiga. Eu acho que a minha vida tem sido assim, sempre que alguém entra, outro sai de cena. Os médicos tentam me motivar a sair da cama e caminhar pelo jardim, disseram que eu preciso tomar sol, porradesol, eu não quero fazer nada do que eles mandam. Daí eles vêm com a conversa de que eu preciso me ajudar, que só os medicamentos não podem fazer o efeito desejado, que eu preciso me relacionar com as pessoas, me exercitar e blablabla. Eu decidi que não vou ficar muito tempo por aqui, mesmo que o Jamanta insista que quer me ver curada, curada do quê? Para piorar a situação eu recebi visitas indesejadas, primeiro foi o tal do Fefo, bonzinho o cara, mas não sabe o que quer de mim, acha que só eu posso ajudar papai. Depois veio a Choi, quem diria que aquela cadela teria

a coragem de me visitar, ela veio algumas vezes e a cada visita parecia diferente. Disse que mudou, que não era mais aquela que enganou o meu pai. Lilith precisa matar a Choi. Eu não quero visitas, quero é tomar uma dose, fumar um baseado, cheirar uma carreira, estou carente. Papai me falou a respeito deste tal de Fefo, um cara que gosta dele. No dia em que apareceu por aqui, me perguntaram se ele poderia entrar, o que eu poderia responder?
– Deixa entrar. – Foi o que eu disse para a enfermeira. Eu só quis me preparar um pouco, tirei a camisola, coloquei uma roupa e me lavei no banheiro do quarto. Não sabia se era manhã ou tarde, tampouco lembrava desde quando estava acordada, que diferença faz? Avisaram quando ele chegou, eu aguardei sentada na poltrona ao lado da janela, me enquadrei para fazer uma boa imagem para o visitante. Nem sei por quê. Ele bateu na porta do quarto e eu falei para ele entrar, trocamos os cumprimentos por uma pergunta.
– O meu pai sabe que você está aqui?
– Não, eu investiguei para encontrar o seu paradeiro.
– Ora, ora, como sou importante, investigou para me encontrar. Tem uma cadeira ali, ao lado da mesinha, pode sentar-se.
O Fefo é um menino tímido, estava estarrecido por ter me encontrado, parece que eu era um fantasma, ele tremia como se estivesse à frente da primeira mulher da sua vida. Quando começou a falar, relaxou um pouco, a primeira coisa que fez foi falar sobre papai. Disse o que eu já sabia, que papai estava entregue à depressão, que não queria tratamento médico, e que eu era a pessoa mais

importante na vida dele. Fefo falava sem parar, precisava usar o tempo que tinha para me explicar uma situação que eu conhecia. Até que o Fefo é bonitinho.

– Posso tirar uma foto sua? – Eu perguntei.

– Foto? – Ele parou de falar surpreendido pelo meu pedido. – Claro que pode.

Eu peguei a máquina fotográfica e andei ao redor de Fefo. Enquanto eu o fotografava expliquei-lhe a razão que me impedia de ver papai. – Eu tenho uma maldição dentro de mim. – Eu o fotografei e Fefo retomou a tentativa de me convencer, falava sem parar, até que eu o calei aos berros.

– Eu não posso encontrar o meu pai! – Gritei interrompendo o discurso de Fefo, que me olhou com ar de espanto.

– Eu não consigo compreender a razão do seu isolamento – disse –, e acho loucura esta coisa de maldição.

Tentei responder, sabia que seria perda de tempo, mas tentei.

– Fefo, Lilith foi a primeira mulher de Adão, criada com o mesmo barro e pelo sopro de Deus. Ela rebelou-se contra a submissão da mulher ao homem. "Por que devo deitar-me embaixo de ti?" Ela sabia que não era inferior a Adão, teve que abandonar o jardim e foi viver nas trevas onde gerou descendência demoníaca. Ela vive nos sonhos eróticos dos homens, nas tempestades, no lado escuro da lua. Ela é a lua negra onde habitam os impuros, onde vivem os pesadelos, as tempestades, os ventos noturnos.

Fefo ficou estático enquanto eu falava. Ele se agitou quando reafirmei que não posso encontrar o meu pai se eu quiser que ele viva. Fefo não compreendeu, deve ter me achado pirada, mudou de assunto e começou a falar sobre o livro, parece que queria se aproximar de mim e precisava de um tema mais palatável.

– Eu vim aqui para te contar sobre o livro do seu pai. Foi lançado nos Estados Unidos. Agora estamos preparando o lançamento no Brasil.

– Então você tirou papai da toca? Ele viajou para os Estados Unidos, sempre foi um sonho dele, queria viajar e conhecer lugares novos.

– Sim, eu o acompanhei e ele foi bem recebido por lá, a edição de lançamento esgotou em uma semana. O seu pai virou celebridade no mundo literário, pelo menos nos Estados Unidos. Recebemos, quero dizer, o seu pai recebeu convites para publicar no Brasil, eu fui contratado para revisar os originais e preparar o lançamento. Seu pai é um autor reconhecido e o livro foi considerado como exemplo da nova literatura latino-americana. O editor e eu queremos que você esteja presente no lançamento da edição em português. O que você acha de encontrar o seu pai antes do lançamento, seria interessante que vocês conversassem.

Eu ouvi o relato de Fefo e pensei nos amigos de minha mãe que visitavam o meu pai, lembrei da conversa que tive com ela, lembrei dos clientes que morreram. Eu olhava para o rosto de Fefo e a minha mente estava em outro lugar. Enquanto Fefo falava, eu lembrava de ACF, dramaturgo e ator dos anos 50 que, aos 80 me procurou para reorganizar a sua imagem e a carreira como escritor. Ele tentava ser escritor e todos o viam como dramaturgo, ele precisava reconstruir a imagem que superasse a antiga. E eu o ajudei, trabalhei na construção do perfil, na comunicação do perfil de ACF, consegui entrevistas nas redes de televisão, premiações e homenagens, lançamentos dos livros que ele escreveu após o final da carreira como dramaturgo. Foi uma explosão de aparições na mídia, até o dia em que ele foi diagnosticado com mal de Alzheimer, e eu utilizei o fato para alavancar ainda mais o perfil do ex-dramaturgo, cujo ego tinha um tamanho tão insuperável que nem mesmo a doença o abateu. Fefo ainda falava e eu lembrei do dia que ACF me procurou e relatou que sentia a memória desaparecer, que se surpreendeu um dia no seu quarto sem saber onde estava, que as pessoas lhe telefonavam e ele não sabia com quem estava falando, porradealzheimer. Eu lhe expliquei que eu não era o apoio profissional que ele precisava e ele agarrou-se a mim como a uma boia salva-vidas num mar revolto. Marquei uma entrevista em um canal de larga audiência que iria tratar do Alzheimer, seria gravado e iria ao ar em horário nobre. No dia ele não apareceu, fui procurá-lo e o encontrei na cama. Só tive tempo de chamar a polícia, estava morto, suicídio. A maldição se manifestava mais uma vez.

– Lena, você está me ouvindo?

– Claro Fefo, estou ouvindo. Não vou procurar meu pai e não quero que ele saiba onde estou. Fui clara? – Eu mal respondera quando a enfermeira gordinha apareceu e anunciou:

– Hora da socialização! – Eu aproveitei e me despedi do Fefo.

Porradesocialização, eu não quero conversar com ninguém, quero uma dose, quero hibernar e sair deste mundo. Maldita ideia de Jamanta de me trazer para este lugar. O Jamanta me procura de tempos em tempos, sempre com a mesma intenção. Ele vem me perguntar como deve tratar um cliente ou outro. Ele nunca faz nada sozinho, é um incapaz. Vou me levantar para encontrar aquele grupo de chatos na sala de convivência. Cada um conta um pedaço do seu drama e os outros aplaudem o esforço feito para deixar a droga e blablabla. Eu não quero deixar essa porradedroga, quero a minha dose diária para me ajudar a morrer. Vou levar a máquina fotográfica escondida na toalha, eles não deixam a gente levar nada nas mãos que possa ferir alguém. Que besteira, a gente fere as outras pessoas com este músculo pontiagudo que temos na boca. Falando a gente fere as pessoas, foi o que eu senti no dia em que Choi veio me visitar pela segunda vez.

Menina esperta a Choi, eu a recebia sem nenhuma vontade, ela entrava nesta porradelugar como se fosse a amiga que eu tive até o dia em que a vi trepando com o meu pai. Choi me contou tudo, que encontrava o meu pai, que ele era apaixonado por ela, que ele a sustentava, que ela perdeu tudo o que tinha e que depois que foi presa nunca mais se arrumou na vida. Nós duas só temos uma coisa em comum, queremos que o meu pai viva. Choi é uma crápula, não tem escrúpulos e vai tirar tudo o que puder de papai. Ela voltou uma, duas, três vezes, eu odiava as visitas e ao mesmo tempo precisava dela. Esta é a tática de Choi, comigo e com papai, ela manipula as pessoas para que dependam dela. Se Choi souber do lançamento dos livros vai querer mais grana do papai. Ela ficou um par de meses sem aparecer, e quando voltou estava diferente, veio com outro papo, ela disse que percebeu uma coisa que a fez mudar, ela se apaixonou por papai. E queria me convencer de que ela queria ajudá-lo a sair do buraco e viver um tempo melhor, se possível junto com ela. Choi mudou entre a primeira e a última visita, não parecia a mesma pessoa. O que passa na cabeça desta mulher que agora afirma estar apaixonada por papai? Algo como Maria Kodama foi para Borges ou Pilar para Saramago, pode existir algo sério entre pessoas tão distantes no tempo? Na última visita, ela falou exatamente isto, que ela não queria nada do meu pai a não ser a sua presença, que ela não poderia viver sem ele e que ela era outra pessoa. Dá para crer? Choi é uma sacana, ninguém muda da noite para o dia, dela eu não quis tirar nenhuma fotografia.

Eu entrei na sala de socialização.

– Que bom que você veio, Dona Lenina, pode sentar-se naquela cadeira, os seus colegas estão falando sobre as experiências que desenvolveram aqui nesta casa. Lembre-se, esta casa é a sua casa, venha, sente-se e fique à vontade.

Esperei que a psicóloga saísse da sala, saquei a câmera e comecei a tirar fotos. Cheguei perto dos internos e pedi que sorrissem, alguns nem olharam para mim, outros adoraram e quiseram ver as fotos. Eu andei pelo círculo de cadeiras e mirei um por um nos olhos, tirei um close e depois pedi que se levantassem e saquei outra foto espontânea. Quando a droga da psicóloga voltou, escondi a câmera e sentei como se nada tivesse acontecido.

– Queridos, vamos recomeçar? Nossa, vocês parecem tão felizes hoje! Vamos continuar a contar as histórias vividas. Dona Lenina, quer começar?

Porradehistóriavivida. Eu quero mesmo é sair daqui, quero falar com o bosta do Jamanta. Queremos encontrar Choi, eu e Lilith, uma de nós precisa matá-la.

CAPÍTULO 30

Sexto obituário – a morte da chefe da Estação de Wakayama

Eu cheguei ao cemitério e me surpreendi com o araçá florido. Meus amigos ainda não haviam chegado e nem sabiam que Ataliba não viria. Nora veio comigo pela primeira vez, e estava achando tudo muito estranho, tanto o local como as pessoas que dele participavam. Eu me preparei para explicar a todos que a condição de Ataliba se deteriorou na noite anterior, tivemos que levá-lo ao pronto-socorro, onde foi medicado e permaneceu internado. Eu não queria interromper as leituras e debates sobre os obituários, já que esses encontros se tornaram uma rotina para o grupo e havia o compromisso da publicação do livro.

Não iria revelar que escrevi o obituário em nome de Ataliba. Conduziria o ritual da maneira como ele fazia, iniciando pela leitura do obituário. Abriria o debate, ouviria os comentários e as perspectivas de cada leitor. Por fim, apresentaria a parte do texto que eles desconheciam, a história do óbito sob o ponto de vista do falecido. Claro, Ataliba tinha armado um modelo para enriquecer os textos antes de enviá-los para o editor, eu só precisei seguir os seus passos. Aguardei pelos meus companheiros, estava ansioso para saber se conseguiria substituir Ataliba. O primeiro a chegar foi Grego, a sua voz foi ouvida por todos os que dormiam profundamente naquele local sagrado.

– Então o Ataliba resolveu escrever um obituário diferente dessa vez? De onde ele tirou essa ideia? Opa, temos gente nova no distrito! Muito prazer linda donzela! – Disse, dirigindo-se a Nora. – Eu me chamo Stephanos e sou conhecido por Grego, por razões óbvias.

Grego desenvolvera sintonia com o grupo, mesmo avesso às leituras, ele tomou conhecimento do texto e trouxe opiniões próprias. Logo a seguir chegou Lázaro carregando a habitual mochila cheia de revistas em quadrinhos.

– Dessa vez Ataliba se superou, posso garantir que nunca presenciei um caso desses neste cemitério, e se aparecesse não passaria pela burocracia. – Comentou. – Como poderia ser? Eu acho que seria considerado ilegal.

Eu ouvi cada argumento e acatei as diferentes visões, não queria falar antes da hora. Foi quando Ide apareceu, despejou os pacotes na mesa sombreada e sentou-se ao meu lado, enxugou o suor do rosto com um lenço ao mesmo tempo em que tirou os sapatos. Tinha o ar cansado de quem passou a noite em claro, cuidando da internação de Ataliba.

– Onde está Ataliba? – Perguntou Grego.

Ide olhou para mim, tomou fôlego e explicou o que tinha acontecido com Ataliba na noite anterior.

– Ele está bem, sob cuidados, nós precisamos prosseguir com os textos, portanto esta conversa será tão importante quanto foram as anteriores pilotadas por Ataliba. Fefo vai ler o obituário de Tama, bonita história, não acharam?

Eu abri a mochila e retirei as anotações que encontrei no arquivo de Ataliba. Passei a ler o obituário da chefe da estação de trens da Estrada de Ferro de Wakayama na cidade de Kishi. Eu estava trêmulo, nenhum dos meus amigos compreenderia o significado que substituir Ataliba tinha para mim. Todos estavam curiosos e motivados a debater aquele obituário tão inusitado.

Tama Chan – a rainha da Estação de Wakayama.

A chefe da Estação de Kishi e vice-presidente da Companhia Estrada de Ferro de Wakayama, Tama Chan, faleceu no dia 22 de junho de 2015, a morte foi motivada por causas naturais. Ela vivia no distrito de Kishi, no oeste do Japão, e deixou a mãe, a Sra. Miiko, que trabalha na loja de conveniência da estação de trens. Ao falecer, Tama Chan acumulava as funções de chefe honorária da estação de trens de Kishi e Vice-Presidente da Companhia de Estrada de Ferro de Wakayama. Ela desempenhou uma brilhante carreira que teve início no dia em que substituiu o Sr. Tashiko Koyama no cargo de chefe voluntário da estação e operava a loja de conveniências que funciona no local. Quando Tama Chan assumiu as funções, a empresa estava em situação pré-falimentar e a loja de conveniências vivia às moscas. O povo comentava que a loja deixaria de operar junto com o ramal ferroviário que acumulava dívidas. O trabalho de Tama vingou, e após substituir o Sr. Koyama, ela foi nomeada chefe da estação em 2007. O movimento de passageiros aumentou, bem como o faturamento da ferrovia e da loja de conveniências. Os resultados foram tão bons que Tama foi promovida ao cargo de super mestre da estação, depois ocupou o cargo de Oficial de Operações, e, ao falecer, era Vice-Presidente da Estrada de Ferro, tendo sido o primeiro caso do gênero feminino a ocupar tal posição. Ao falecer recebeu honrarias, foi construído um túmulo ao lado da estação e Tama recebeu o título póstumo de Honorável Eterna Mestre da Estação.

Conversa no cemitério:

Eu terminei a leitura e dei a palavra aos colegas.

– Não posso acreditar! Eu passo a vida dando duro, reviro o lixo rico da cidade para manter uma vidinha simples, e você me apresenta um caso de uma deusa felina que foi mimada por 16 anos. Até eu ficaria miando enrolada nos pés dos passageiros se fosse para ganhar o cargo de chefe da estação. – Comentou Ide ao demonstrar espanto.

– Eu tenho uma coleção de mangás com motivos de gatos, acho que os japoneses têm certa predileção pelos felinos. Vou levar esta ideia para a minha loja de livros, quem sabe encontro uma gata com estas características, preciso espantar os maus espíritos da minha vida.

Grego me perguntou se eu tinha informações sobre a origem da gata. Eu abri a mochila e tirei páginas e páginas de obituários publicados em revistas de todo o mundo, até o The Economist publicou na coluna dos obituários, habitada por almas que têm boas contas bancárias ou fama internacional. Passei a ler trechos e resumos elaborados por Ataliba.

Expliquei que ao nascer, a gata recebeu o nome de Tama Chan, que significa Pequeno Tesouro. Ela era uma típica "*tortoiseshell*", uma gata que tem duas cores misturadas na pelagem, dispostas em faixas. Um tipo raro de ocorrência, aparentemente um caso que os geneticistas chamam de herança ligada ao sexo, pois apenas as fêmeas carregam essa característica. No Japão, estas gatas são respeitadas – no passado eram cultuadas em templos erguidos em sua homenagem. Também eram mantidas nos navios pois os marinheiros consideravam que elas tinham o poder de afastar os maus espíritos.

Tama Chan teve outro destino, nem templos, nem navios, apenas a estação de trens de Kishi, local onde a Sra. Miiko a tratava como uma filha, e a treinou para receber os passageiros que passavam pela estação. Ambas, a Sra. Miiko e Tama Chan, ficavam sentadas no local recebendo os passageiros ao lado da loja de conveniência. Tama Chan tinha atitude imperial, possivelmente acreditava ter poderes mágicos, ela atraía os passageiros que compreendiam que Tama gostava de receber um mimo, o que os motivava a entrar na loja de conveniência.

A presença de Tama fez aumentar o movimento da estação, uma das doze paradas entre as cidades de Wakayama e Kishigawa. A partir da chegada de Tama Chan os negócios floresceram: no primeiro ano o movimento cresceu 10% e seguiu aumentando nos anos seguintes. Tama Chan passou a ocupar o espaço de um antigo guichê, onde permanecia em estado de sonolenta contemplação entre as 9 horas da manhã e as 5 da tarde, seis dias por semana. Com o passar do tempo, os turistas descobriram Tama Chan, e faziam o trajeto de trem apenas para conhecê-la. O faturamento da ferrovia aumentou de tal forma que o presidente decidiu reformar uma das composições criando um ambiente cheio de referências a gatos e, em especial, a Tama Chan. Todos queriam entrar naquele vagão, em especial as crianças. A marca foi registrada e lembranças com a imagem de Tama Chan passaram a ser comercializadas, ela ganhou uniforme que incluía um chapéu de Chefe de Estação utilizado por obrigação do ofício.

Tama Chan foi longeva – estima-se que tinha ao redor de 16 anos ao morrer –, sempre trabalhou na pequena sala da estação de trens da ferrovia, que opera uma linha de 14 km. O funeral de Tama Chan movimentou uma multidão estimada em 4 mil pessoas que vieram de várias partes do Japão. Os seus restos mortais foram depositados em um templo xintoista localizado nas imediações da estação. Depois das homenagens recebidas, os responsáveis pela empresa ferroviária encontraram uma substituta que recebeu o nome de Nitama, que seria Tama II, dando sequência à dinastia dos felinos junto à operação da estação, da ferrovia e da loja de conveniências. É claro, mantendo os maus espíritos afastados.

– Adorei este caso, o mais humano de todos os que debatemos. – Comentou Ide.

– Não era uma gata qualquer, eu acredito que era mesmo uma entidade cósmica. Já ouvi falar a respeito de animais encantados. – Comentou Lázaro.

– Entidade cósmica, ora bolas, do que vocês estão falando. Este caso apenas mostra como o ser humano é pobre de espírito, precisa acreditar em qualquer coisa que o faça feliz. – Comentou Grego.

– Eu quero acreditar em qualquer coisa que me faça feliz, por que não uma gata? – Respondeu Ide. – Ou vocês estão enciumados pelo fato de ela ser uma gata, uma fêmea, uma mulher. Sim, são as mulheres que transformam o mundo.

A conversa entrava por um caminho sem fim, então resolvi tentar concluir.

– Caros amigos, cara Alaíde, chegou a hora de ouvirmos o que Tama Chan pensava a respeito de tudo o que falamos.

A fala da falecida:

–Ninguém me perguntou o que eu queria, me encontraram e me levaram para viver na estação. A minha mãe verdadeira teve seis filhotes e só eu apresentei estas cores que os humanos apreciam. Sim, sei que sou bonita e me aproveitei da beleza ao longo dos dezesseis anos da minha vida. A senhora Miiko dizia ser minha mãe, na verdade ela era uma aproveitadora. A companhia de trens estava falida, eu a recuperei. A estação vivia às traças, eu lhe trouxe vida. A loja de conveniências andava vazia e o dono, endividado. Eu aumentei o movimento e eles enriqueceram. Quanto a mim? Eu ganhei um chapéu ridículo de Chefe de Estação.

Na verdade, eu achava aquilo tudo muito enfadonho, eu queria dormir apenas, mas era obrigada a receber centenas de visitantes todos os dias. Eles chegavam e não se limitavam a me admirar, queriam passar a mão no meu corpo, acariciar os meus pelos coloridos, e eu não tinha como escapar. No início, eu me esquivava, depois desisti. Os humanos são imprevisíveis, poderiam ter me matado como fazem com os meus irmãos que vivem nas ruas. Sempre que algum irmão faminto se aproximava da estação, antes mesmo de eu ter a oportunidade de cheirá-lo, eles apareciam e o espantavam, algumas vezes usando de violência. Eu via tudo e não podia reclamar. E se eu quisesse ter um namorado? Nem pensar, eles nunca deixaram um gato se aproximar de mim, alguém um dia mencionou o fato de que os gatos *tortoiseshell* são estéreis. Eu não sei se sou estéril, nunca me deixaram experimentar um companheiro. Os humanos acham que sabem todas as respostas e eu acho que eles nem sabem as perguntas.

Vejam como fiquei ridícula no uniforme de Chefe de Estação? E ainda fui promovida a Vice-Presidente da companhia de trens. Se eu ganhei alguma coisa com isto? Nada, nadinha, só me deram mais trabalho. Todos os que chegavam tiravam fotos, fizeram vídeos. Pintaram os vagões dos trens com a minha marca. Direitos de imagem? Nunca recebi, a minha mãe ficava com tudo. Os humanos se comportam como desequilibrados. Alguns acham que tenho poderes divinos. Pura balela, é só o que me faltava, virar uma deusa e ser adulada, louvada, não mais pela minha beleza, mas pelos poderes divinos que eu não tenho. Os humanos se comportam de modo ridículo, me adulam e batem nos seus filhos, me admiram e chutam os meus irmãos nas ruas. Dá para entender?

E agora, bem, agora que eu morri, eles rapidamente encontraram uma solução para a minha ausência. Apareceu uma tal de Nitama, a Tama II, que passou a ganhar os mesmos elogios que eu recebia. Uma novata, a pobre Nitama não sabe o que a espera, além do mais ela nem é tão bela quanto eu. As fazendas ao redor da estação de Kishi produzem cogumelos. A senhora Miiko teve a ideia de colocar uma playlist tocando versões de Strawberry Fields Forever das 9 da manhã até as 5 da tarde, eu gostava.

Let me take you down
Cause I'm going to Strawberry Fields
Nothing is real
And nothing to get hung about.
Strawberry fields, forever....

Com o passar do tempo, me perdoem Lennon e McCartney, eu já não suportava mais ouvir essa música. Mas o que importa o meu gosto? Fui uma simples gata, uma linda gata.

CAPÍTULO 31

Grego encontra Choi, setembro

Eu não imaginei o quanto seria difícil cuidar da publicação do livro de Ataliba. Para dar forma à versão em português, retomei os originais traduzidos para o inglês, retrabalhei a sequência dos textos e dei-lhes uma lógica, o que foi além da revisão dos capítulos. Ao mesmo tempo, cobri as funções de Ataliba no jornal e cuidei dos textos que ele deveria escrever todas as semanas. Os chefes do jornal estavam satisfeitos com a produção que acreditavam ser de Ataliba, e o resultado foi que aumentaram o volume de trabalho para ele. Eu fui despedido e ao mesmo tempo permaneci, de forma oculta, a trabalhar no jornal. Foi uma prova de fogo, não imaginei que seria capaz de fazer tudo aquilo.

Eu ganhara a amizade e a confiança de Mike, que me incentivou a criar novos obituários baseados nos arquivos de Ataliba. Eu escrevia, ele traduzia e nós publicávamos em parceria. Aprendi a pesquisar nas fontes corretas e passei a coletar materiais a respeito das mortes inusitadas que tanto atraíam Ataliba. Resultou que o arquivo dos mortos ganhou vida nova.

O Velho Abdias era quem mais cuidava da recuperação de Ataliba. Ele também visitava Lena com frequência, mas pouco falava a respeito da sua recuperação, se é que ela se recuperava. Ide, mantinha-se presente e ajudando Ataliba, mas eu a percebia cada vez mais distante. Não deve ser fácil lidar com um companheiro mergulhado em depressão, ainda mais a partir do momento em que o caso entre Ataliba e Choi ficou conhecido. Grego cumpria o plano de ajudar, e continuou investigando os detalhes, mesmo depois de ter descoberto o paradeiro de Lena e identificado que existia uma relação íntima entre ela e o Velho Abdias. Ide era a sua parceira nas investigações. Mais que isso, parece que ela encontrou em Grego um companheiro, na alegria e na simplicidade. Fui encontrar o Velho Abdias, sentia necessidade de conversar sobre minha visita à Lena.

– Não fui muito feliz na minha primeira aproximação de Lena. Ela me tratou como um intruso, em alguns momentos foi irônica. Quem sabe você, Velho Abdias, com a experiência que a vida lhe deu, tenha alguma sugestão de como devemos agir.

– Lena sofre com o tratamento de desintoxicação, ela não tolera aquele lugar em que Jamanta a colocou. E eu não confio no cuidado médico que ela vem recebendo. – Abdias disse. – Quanto a Ataliba, Lena ainda se nega a encontrá-lo. Você ouviu a sua história, ela tem medo de matar o pai por conta da maldição em que ela acredita. Parece uma loucura, mas a vida é feita de loucuras. Acho melhor esperarmos pelo fim do tratamento, se tiver algum resultado, e se ela se recuperar, quem sabe a gente consegue convencê-la. Por enquanto, a única certeza que ela tem é a de ser uma bruxa.

Compreendi que talvez ele tivesse razão, e não vi outra saída a não ser aguardar a conclusão do tratamento. Eu sofria ao ver o estado de Ataliba. Fizemos um acordo tácito, Abdias cuidava de Ataliba e visitava Lena, Grego investigava os detalhes duvidosos nas relações entre Choi e Ataliba. Da minha parte, segurei os pratos rodando nas varas, tal como vi certa vez no circo quando criança. Se perdi o emprego no jornal, ganhei muito trabalho em nome de Ataliba, e Mike passou a encomendar textos que seriam assinados por mim. Ainda bem que havia Nora ao meu lado.

Assim que terminou de falar sobre Lena, Abdias se apressou em dizer que tinha outro assunto importante: ele se encontrou com Ide e Grego no apartamento de Ataliba e eles comentaram que haviam descoberto algo novo.

– O quê? – Perguntei curioso.

– Grego descobriu que mais uma pessoa tem a chave do apartamento além de nós. Choi. – Disse Abdias. – Tem uma garota de programa que frequenta o apartamento, uma garota na vida de Ataliba, isto ele nunca me contou e nem eu percebi algum vestígio. Grego achou vestígios de que alguma mulher frequentava o apartamento. Pressionou o zelador, ele não falou nada, mas pareceu nervoso ao tratar do tema. Tinha alguma coisa que ele não podia contar. Eu perguntei para Grego se ele chegou a ver alguém entrando no prédio. Ele disse que fez campana por noites seguidas aguardando a presa. Encontrou uma menina oriental que entrava no apartamento à noite quando o zelador deixava o plantão. Grego identificou o hábito da jovem, descobriu que ela tem a chave do prédio, que sobe até o apartamento de Ataliba, e percebeu que as luzes da sala são acesas quando ela chega. Ela deixa o local depois de aproximadamente duas horas, esta cena se repete com regularidade.

Eu ouvi a história toda e tentei montar o quebra-cabeças. Passei a visitar Ataliba em horários irregulares, encontrei Ide e Grego juntos com frequência. Tudo o que eu queria era ver o meu amigo recuperado. Aparentemente Ataliba perdeu a filha por uma loucura, e talvez estivesse perdendo Ide. E agora havia essa figura inesperada, uma menina, uma garota de programa. Precisava compreender a cabeça de Ataliba, eu estava ficando desesperado, porque nada do que fazíamos parecia dar resultado.

Com visitas frequentes a Lena, Abdias era o único apoio que ela tinha durante a fase de recuperação. O Velho me contava sobre suas variações de humor – parece que ela enfrentava o período crítico, e sofria uma crise de abstinência da droga e do álcool. Abdias se arrumava para ir à clínica, vestia as roupas que Lena tinha comprado para ele, parecia outra pessoa nestas ocasiões. Ao nos ajudar com Ataliba e Lena, Abdias também se ajudou. Não bebeu ao longo de todos esses meses e me confidenciou que foi o período mais equilibrado na sua vida.

As novidades apareciam a cada momento. Uma tarde, Grego me procurou no apartamento-escritório, contou dois episódios. O primeiro foi seu encontro com Choi. Grego aguardou pela saída da menina em uma das visitas feitas a Ataliba, e tentou se aproximar. Ela percebeu que havia alguém no seu encalço fez uma ligação telefônica. Grego tentou abordá-la, mas não houve tempo para conversar, um carro encostou e abriu a porta, ela entrou e saíram em velocidade. Aparentemente ela não atuava sozinha.

O segundo relato foi sobre o contato com o gerente do banco onde Ataliba tinha conta. Grego era velho conhecido do gerente, que não teve problemas em reportar que houve saques fora do comum na conta de Ataliba nos últimos meses. Grego precisava averiguar. Conseguiu a chave do prédio com Ide e aguardou no dia em que Choi costumava chegar, não foi difícil abordá-la pela segunda vez.

– Eu a enquadrei dentro do prédio, na porta do apartamento, e perguntei se ela tinha amizade com Ataliba. Ela respondeu que sim, que eram amigos e não tinha nenhuma necessidade de me dar satisfações. Eu tomei a sua bolsa e abri, ali estava dinheiro vivo e um cheque assinado por Ataliba. Eu a empurrei para dentro do apartamento, claro que mantive o seu celular comigo. Ataliba não falou nenhuma palavra quando me viu com a moça, que é a ex-amiga de Lena, a coreana chamada Choi.

O mundo dos pequenos golpes, dos furtos inocentes que podem significar nada para quem olha de fora, mas para Ataliba era uma carga insuportável. Ele não conseguia se desenredar de Choi desde que ela surgiu na vida de Lena e na sua própria vida. Por causa dela, Ataliba perdera a filha. Ataliba não sabia lidar com a situação que ele mesmo criara. Perdeu a mulher, perdeu a filha, perdeu Ide, só lhe restou Choi, uma vigarista.

CAPÍTULO 32

Quinta narrativa de Lena – a fuga

– Esta clínica é um galinheiro e eu não aguento ser tratada como uma imbecil. Porradeclínica! Ontem o Jamanta me visitou, deixou um dinheiro para eu me virar e eu o orientei sobre as duas clientes novas lá da produtora. Ele continua o mesmo, depende de mim para tudo, sozinho não consegue construir o perfil que os clientes pedem. Eu faço este trabalho sem me esforçar, aprendi criando perfis falsos de pessoas com quem convivi. Eu inventava personalidades porque precisava, era para o meu próprio uso, até da minha mãe fiz um perfil falso e eu acreditei nele até encontrá-la, talvez fizesse isto para sobreviver. O Jamanta é um caso perdido, ficou claro que preciso voltar para ajudá-lo, sem o meu apoio ele vai afundar a empresa. O tonto ainda me deu a grana e trouxe pó de qualidade duvidosa, acho que ele quer me matar. Cheirei uma carreira ontem à noite e acordei com uma tremenda dor de cabeça, fiquei imprestável pelo resto do dia. Porradepó.

– Dona Lenina, a senhora quer jantar no refeitório? O doutor disse que é para a senhora sair do quarto, andar, se socializar com os outros internos e conhecer mais gente. A senhora só fica aqui, não quer sair nem para os passeios, assim não vai progredir tão rapidamente para ter alta.

A coisa aqui perdeu a graça, não dá mais para segurar. Da última vez que o Velho Abdias me visitou eu o tratei mal, fui estúpida com ele e depois me arrependi. Ele é um baita cara bom, poeta, saiu sem entender o que estava acontecendo, eu estava alta e ele nem percebeu. Ele contou a história da Choi sem saber que ela tem me visitado, eu não falei a verdade para o Velho Abdias. Quis ouvir a versão que ele trouxe sobre aquela puta que continua a envolver o meu pai com a sua lábia. Ela não se contentou em tirar o meu espaço, ela quer engolir o meu pai. O Velho Abdias contou que ela roubou a grana do banco e que ela frequenta o apartamento do papai mesmo ele estando em crise. Eu preciso segurar esta barra ou ela vai acabar com tudo o que papai tem. Eu não acredito em paixão na idade de papai, como pode? Ele não consegue enxergar onde se meteu? E pensar que fui eu que a trouxe para dentro de casa. Ela entrou, eu saí e ela ficou. Será que a reação que tive quando flagrei os dois trepando foi ciúme? Foi ciúme de quem, de papai ou de Choi, dos dois?

– Dona Lenina, a senhora não foi jantar então eu resolvi trazer a comida aqui. Vamos experimentar? Hoje tem sopa de legumes, frango ensopado com arroz, e para sobremesa tem um pedaço de mamão ou doce de abóbora. A senhora sabe que à noite eles não fazem feijão, mas eu acho que poderia ir bem com este arroz e frango, não acha?

Acho, acho! Porradecomida. Eu vou comer para ela parar de falar e de encher o meu saco. Depois ela vai trazer o remédio para eu dormir, eu vou cheirar um pouco de pó ruim que o Jamanta trouxe para ficar acesa, vou ficar com a cabeça a mil, acordada a noite toda. Eu fui dura com o Jamanta e magoei o Velho Abdias, fiquei com os dois na cabeça o dia inteiro. Parece que eles não foram embora, continuo a ouvir as vozes deles me incomodando, querendo me ajudar e eu não estou a fim de ser ajudada. Porradeamigos. Cada um tem uma cabeça diferente, o Jamanta é xucro e paga as minhas contas, paga com o meu dinheiro, é claro. O Velho Abdias é doce e tenta me convencer a me equilibrar, pede para eu ajudar os médicos para sair logo daqui. Ele lê poesias de cordel que eu gosto. Um é a vida nua e crua, o outro é o sonho.

– Boa noite Dona Lenina, eu sou o médico novo, Dr. Garcia, lembra de mim? Eu fiz o exame clínico da semana e achei algumas coisas que quero averiguar melhor. Voltei para fazer outra checagem na sua pressão e coletar sangue para exames complementares. Nós temos responsabilidade com os nossos pacientes, precisamos nos certificar de que tudo anda bem com cada um de vocês. A senhora poderia sentar-se na cadeira ao lado da cama? A enfermeira virá logo para fazer o procedimento.

Mais exames? Porrademédico. Eu estou toda furada, não quero fazer mais exames, não quero comer frango ensopado, não quero participar da socialização, não quero passear pelos jardins, não quero receber visitas, não quero conversar com os médicos. Eu vou sair deste galinheiro na primeira oportunidade.

O Velho Abdias conversa com o médico quando vem me ver, e na semana passada o médico o avisou que o exame deu positivo, acharam cocaína navegando nas minhas veias, claro, e eu resolvi sumir daqui, e foi o que eu fiz. Fugi da porradeclínica, eu não tinha nada a fazer por lá. Deixei a carta para o médico e depois vou me explicar com o Jamanta e com o Velho Abdias. A quem mais eu deveria dar explicações?

Imagino o que deve ter acontecido quando o Velho Abdias voltou para me ver. Dr. Garcia deve ter contado da minha fuga.

– Posso falar com o Dr. Garcia?
– Quem é o senhor?
– Diga ao doutor que sou o amigo de Lena, Abdias.
– Pois pode entrar, ele espera pelo senhor.
– Como aconteceu isto, doutor?
– Eu vou repetir o que disse para o Jamanta, que é o responsável formal pela paciente. Eu vou conversar com o senhor porque a Dona Lenina deixou um bilhete em que pede que eu lhe dê explicações. Parece que ela tem apreço pelo senhor. Tudo aconteceu assim: um dos exames acusou indicadores inesperados, resolvemos fazer outra verificação que acusou resíduos de cocaína no sangue e na urina. A senhora Lena recebia a droga de alguém, nós temos confiança nos nossos funcionários. Além deles, só o senhor e o Jamanta fazem visitas com regularidade. Eu levei o resultado e falei com ela, ela reagiu, me agrediu e disse que os exames estavam errados. Na mesma noite fugiu, pulou o muro dos fundos, levou uma mochila e deixou outros objetos.

– Os senhores chamaram a polícia?

– Nós preferimos manter os casos dentro dos limites da clínica, entre os nossos pacientes e famílias. Reportamos para o Jamanta e, a pedido da paciente, estou reportando o fato ao senhor, que ela chama de Velho Abdias. É este o seu nome?

– Sim, eu sou conhecido por Velho Abdias.

– É tudo o que temos para informar. Eu acredito que ela teve uma recaída e que irá precisar de suporte médico imediatamente. O senhor saberia nos informar onde ela se encontra?

– A Lena é dona de si. Ela não nasceu para ser cuidada. Ela vai aparecer, tenho certeza. Obrigado doutor.

PARTE III

O teatro abandonado

> *Fiel companhia, a morte nos constrange*
> *A cavar sem cessar em nós*
> *Para aí alojar sonho e memória,*
> *Para sempre cavar em nós*
> *O túnel que leva ao ar livre.*
> François Cheng

CAPÍTULO 33

Fefo e Abdias conversam, setembro

Eu continuava atarefado e percebi que aceitei mais projetos do que conseguiria dar conta. Além de tudo ao que eu já me dedicava, Mike me encomendou novos obituários. Motivado pelas minhas pesquisas, eu me meti a organizar um livro sobre a devastação ambiental no Brasil, afinal eu colhera informações preciosas durante a minha permanência no jornal e não contive o impulso de escrever a respeito. Quanto a Ataliba, os medicamentos ajudaram na fase crítica da depressão, mas seu estado de ânimo oscilava o tempo todo, como se ele vivesse em outro universo, não era a mesma pessoa. A sua condição exigia a minha presença, além da ajuda de Ide e do Velho Abdias. Eu também contava com Nora, mas uma certa exaustão me perseguia, eu precisava encontrar Lena e convencê-la a falar com seu pai, mas desconfiava que seria uma tentativa inglória.

Em uma das tardes que o Velho Abdias permaneceu no apartamento, o telefone tocou, era o diretor da clínica que procurava por Ataliba para conversar sobre a fuga de Lena. Abdias explicou que preferia preservar o pai de Lena e disse que poderíamos ir até a clínica se fosse necessário. O médico concordou, marcamos uma visita para o dia seguinte. Busquei o Velho Abdias com o meu carro e, antes da clínica, decidimos passar na delegacia de polícia pois a fuga de Lena havia sido denunciada pela direção da clínica. Eles nos disseram que a polícia não identificou crime ou infração no fato de a paciente ter fugido da internação. O delegado entendeu que Lena – que chamou de fugitiva – foi considerada portadora de perfeita condição mental, autônoma e apta a tomar decisões. Fugas de clínicas são comuns, nos disse o delegado com ar de quem quer terminar logo a conversa, e comentou que não havia nada a ser feito por parte da polícia. Lena era maior de idade, eles tinham crimes a investigar e a equipe de agentes era limitada, portanto o caso de Lena foi arquivado.

Da delegacia seguimos para a clínica, onde o diretor nos aguardava para conversar antes de considerarem a paciente desligada formalmente. Mas lá a conversa tomou um rumo diferente, os médicos nos chamaram pois queriam saber se o fato viria a público. Foi bom que o Velho Abdias me acompanhasse, ele conhecia o histórico de Lena melhor do que o próprio Ataliba. Achei estranha a postura dos médicos, eles sugeriram que Lena tivesse distúrbios psicológicos além do quadro de dependência das drogas. Eles nos questionaram sobre a fixação de Lena:

– Os senhores sabem da fixação que a paciente tem a respeito de uma maldição que, na opinião dela, a acompanha? Ela afirma que não pode contatar certas pessoas pois elas morreriam se assim o fizesse. Ela leva a sério a condição de ser portadora da maldição, o que explica parte das suas atitudes.

A pergunta do diretor da clínica deixou claro que Lena levava ao extremo a sua fixação. Eu respondi que conhecia o fato e que não cabia um julgamento da minha parte, a mania de Lena poderia explicar as atitudes de proteção em relação ao seu pai, a quem ela se recusava a visitar. Falamos sobre as coincidências das mortes dos clientes da agência e da própria mãe, ocorrida após a visita planejada e adiada por anos. O médico tentou explicar a razão da sua preocupação.

– Fizemos uma investigação interna, não gostamos de perder pacientes desta maneira. Lena é uma pessoa inteligente, sabe obter o que deseja, tem a capacidade de dominar as pessoas. Descobrimos vestígios do uso de cocaína em seu sangue, e vimos regularidades nas atitudes que ela tinha depois das visitas do seu companheiro, Jamanta. Possivelmente era ele quem a supria com a droga. Nós não inspecionamos os visitantes, não somos um estabelecimento prisional.

O Velho Abdias ouviu o relato do médico com a expressão que demonstrava sofrimento semelhante ao de um pai. Abdias perguntou sobre detalhes do que havia acontecido, pois ele estivera na clínica na véspera da fuga. O médico trouxe outros fatos.

– Lena atraiu um dos enfermeiros com quem manteve relações sexuais, foi ele quem facilitou a fuga. Descobrimos por meio de denúncia por parte de uma colega de trabalho. O funcionário foi demitido e entramos na justiça alegando danos profissionais ao nosso estabelecimento. Quero que os senhores saibam o que ocorreu, se for o caso, nós nos responsabilizaremos, podemos fazer um acordo, qualquer coisa que evite que o assunto venha a público.

As informações do médico foram esclarecedoras e não de todo surpreendentes, Lena utilizaria qualquer método para chegar aos seus objetivos. Procurei explicar a nossa posição a respeito do caso.

– Quero que o doutor saiba que não temos responsabilidade legal por Lena, somos apenas amigos de Ataliba, o seu pai, e não daremos publicidade aos fatos ocorridos aqui. Ainda assim, parece que os senhores precisam rever as rotinas da clínica que, a nosso ver, apresentam falhas.

Os gestos do médico indicavam que a conversa terminara, ele estava satisfeito por saber que não moveríamos uma ação legal nem daríamos publicidade aos fatos. Lena era conhecida no meio dos profissionais de comunicação, daria uma excelente manchete em tabloides populares.

– Temos clareza que os senhores não têm responsabilidade sobre a senhorita Lenina. Peço que aguardem um momento, tenho um objeto que desejamos entregar, peço que façam chegar às mãos da paciente, ou quem sabe, o entreguem ao seu pai.

O médico saiu por um instante e voltou trazendo a máquina fotográfica de Lena.

– Este é um objeto que ela aprecia, ela utilizava a máquina fotográfica todos os dias, fazia fotos dos internos e dos profissionais da clínica, e depois apagava tudo. Em uma das crises, ela nos falou sobre fotografias expostas na casa do pai, parece que a senhorita Lenina tem verdadeira fixação por fotos. – Eu recebi a máquina e o Velho Abdias a tomou das minhas mãos.

– A máquina fotográfica será encaminhada, eu sei como fazê-la chegar até Lena.
Saí da clínica atordoado com as informações. A conversa com o Velho Abdias, no trajeto de volta, me tranquilizou. Ele narrou passagens da sua vida de imigrante e morador de rua por opção. Pensei em como um homem com a estatura do Velho Abdias chegara ao ponto de viver a esmo, era um homem simples e educado, escolheu viver à margem da sociedade sem a preocupação de ter um lugar fixo a não ser um pequeno quarto com banheiro coletivo. Gostava de perambular pelas ruas, espaço onde escolheu viver e declamar os versos de cordel. O Velho Abdias sentou-se no meu carro e o levei ao quarto em que mora, próximo da avenida que margeia o rio Tietê. Passamos por um ponto do rio que tinha forte cheiro de esgoto, e Abdias comentou.
– Existem pessoas destruidoras e outras que criam felicidade por onde passam. Lena não vai fazer mal a ninguém, nós não precisamos nos preocupar com ela. Quanto a Ataliba, parece ter encontrado um porto seguro, um ponto de apoio em alguém muito diferente dele. Ataliba está apaixonado por Choi e teme pela reação da sua filha, precisamos compreender esta realidade. – Assim que ele terminou de falar, externei a minha preocupação.
– Choi agiu como uma oportunista, ela roubou as reservas de Ataliba, agiu apoiada pelo irmão, são dois conhecidos salafrários.
– Eu tenho razões para acreditar que Choi mudou, ela apaixonou-se por Ataliba. – Disse Abdias. – Precisam um do outro, por razões diferentes. Choi encontrou em

Ataliba a segurança que nunca teve, e Ataliba pode ter descoberto nela um caminho para sair do fundo do poço. Quem sabe?

– Caro Abdias, quanto a Choi, não creio em mudanças mágicas até prova em contrário. – O Velho Abdias tinha os olhos fechados e o seu corpo flutuava ao sabor dos movimentos do carro. Permaneceu em silêncio por minutos, só então falou:

– Fefo, sou de pouco saber, só li poesia de cordel na vida e o que conheço não veio dos livros, mas posso te dizer uma coisa: acho que devemos dar uma chance para Ataliba e Choi.

– Quem sou eu para dizer algo sobre o sentimento de Ataliba, eu só me preocupo em preservar um amigo. Acho até que ele vai sair do buraco, mas receio por Lena, que precisa aceitar as coisas como elas são. Se nós não a encontrarmos talvez ela nunca venha a compreender.

– Existem assuntos que só as pessoas certas podem resolver. – Comentou Abdias, respirando fundo. – Não somos nós que vamos acertar as contas entre Lena e Choi, elas é que encontrarão os caminhos.

Fiquei mais calmo depois de ouvir Abdias. Comecei a compreender que existem coisas fora do meu alcance, não importa o quanto me incomodem. Eu continuei a trabalhar, e os encontros no Araçá serviam de apoio para atravessar aquele momento.

CAPÍTULO 34

Sétimo obituário – a morte na neve

Nora aproximou-se do grupo aos poucos. Ela apareceu no momento certo da minha vida, ajudou a administrar a crise que me levou a deixar o jornal, envolveu-se de modo discreto, e auxiliou-me com Ataliba. Com o tempo, foi bem recebida pelos Amigos do Araçá e ajudou a ampliar os debates sobre os obituários. E foi ela quem me fez compreender a relação possível entre um homem maduro e uma jovem. Foi pelo olhar de Nora que aceitei o que existia entre Ataliba e Choi. Nora não era imparcial, certo dia ela me disse:

– O amor entre pessoas de gerações diferentes é como dois transatlânticos que se cruzam no oceano, os tripulantes observam-se ao longe, acenam uns aos outros e acabam deixando ao largo apenas a marca de espuma sobre as águas. Ainda assim devem ter a experiência de passarem um pelo outro.

No fundo, Nora me falou sobre as impossibilidades de que a vida é feita. Ela virou peça fundamental para mim, mais do que me ajudar com o trabalho, fez com que eu me entendesse melhor. Pouca idade e muito equilíbrio, esta é Nora.

O grupo dos Amigos do Araçá passou a ser reconhecido no cemitério, não era raro que pessoas desconhecidas participassem das discussões. Com o tempo deixamos de ser vistos como estranhos, os coveiros e funcionários nos cumprimentavam, fomos incorporados à paisagem e aos monumentos. Reunidos à sombra do araçá, compartilhávamos ideias que eu usava para aprimorar as versões dos obituários antes de enviá-los para Mike. Os Amigos do Araçá não eram especialistas, sequer escritores ou jornalistas, eram gente comum. As conversas que rolavam ofereciam interpretações simples, objetivas e que, depois compreendi, eram valorizadas pelos leitores. O grupo funcionava como um *sparring* para um lutador profissional de box. Os encontros não eram apenas uma oportunidade para refletirmos sobre as mortes, mas sobretudo para pensarmos sobre a vida, sobre as nossas vidas. Eu, que escrevi tantos obituários em nome de Ataliba, assumi a autoria dos textos que entregava como parte do acordo que fiz com Mike para compor o meu primeiro livro em inglês. Tudo o que fiz foi inspirado em Ataliba, eu não imaginava como os obituários mudariam a minha própria carreira.

Em uma tarde de setembro, como de costume, os Amigos do Araçá chegaram aos poucos. Ide e Grego falavam alto, o que chamou a atenção das pessoas em um enterro que passava ao lado da capela. Os olhares, em tom crítico, voltaram-se para nós lançando farpas que advertiam sobre o pecado de atrapalhar um funeral. Fizemos silêncio em respeito ao morto e permanecemos assim até que o sepultamento terminasse. Nora e Lázaro foram os últimos a chegar, o grupo estava completo. Eu removi as flores e folhas da árvore que o vento espalhara sobre a mesa de cimento que nos servia de apoio, retirei as pastas da mochila e sugeri que iniciássemos a sessão. Passei a ler o obituário oficial colhido dos arquivos de Ataliba.

O fato: a morte do casal nos Alpes.

Os corpos do casal Marcelin e Francine Demoulin foram encontrados no glacial de Tsanfleuron, na vila de Les Diablerets, próximo a Chandolin na Suíça. Foi o motorista do hotel quem os viu, estavam preservados pelo frio, trajavam roupas e botas apropriadas à neve. Duas garrafas de vinho estavam ao lado dos restos mortais. A causa da morte foi determinada por especialistas em medicina forense: hipotermia, decretaram. O casal desaparecera em agosto de 1942, por três meses as equipes de resgate fizeram buscas sem que um vestígio sequer fosse identificado, eles permaneceram ocultos pela neve por mais de 70 anos. O senhor Marcelin tinha 40 anos, era sapateiro, e a senhora Francine, com 37 anos, era professora da escola primária, ambos mantinham um rebanho de vacas leiteiras criadas, segundo regras sociais locais, em pastagens comunitárias. Era necessário suplementar a alimentação das vacas, o que era feito pelos membros da comunidade. O casal teve sete filhos, entre os quais quatro homens. Apenas a filha mais nova, Marceline Udry-Demoulin, aos 90 anos, viveu para presenciar a solução do caso. Foi ela quem providenciou o funeral e pediu que os convidados trajassem branco para representar a esperança que a família manteve ao longo do tempo, de que os pais seriam encontrados. O casal Demoulin foi sepultado lado a lado, da maneira como viveram e morreram, concluindo uma busca que atravessou décadas.

O debate dos Amigos do Araçá:

Iniciei a conversa, expliquei que o obituário que acabara de ler omitia fatos relevantes. Os corpos foram encontrados devido ao recuo das geleiras que derretem a cada dia. Se a tendência persistir, possivelmente outros corpos aparecerão, tal como ocorreu nos casos do montanhista desaparecido em 1954 e achado em 2008, e dos três irmãos que sumiram em 1926 e foram descobertos em 2012, todos na região dos Alpes. O degelo possivelmente revelará fatos ocultos pelo tempo, alguns ocorridos há milhares de anos.

Um segundo ponto relevante, omitido nos obituários que Ataliba colheu, é que a região onde os corpos foram encontrados viveu momentos intensos durante a segunda guerra. A Suíça adotou posição de neutralidade nas duas guerras mundiais, entretanto a resistência francesa utilizava aquela rota para a fuga dos perseguidos pelo regime nazista. Alguns dos membros da resistência eram alpinistas especializados, eles conduziam pessoas em perigo que eram levadas para áreas seguras de onde poderiam tentar uma rota para a liberdade.

O terceiro fato investigado por Ataliba é que a Senhora Demoulin não costumava acompanhar o marido na lide com o gado. Ele fazia o trabalho sozinho e, segundo a filha, a família nunca compreendeu a razão que a levou, naquela jornada fatídica, a ir junto com ele. Ataliba entrou em contato com a Sra. Marceline, que economizou palavras, pouco colaborou, apenas informou que o

desaparecimento dos pais era um fantasma que a perseguira até a idade adulta e que ela fez três excursões até o local, todas no verão, em busca de vestígios do casal.
Ide me interrompeu, foi a primeira a comentar.
– Eu prefiro morrer no quentinho, de preferência metida na minha banheira, igual àquela mulher na Espanha, vocês lembram? Ela sim, morreu bem, sem frio e sem sentir dor. Deve ser horrível essa coisa de morrer gelada. Eu achei que foi uma descoberta e tanto, o gelo derreteu e o casal apareceu, não é romântico?
– Eu achei inusitada uma cerimônia de funeral feita sete décadas depois da morte – disse Lázaro. – Igual a essa eu nunca vi, e vocês sabem que tenho alguma experiência em funerais. Neste cemitério onde estamos reunidos foram enterrados corpos de pessoas desaparecidas na ditadura, encontradas e identificadas vinte ou trinta anos depois da morte, muito diferente deste caso.
– Eu acho que os corpos deveriam ter permanecido no local, a geleira deveria ser o túmulo do casal. – Grego interveio. – Tenho outra observação a fazer, existem pontos a serem explorados neste caso que um investigador experiente como eu jamais deixaria escapar. Por exemplo, a mulher nunca acompanhava o marido, por que resolveu ir ao seu lado justamente no dia do acidente, ou não teria sido acidente? E havia duas garrafas de vinho ao lado dos corpos, será que o casal comemorava alguma data? Qual a razão de beberem duas garrafas de vinho? Nenhum filho acompanhou a mãe naquele dia e eles resolveram celebrar no meio das vacas? Tem coisa não revelada nesta história, diz o meu faro de investigador.

– O casal celebraria em local menos impróprio. – Nora comentou. – A mulher deixou as crianças na vila, qual teria sido a intenção?

Eu achei que o debate chegara ao ponto que se conectava com a narrativa feita pelo casal, e que eu leria a seguir. Interrompi a discussão e dei voz aos falecidos.

A narrativa dos Demoulin:

Senhora Francine: Eu não gostava de acompanhar o meu marido quando ele subia a montanha para tratar do gado, eu preferia ficar em casa fazendo o trabalho de retaguarda que cabia aos simpatizantes. Era eu quem guardava as cartas, documentos, dinheiro e objetos que deveriam ser entregues aos membros da resistência. Marcelin era desorganizado, a ele cabia levar as correspondências nas jornadas que fazia até os estábulos, que ficavam ao pé da geleira, perto de uma passagem utilizada pelos esquiadores da resistência. Marcelin tinha o perfil talhado para fazer o trabalho secreto, ele gostava de cuidar do gado e pouco falávamos sobre as outras atividades, ele me dizia que os resistentes pediram para que ele nunca falasse para ninguém a respeito do que fazia. Nós éramos simpatizantes da resistência e queríamos fazer algo contra os nazistas. Se capturados, nada saberíamos que pudesse comprometer outras pessoas e não teríamos o que delatar. As regras eram rígidas e nós as obedecíamos.

Naquela semana de agosto em 1942, os nazistas iniciaram o assassinato em massa de judeus, o que gerou intensa atividade entre os membros da resistência e muita movimentação de pessoas na nossa região. Eu percebi que Marcelin estava eufórico, o que não era da sua natureza, ele arrumou os equipamentos e preparou o farnel que costumava levar nos dias de trabalho até o estábulo coletivo. Mesmo no verão, a parte do caminho que ficava na face das encostas sem insolação, permanecia coberta pela neve, meu marido usava um carrinho puxado por um cavalo que chegava até próximo ao estábulo, depois ele descarregava o suplemento alimentar que levava, aos poucos, para os animais. A euforia de Marcelin chamou a minha atenção, eu conhecia o meu marido. Passávamos uma fase em que o nosso casamento não andava bem, mesmo com cinco filhos nós nunca tivemos uma vida comum feliz. Por que o meu marido separou duas garrafas de vinho para levar com ele? Eu precisava descobrir. Ele saiu com os suprimentos cedo pela manhã, duas horas depois eu deixei as crianças com uma amiga e segui o caminho em direção ao estábulo. Eu sabia que ele encontraria uma mulher da resistência francesa, ele me disse que ela era uma verdadeira atleta e que fazia o contato com os resistentes. Depois de algum tempo não comentou mais nada a respeito das atividades dela ou de qualquer outra pessoa. O nosso vinho era comprado de um produtor local e guardado em um tonel, nós costumávamos encher apenas as garrafas para formar o estoque a ser consumido durante a semana. Eu vi quando ele preparou o farnel na noite anterior, resolvi violar as garrafas de vinho, estava com muito ódio deles. Marcelin me surpreendeu e eu não pude preparar as duas garrafas, apenas uma carregou uma dose de veneno suficiente para matar quem ingerisse uma taça.

Senhor Marcelin: Eu cheguei antes do horário combinado com Anne, levava três passaportes que deveriam ser encaminhados para pessoas que corriam risco de vida. Aquele seria o nosso quinto encontro nas imediações do estábulo coletivo, onde ela acampava. A cabana, de lona militar, era suficiente para proteger do frio, que não chegava a ser intenso naquele período do ano. Ali nos encontramos cinco vezes, era um ponto distante o suficiente para evitar o inesperado encontro com algum vizinho. Anne montava a tenda ao pé da geleira, eu lhe disse que era arriscado pois pequenas avalanches costumavam ocorrer ao longo do ano, principalmente nos meses mais quentes. Nos encontramos no local combinado, trocamos olhares que revelaram o quanto desejávamos aquele momento, nos abraçamos como dois loucos não fariam. Pura insanidade, nós sabíamos que transgredíamos todas as regras possíveis, ela disse que aquilo não deveria ter acontecido, não havia espaço para uma resistente se apaixonar por um colaborador-simpatizante. Mas assim foi, nossos encontros abriram caminhos inesperados na neve, nas montanhas, nos nossos corpos e mentes. Eu lhe disse que queria seguir com ela, ela respondeu que seria impossível mantermos qualquer relação, pelo menos enquanto durasse a guerra. Eu perdi a razão, chorei, implorei que Anne aceitasse a minha companhia.

Quando nossos corpos se desembaraçaram, Anne e eu caminhamos até o estábulo, tomamos uma garrafa de vinho e celebramos o encontro. O frio era controlado pela lenha, que queimava no fogão utilizado pelos vizinhos que se revezavam para cuidar do gado. Nossos corpos emitiam mais calor do que aquele fogo que queimava ao nosso lado. Eu pouco conhecia da vida de Anne, ela sabia a respeito de Francine e nunca me perguntou nada. Ela riu quando eu lhe disse que queria seguir com ela, respondeu que eu não suportaria um dia ao seu lado nas trilhas alpinas. Ela levantou-se, despiu as roupas que ainda cobriam parte do seu corpo, saiu e derreteu um punhado de neve que jogou sobre si no lado de fora do estábulo. Enxugou-se, vestiu as roupas novamente e me chamou. Olhou para a trilha onde avistou um vulto a se movimentar. Alguém vinha em nossa direção, com o binóculo não foi possível identificar quem era. Anne achou melhor se precaver, recolheu os pertences, desmontou a cabana e seguiu caminho.

 Eu estava desesperado, a paixão abafa a razão, queria ir com Anne a qualquer custo. Quem estaria a caminho? Eu não sabia, resolvi tratar do gado e deixei os mantimentos ao lado da garrafa de vinho que não foi tocada. Quem quer que fosse, eu convidaria para tomarmos juntos aquela garrafa.

CAPÍTULO 35

Choi e Ataliba na praia, outubro

Choi deixara de se ocultar e passou a ser uma presença constante na vida de Ataliba. As suas visitas colidiam com as nossas permanências no apartamento a tal ponto que eu, Ide e o Velho Abdias diminuímos as nossas idas ao local. Percebemos que Ataliba vivia uma fase boa, o senso de humor que eu conhecia bem voltou a se manifestar. Em suma, a recuperação de Ataliba foi surpreendente e eu sabia o que o motivava, era Choi que lhe fazia bem.

Em uma segunda-feira no mês de outubro eu caminhei da minha casa até o apartamento de Ataliba e o encontrei sentado com os pés enfiados na água aquecida de uma bacia, tinha no rosto um sorriso irônico, qual um garoto que fizera uma travessura.

– Olhe para mim Fefo, veja que atleta fora de forma.

Eu perguntei o que tinha acontecido com os seus pés e Ataliba me contou detalhes sobre uma aventura entre ele e Choi. O seu comportamento era de quem precisava falar, desejava ser ouvido mais do que conversar, ele me contou uma história. No dia anterior, um domingo, Choi lhe telefonou e disse que iria buscá-lo para fazerem um passeio. Ele aceitou a contragosto, não era afeito a programas não planejados. Choi insistiu e ele concordou, em poucos minutos ela estava à porta do apartamento trajando bermudas, tênis e camiseta, pediu que Ataliba se preparasse para uma viagem até o mar.

– Faz um século que eu não vejo o mar. – Ataliba confessou.

– Pois então eu vou te levar agora.

Ataliba colocou a roupa de sempre, sapatos, camisa branca de mangas e uma jaqueta. Ela o repreendeu.

– Você vai ficar engraçado andando de sapatos na praia.

– Praia? Que praia? – Perguntou Ataliba.

– Nós vamos para Santos, eu emprestei o carro do meu irmão. Vamos! Ande logo que o dia é curto, quero passear na praia com você.

Ataliba mudou as roupas e se preparou para um passeio que não fazia há anos. No trajeto, contou para Choi sobre os finais de semana que passou com amigos em uma quitinete a três quadras da orla da praia em Santos. Lembrou-se dos carnavais e das noites de verão, Ataliba falou para Choi sobre o seu passado.

– A quitinete era da irmã de um amigo que cursava a faculdade de Letras comigo. Nós não tínhamos dinheiro, só conseguíamos atrair as mulheres que trabalhavam na zona próxima ao porto, elas vinham nos visitar depois do trabalho. Hoje penso que elas queriam apenas dormir em um local menos degradante. Era o fim de feira que nós conseguíamos, nós éramos jovens e não tínhamos noção da vida que elas levavam.

Choi ouviu as histórias da juventude de Ataliba enquanto conduzia o carro pela estrada que desce a Serra do Mar, seguiram rindo dos detalhes até chegarem à região portuária de Santos e, por fim, continuaram margeando um dos canais que termina na orla da praia. Ataliba contou do prazer que teve ao abrir os olhos e ver o mar da baía de Santos. Estacionaram o carro em uma rua arborizada a poucas quadras do mar e saíram para caminhar. Choi brincou ao lado de Ataliba, correu à sua frente, o abraçou e beijou o seu rosto. Ataliba descreveu a cena como se fosse um momento encantador, uma lembrança juvenil. Choi lhe revelou que era a primeira vez que via o mar tropical e que não se lembrava de ter ido ao mar quando a família vivia na Coreia do Sul.

– Eu era pequena, pouco me lembro do tempo que passei por lá. Viemos buscar oportunidades que lá não existiam, meus pais encontraram o que queriam, mas eu e meu irmão fomos descartados. Só nos restou ganhar a vida com furtos, venda de drogas e pequenos golpes que aplicávamos nos comerciantes do bairro. Enfrentei dificuldades com o idioma, tive sorte de ter Lena como amiga, ela me ajudou a passar por uma fase difícil.

– Eu fui alvo de um dos planos do seu irmão, não fui? – Perguntou Ataliba.

– Foi, você era um candidato a cair na nossa lista de clientes. Confesso que quando eu andava com Lena eu já tinha certa atração por você. O meu irmão me convenceu a agir, e eu fiz aquilo que sabia fazer. O resultado foi perder a minha amiga e, sem pensar, passei a te explorar. Só não imaginava que me apaixonaria por você.

Ataliba me disse que ouviu aquela história sem acreditar como os fatos aconteceram. Choi calou-se e levou

Ataliba em direção ao quebra-mar, estendeu uma toalha sobre a areia e deitou-se ao seu lado brincando com o seu corpo maduro, barriga protuberante, cabelos grisalhos, nada que ornasse com uma jovem. Ataliba admirava o corpo de Choi enquanto ela falava, ela tinha um corpo jovem, esguio, músculos firmes e pele clara, em tudo oposto ao seu. Faziam um par improvável, o que incomodava Ataliba. Em certo momento ele lhe perguntou.

– Você percebeu que as pessoas passam e nos olham com estranheza? Um homem cinquentão deitado ao lado de uma menina, devem pensar que você é uma garota de programa.

– Eu fui uma garota de programa quando trabalhei no bar frequentado por coreanos no bairro. Não tem nada a ver com o que sou hoje. Sei que as pessoas não vão compreender, fodam-se.

Conforme Ataliba relatava os detalhes da caminhada que fizeram pela orla da praia de Santos, era como se eu ouvisse a voz de um adolescente falando sobre o seu primeiro namoro. Coisas mais simples como o sabor do sorvete que tomaram, as entradas no mar quando se cansavam e interrompiam a caminhada. Falou das carícias íntimas dentro do mar, escondidas das pessoas que nadavam ao redor, quase chegando a gozar com ela dentro da água. Falou dos corpos salgados a secarem ao sol do final da manhã. Contou da queda por exaustão que teve e das câimbras que encurtaram os músculos da sua perna e que o impediram de andar. Sentiu dores fortes quando estavam ao lado do posto de salva-vidas. Choi pediu ajuda e foram socorridos por um jovem musculoso, cheio de bons conselhos e que, em determinado momento, perguntou para Choi.

– Se este senhor é seu amigo trate de cuidar dele evitando que continue a caminhar ao sol. Ele está com a pele vermelha, possivelmente terá problemas nesta noite. Onde está a família dele?

Ataliba contou que riram muito da conversa do salva-vidas, ela o chamava de titio e disse que Ataliba era pai da sua amiga, uma quase verdade. Conseguiram andar até o local do almoço, um restaurante barato e distante da praia. Ambos encontraram um hotel onde se amaram como dois adolescentes e se banharam para tirar o sal e o suor dos corpos. Ao saírem, Choi o envolveu e o trouxe de volta para a cama para ter certeza de que nenhum sêmen sobraria no corpo de Ataliba. O que eu ouvia era a voz de um adolescente lembrando da sua primeira experiência sexual.

– As câimbras musculares voltaram no quarto do hotel e eu gritava de dor. Choi riu muito e me fez massagens, olhou para os meus pés e viu as bolhas que se formaram. Era o preço a pagar pela retomada da adolescência. Não é o que você está pensando? – Perguntou Ataliba antes de continuar a história.

Os dois adolescentes tomaram o rumo de São Paulo, subiram a serra, escolheram a estrada velha, cheia de curvas e com belvederes convidativos. Ainda sob a luz do sol que se punha, conversaram sobre as vidas que levaram até aquele dia e fizeram planos, muitos planos. Ataliba falava mantendo os olhos fechados e com os pés imersos na água quente.

– Imagine, Fefo, eu fazendo planos para viver junto com uma menina.

Disse que ambos pararam no belvedere ao lado de um monumento histórico, o sol desaparecia na serra, deixando uma luminosidade opaca. Ataliba não permitiu que Choi saísse do carro, acariciou seus seios pequenos, suas coxas, até excitá-la mais uma vez. Ela fez um movimento ágil e saltou para o banco traseiro do carro ao mesmo tempo que tirou a bermuda que usava. Ataliba saiu, entrou no carro pela porta traseira e se pôs ao lado de Choi, que subiu sobre suas coxas oferecendo o seu corpo aparentemente frágil. Ataliba a trouxe para perto de si. Choi se oferecia quando Ataliba sentiu as dores de câimbras mais uma vez, aos gritos pediu que ela o ajudasse massageando as suas pernas. Ele urrava de dor e ria ao mesmo tempo, quando viram uma viatura da polícia se aproximar. Choi vestiu-se e aguardou o policial abordar o veículo.

– O meu amigo está passando mal, com câimbras. – O policial observou a cena, olhou para Choi e para Ataliba.

– Tiozinho – disse –, nesta idade o senhor deveria estar em outro lugar. Vamos circular, rápido, saiam daqui!

Sem dar explicações, Choi retomou o volante e ambos continuaram a viagem em direção a São Paulo, ao longo do trajeto não pararam de conversar e planejar. Riam, riam muito e de tudo. Choi seguiu até o apartamento, onde deixou Ataliba e fez um último comentário.

– Eu queria que Lena compreendesse.
– Você já tentou? – Perguntou Ataliba.

– Eu te roubei dela, ela não vai enxergar de outra maneira. Ela tem dois fantasmas que a assombram, eu e a maldição em que ela acredita. Ela quer me ver morta e quer você vivo, vai ser difícil mudar este estado de coisas.

Ambos se despediram, Choi trouxe um homem de volta à vida e Ataliba retribuiu oferecendo a segurança que Choi nunca teve. Na despedida, ela brincou.

– Tchau, tiozinho, o mais gostoso tiozinho da face da terra, obrigada.

A história que ouvi de Ataliba mudou o meu entendimento dos fatos. Choi se transformou, qualquer pessoa pode mudar, até mesmo as mudanças mais improváveis podem ocorrer. Quem sabe eu poderia deixar o barco da vida de Ataliba andar sozinho e cuidar dos meus próprios planos.

CAPÍTULO 36

Ataliba está bem, setembro

A recuperação de Ataliba nos animou, tudo parecia voltar ao normal. Eu mantive o apartamento-escritório no bairro que Ataliba me apresentou e onde aprendi a viver, continuei a visitá-lo para trocar ideias, ouvir sugestões ou apenas jogar conversa fora. Ataliba era o meu mentor, nunca abdiquei desse lugar que ele aceitava a contragosto. Eu terminei de escrever o livro sobre meio ambiente e me dediquei ao projeto sobre obituários que Mike encomendou. Estava com receio de invadir o território de Ataliba, mas a sua reação foi positiva, ele gostou da ideia, deu sugestões e, o mais importante, eu pude usar o arquivo de obituários de onde extraí histórias inacreditáveis. Eu tinha a chave do apartamento de Ataliba, e embora eu pudesse entrar a qualquer momento, eu respeitava a presença, cada vez mais constante, de Choi. Era um privilégio caminhar poucas quadras para encontrar e conversar com Ataliba e mergulhar no arquivo dos mortos. Uma tarde cheguei sem avisar e encontrei o apartamento vazio, sentei-me ao lado do arquivo para explorá-lo enquanto aguardava. Aproveitei o tempo de espera para ter acesso total às pastas organizadas pelo meu amigo. A cada pasta eu me deparava com nomes, datas, e fatos inusitados à espera de um tratamento literário. Era preciso pouco esforço para dar vida aos mortos. Ataliba me sugeriu que buscasse novos casos para manter o arquivo com a função de colecionar histórias. Ele dizia que os mortos não nos procuram, nós é que devemos buscá-los. A Remington, desgastada pelo tempo e pelo uso, permanecia sobre a mesa de trabalho de Ataliba. Ele insistia em utilizá-la para datilografar cada lauda, antes de transformá-las em textos digitais no computador, que ocupava um posto secundário na mesa lateral. Era como se a verdadeira criação precisasse contar com os ruídos e com o tempo mecânico da máquina que Ataliba conhecia tão bem. Foi assim, olhando para a Remington, que o Velho Abdias e Ide me encontraram quando entraram no apartamento. Ide segurava os sapatos vermelhos, e equilibrava os pacotes que sempre a acompanhavam. O Velho Abdias, bem trajado e barbeado, se afastava a cada dia do personagem que vivia nas ruas. Ele também encontrava um caminho para trilhar sem abandonar os seus cordéis.

– Esta máquina tem história, não dá nem para ler as letras nas teclas de tanto que foi usada por Ataliba. – Comentou o Velho Abdias enquanto passava as mãos sobre o teclado.

– Ataliba não precisa olhar para as teclas, os seus dedos chegam ao lugar certo. Será que a cabecinha dele está funcionando bem? Ou anda desarrumada igual a esta sala. – Comentou Ide enquanto arrumava o ambiente. O Velho Abdias respondeu com a certeza de quem conviveu com Ataliba por longo tempo.

– Eu acho que podemos nos tranquilizar, há tempos que não encontro o nosso amigo tão animado como nas últimas visitas que lhe fiz. Acho que ele acertou o rumo, encontrou uma motivação para a vida. Na minha terra, dizem que bode velho gosta de pasto novo.

– Pois eu vou lhe dizer, seu velho safado – Ide reagiu –, que Ataliba gostava muito deste pasto velho e bem administrado, e saiba que fiquei feliz quando soube que ele se engajou com a Choi. O nosso fim de caso deu dois rebentos novos, para ele e para mim. Eu andava preocupada com a reação de Ataliba quando soubesse do meu namoro com Grego. Sabem o que aconteceu? Ele compreendeu que as pessoas mudam, que nunca somos os mesmos de um dia para o outro. E vocês nem notaram o meu sapato vermelho novo? É de grife. Eu só ando vestida com roupas chiques, vocês sabem.

Ide era mesmo um tipo especial, eu ouvia as suas risadas que enchiam o ambiente. A frase dita por ela me lembrou Guimarães Rosa – que ela nunca leu –, e ficou ecoando na minha mente – as coisas nunca permanecem as mesmas. Compreendi que ela, mais uma vez, tinha razão. Nós três, o Velho Abdias, Ide e eu, aprendemos que as coisas se ajustam aos poucos, como os sapatos velhos que ela encontra e são forçados a caberem nos seus pés. Cada um de nós encontrou um caminho possível para trilhar. Passei a receber pedidos de jornais e revistas para escrever artigos e obituários, até mesmo os chefes chineses do antigo jornal me contratavam como freelancer. Nada como o pragmatismo oriental. Eu aproveitei para atualizar o Velho Abdias e Ide sobre os fatos a meu respeito e lhes contei sobre os planos que tinha em mente.

— Nas últimas semanas me senti seguro para repassar textos para Ataliba, ele vem produzindo um material de qualidade como fazia no passado. Eu me empenhei em publicar os meus escritos e concluí um livro sobre meio ambiente enquanto o outro, sobre obituários, segue em ritmo acelerado. Ao mesmo tempo revisei o livro de Ataliba, aquele que foi lançado nos Estados Unidos e que será publicado por aqui. Em breve, teremos dois lançamentos no Brasil. Iniciei tratativas com uma editora que mantém oficinas para escritores e Ataliba foi convidado para uma palestra sobre obituários.

— As notícias são boas — disse Ide —, eu só não tenho a menor ideia do que são estes cursos, mas tenho uma sugestão para você, Fefo. Por que você e Ataliba não lançam os dois livros na inauguração da Livraria e Sebo Cripta, do Lázaro? A gente aproveita e faz uma festa, vocês sabem como gosto de festas.

— O livro do Ataliba está pronto, eu acho que o Mike não irá se opor. Ele tem parceria com uma editora brasileira, creio que vai aceitar a sua sugestão, só precisamos combinar com o Lázaro. Quanto ao meu livro, ainda é cedo para publicar, vou andar no meu passo.

— Eu sempre dou boas ideias, desta vez, mais do que uma boa ideia eu vou aproveitar a ocasião para anunciar uma novidade: o meu noivado com Grego. Aquele cara é o brutamontes mais adorável que conheci na vida!

Em meio a anúncios e planos, Ataliba entrou no apartamento e se surpreendeu com o ambiente cheio de gente.

– Ora, parece que esqueceram de me avisar que iria ter uma festa na minha casa! Quais as boas novas?

Ide falou pelos cotovelos, contou todas as novidades, as minhas e as dela, Ataliba ouviu com ar de felicidade, parecia outra pessoa. Usava roupas novas, mantinha a postura ereta que contrastava com o homem curvado que acompanhei nos últimos meses. Contamos as novidades e compartilhamos os planos, Ataliba ouviu com atenção cada palavra. Eu ofereci coautoria do meu primeiro livro de obituários para Ataliba, tinha certeza de que não o teria escrito sem a sua ajuda. Ele respondeu que não aceitaria, eu insisti, explicando a razão do convite.

– A maioria dos obituários que escrevi dormiam no arquivo dos mortos, estavam praticamente prontos, com todas as pesquisas feitas e anotadas, até mesmo alguns dos roteiros estavam elaborados, eu utilizei obituários que sequer foram reescritos. O livro é mais seu do que meu, aliás o seu arquivo tem material para outros livros sobre o mesmo tema. Não vou negociar este convite, você é o coautor. E para mudar o assunto, pode nos dizer por onde você andava? Você está bem trajado, deve ter ido a algum lugar especial. – Ataliba ouviu com ar de alegria e respondeu o que eu já esperava.

– Por onde andei? Bem, eu achei que era hora de voltar ao jornal e visitar os amigos que ainda estão por lá. Encontrei gente conhecida e muitas caras novas, o porteiro continua jogando no bicho errado e o Adriano ainda ajuda os chineses a colocar o jornal nos eixos. Depois da visita, me certifiquei de que a gente deve aceitar as mudanças, eu não voltaria para lá. Quanto ao seu convite, Fefo, eu vou ficar feliz com a publicação do livro, mas considere que a minha decisão é definitiva, eu não serei coautor. Da mesma forma eu posso dizer que você foi coautor do livro que eu publiquei, você e os Amigos do Araçá. Se os arquivos lhe foram úteis, vou aproveitar a ocasião para fazer algo que planejo há meses: a partir de hoje considere que o arquivo é seu, vou abrir mão dele, e espero que você siga alimentando as pastas com boas histórias. Você pode levar tudo para a sua casa e continuar com o trabalho de escrita sobre as mortes. Eu concordo que o arquivo dos mortos contém material para outros livros e acho que o conteúdo pode crescer, caso você continue a pesquisar histórias interessantes.

Eu ouvi a resposta de Ataliba e me dei por vencido. Nós o olhávamos incrédulos com a mudança que sofrera.

– Querido Ataliba, é bom te encontrar com toda a energia. – Ide comentou. – Ataliba não deixou que ela prosseguisse.

– Ide, meu amor, você foi uma companheira no momento mais difícil que eu passei, eu te amo de paixão.

Perguntei se Ataliba tinha certeza sobre a doação do arquivo, afinal as pastas faziam parte da sua vida, eram produto de anos de pesquisas.

– Sim, Fefo, eu tenho certeza do que estou fazendo, e tem mais uma coisa, fique com a Remington, caso você tenha um canto para ela no seu escritório, ela pode ser transformada em peça decorativa.

– Mudanças radicais não acontecem por acaso. Será que a presença de Choi explica o que está acontecendo?
– Perguntou o Velho Abdias.

– Talvez sim, eu convidei Choi para morar comigo e ela ficou de me dar uma resposta em breve.
Nos entreolhamos e eu percebi que tivemos a mesma preocupação. Ide encontrou o momento para perguntar.
– Ataliba, nós sabemos o que este espaço significa para Lena, será que o assunto não deveria ser tratado também com ela?
– Ide, Choi amadureceu, e hoje é uma pessoa mais cuidadosa nos seus atos, nós não estamos morando juntos ainda por respeito a Lena. Ela me disse que vai conversar com minha filha no momento certo.
Eu ouvi aquele diálogo entre amigos e mal consegui acreditar como as coisas mudaram de rumo. Aprendi com Ataliba que a vida é imprevisível. Achei que era um bom momento para deixarmos Ataliba a sós.
– Vou mandar buscar o arquivo dos mortos assim que conseguir um espaço adequado para ele – eu disse –, no mais, a nossa vida segue a rota normal, temos um encontro marcado para a leitura de um obituário. Nos encontraremos amanhã no Araçá, vai ser um obituário diferente.
– Não há vida que se repita e nem existe uma morte igual a outra, cada qual tem a sua própria beleza. Nos encontraremos amanhã. – Respondeu Ataliba.

CAPÍTULO 37

Oitavo obituário – a morte de uma livraria, outubro

No dia marcado, os Amigos do Araçá já estavam reunidos tagarelando sobre a vida e a morte, tal como acontecia antes da doença de Ataliba. Para o encontro do mês de outubro, o grupo estava completo, até mesmo Nora não quis deixar passar a data em branco. Eu pedi para Ataliba apresentar o obituário que seria debatido, ele não aceitou, embora tivesse deixado claro que estaria presente. Eu me recordo do que ele disse no dia em que o convidei.

– Fefo, fique claro que este posto é seu, estou certo de que você desempenhará melhor do que eu.

Descobri que os meus gestos eram parecidos com os do meu amigo. Tal como ele fazia, eu trouxe a mochila com os documentos e a depositei sobre a mesa. Nora me ajudou a preparar sanduíches, que embrulhou, um a um, em papel alumínio para distribuir entre os amigos. Chegamos às 11 horas, ao final da manhã os trabalhadores da região visitam o cemitério em busca de um local para o descanso no apertado horário do almoço. Naquele dia não foi diferente, entre os visitantes havia uma mulher, de cabelos brancos e andar lento, que se acomodou à sombra do araçá bem ao nosso lado. Criamos um ambiente de inclusão em meio a uma cidade que impõe um ritmo acelerado às pessoas. Nos grandes centros urbanos, os habitantes experimentam a solidão em meio à multidão. Já o cemitério me parece um espaço de acolhimento, deixando no ar uma pergunta: por que vocês correm tanto? Afinal das contas, todos estarão por aqui em breve. Aquela senhora aparentava ter mais de 60 anos e trajava roupas um tanto desgastadas. Ela não se incomodou em dividir o espaço apertado da mesa, não perguntou a respeito do significado daquele encontro. Quando iniciei a leitura, ela prestou atenção em cada palavra que eu disse e aceitou de bom grado a metade do sanduíche que lhe ofereci. Em certo momento, ela quebrou o silêncio.

– Vocês são de alguma religião, devem ser pastores? – Perguntou enquanto comia.

– Não somos membros de nenhuma congregação religiosa, somos um grupo de amigos e nos encontramos para conversar sobre a morte e sobre a vida. – Expliquei.

– Ah bom, sobre a morte e sobre a vida, muito bom. – Falou a mulher mantendo a atenção nos nossos movimentos e no tema da conversa enquanto comia o sanduíche pausadamente.

O grupo estava completo, incluindo Ataliba, achei que era hora de ler o material escrito para dar munição à discussão. Tomei a iniciativa.

O obituário: a morte da Livraria Duas Cidades.

No dia 23 de setembro de 2006, a Livraria e Editora Duas Cidades fechou as portas. Nas semanas que antecederam ao encerramento das atividades, a proprietária anunciou nos jornais a venda do acervo por preços atraentes. A notícia deixou pasmos os leitores e frequentadores assíduos do local, e mergulhados em tristeza. A livraria foi inaugurada em 1954 por iniciativa da Ordem dos Beneditinos, liderada pelo Frei Benevenuto (1918-1997), um membro da ordem que retornava ao Brasil depois de completar os estudos na Europa. A livraria tinha por objetivo divulgar o pensamento humanista expresso por autores como Lebret e outros beneditinos. Aos poucos, a casa transformou-se em um polo de divulgação de livros de ciências sociais e ponto de encontro de intelectuais humanistas de variadas tendências.

A livraria era um centro de irradiação de cultura, um local onde ocorriam debates políticos e a difusão do pensamento humanista. Em que pese a reputação que ganhou, a livraria não sobreviveu à decadência e à violência do centro velho da cidade de São Paulo e ao surgimento das grandes redes de livrarias dos shopping centers. Não houve funeral, como seria o funeral de uma livraria? Em apenas um ato, e as portas do endereço da Rua Bento Freitas 158, no centro da cidade de São Paulo, foram cerradas em definitivo. A livraria deixou um vazio que apenas aqueles que frequentam livrarias podem medir. A morte da Duas Cidades deixou órfãos um sem-número de leitores e frequentadores do local.

A narrativa.

Além da leitura do obituário, explorei o tema e teci comentários.

– A Livraria e Editora Duas Cidades nasceu de um sonho, o de divulgar o pensamento humanista nos anos

50 ainda sob o impacto da Segunda Guerra Mundial. Inicialmente foi um projeto de membros da Ordem dos Beneditinos e assim permaneceu até os anos 60, quando as pressões impostas pela ditadura impactaram a iniciativa. A empresa desligou-se da ordem religiosa e a sua propriedade foi transferida para José Petronillo Benevenuto de Santa Cruz, o mesmo Frei Benevenuto, que também se desligara da ordem. Nos anos de chumbo, o endereço da Rua Bento Freitas ficou conhecido por ter sido o foco da operação Batina Branca, liderada pelo Departamento da Ordem Pública e Social (DOPS), braço da ditadura militar que mapeou as atividades dos membros da ordem, em particular do Frei Fernando de Britto, que foi capturado naquele local, preso e torturado, depois de ser obrigado a revelar o paradeiro de Carlos Marighella – líder da Ação Libertadora Nacional, que acabou sendo assassinado pelos agentes da ditadura.

A Livraria Duas Cidades sobreviveu, manteve-se focada em livros que tratavam do pensamento humanista, sempre reunindo intelectuais para debater ideias. Seguiu lutando contra as dificuldades financeiras comuns às pequenas editoras e livrarias, e deixou o legado de ter sido um polo cultural, onde intelectuais se reuniam à mesa ao fundo da loja. Em meio às dificuldades, a Editora publicou séries como a Coleção Claro Enigma, que trouxe à luz poetas como Alcides Villaça, Orides Fontella, João Moura Jr., José Paulo Paes, entre outros que então compunham a nata da poesia brasileira. Administrada, nos últimos anos, por Maria Antonia Pavan de Santa Cruz, a livraria, polo cultural, ponto de encontro, encerrou as atividades em meio à decadência e ao esvaziamento do centro velho de São Paulo.

Os amigos ouviram calados, e assim permaneceram. Havia algo de inusitado na morte de uma livraria. Eu aguardei por alguns instantes e retomei a leitura, em nome da falecida.

A narrativa da falecida: livrarias podem ter voz.

Quem se incomodou com a minha morte? Poucos, embora nesse momento eu tivesse ganho um espaço na imprensa que não tive ao longo da minha vida inteira. Vivi, quero dizer, sobrevivi por cinco décadas, o que não é pouco. Por favor, não me comparem a outras livrarias que vivem há mais tempo, como a *Lello* na cidade do Porto, ou a livraria *Shakespeare and Company,* em Paris. Eu não sou comparável àquelas, pois nasci em um país que não é dado à leitura nem ao debate de ideias, pois que o debate, quando existe, não raro extravasa para o lado pessoal, criando inimizades perenes. Eu nunca fui a uma livraria na qual os leitores viessem para se mirarem no espelho, pelo contrário, aqueles que insistiam em me visitar costumavam se incomodar com o que liam. E qual seria a razão principal da literatura e da arte, a não ser incomodar, mover as águas paradas, mexer com os egos, quebrar as louças guardadas e por longo tempo sem uso? Foi o que eu fiz nesses cinquenta anos.

Eu era um porto de águas calmas para os frequentadores que me visitavam aos sábados, ensolarados ou chuvosos, da pauliceia. A Academia Paulista de Letras ficava perto do meu endereço, o que trazia figuras ilustres cruzando a minha porta de vidro. Devo confessar, o que eu mais apreciava eram os leitores incógnitos, meros andarilhos do centro da cidade que passavam e olhavam para os livros que Maria Antônia expunha nas vitrines, depois ela se postava atrás do balcão e aguardava, como pescador paciente, que as beliscadas na isca motivassem a entrada do leitor potencial, no espaço da loja plena de estantes, histórias e livros. Era este o momento triunfal da minha vida, a captura do leitor que respiraria os meus ares antes de seguir para o restaurante do Circolo Italiano, ou os jovens que iam visitar a loja de aquários ou de aeromodelos que ficavam na esquina próxima. Poderia ser também o homem solitário que transitava em busca de um carinho a preço barato que era ofertado pelas mulheres da vida – que nome bonito, não é mesmo? – a qualquer hora, não longe da minha morada. A região sempre foi famosa pelos bordéis disfarçados que operavam dia e noite, e pelos bares onde as mulheres trabalhavam noite adentro, qual o problema? Acho que os livros e as putas têm muitas semelhanças por ofertarem conforto, por cobrarem barato pelo resultado obtido que só será conhecido depois de consumado o ato, da leitura ou do amor. Talvez seja esta a razão pela qual as livrarias incomodam, e quando o fazem costumam ser expulsas para regiões cada vez menos nobres, onde possam gerar um mínimo que permita a sobrevivência de um livreiro teimoso. Livrarias são iguais aos bordéis, somos como as putas, não disse?

O debate:

Nora fez o primeiro comentário assim que concluí a leitura do texto.

— Eu senti mais a perda da livraria do que as mortes das pessoas que debatemos nos outros obituários. Estranha a minha sensação, vocês não acham?

— Eu não achei, o que pode significar uma simples livraria? — Grego respondeu. — Em Atenas existem centenas, milhares de livrarias.

— Acho que senti a perda exatamente por isso — Nora replicou —, pois aqui temos poucas livrarias e esta era especial, acho que cada uma ao seu modo, as livrarias são especiais.

— Eu nem me lembro da última vez que comprei um livro. — Ide comentou envergonhada. — Parece que tem gente que pode passar bem sem as livrarias.

Lázaro soltou o verbo que estava represado desde a leitura do texto:

— Pois eu senti, e senti muito a morte da Duas Cidades, que não conheci. Acho que Ide nem percebeu que gosta de ler livros sim, você mesma entrou na cripta do cemitério e revirou os meus livros mais do que uma vez, interessada nas sacanagens dos HQs eróticos, interessada na letra impressa, e isto é o que importa. Eu senti também por saber o quanto custa abrir uma livraria, por mais despretensiosa que seja, como a que vou abrir. Não é fácil conseguir um bom acervo, que deve ser classificado, exposto de forma adequada ao leitor potencial. Eu sofro para organizar e precificar os livros que vou vender. Quanto os leitores poderão pagar? Quantas seções vou ter que administrar? Como vou divulgar os livros? Depois de passar por tudo isso percebo que a livraria já nasce em coma, prestes a morrer. É uma triste sina saber que no futuro talvez não tenhamos leitores.

Eu ouvi as reações e achei que todas tinham uma ponta de razão. Cada leitor busca algo diferente no livro e os livreiros devem ser capazes de promover os encontros certos. Se errarem em algum dos pontos críticos, ficarão com livros nas prateleiras, à espera de um olhar ou do lixo. Para onde vão os livros não lidos? Me lembrei do cemitério dos livros saídos da imaginação de Zalafón, o mestre catalão. Faltava ouvir a voz do Ataliba, que eu provoquei a falar.

– Os livros, sem exceção, são misteriosos objetos que navegam pelo mundo da arte. Nascem da imaginação de algum escritor, que pode ser movido pelo ego, pela busca da fama, pela necessidade de escrever, pelo desejo de sobreviver à morte, ou pelo prazer estético de juntar palavras. Depois que o livro ganha corpo, capa, formato, cores, ele navega para encontrar um leitor, ou não. Segue em um mar agitado onde encontra outros livros que buscam a mesma sina, a de atrair um olhar que se debruce sobre ele. – Enquanto Ataliba falava, a senhora, que ouvia calada as falas e a leitura do texto, apresentou-se com voz frágil.

– Achei boa a comparação dos livros com as putas, e das livrarias com os bordéis. – disse ela. – Livros são comparados a garrafas jogadas ao mar por conterem uma mensagem. Eu fui professora de literatura na escola secundária, a vida me deu esta felicidade e a profissão não me deu nenhum dinheiro, nem mesmo para uma sobrevivência digna na velhice. Eu não esperava viver para presenciar esta conversa. Lembrem-se, mais uma vez, que os livros são palavras dentro de uma garrafa que alguém, movido pela esperança, jogou ao mar. A livraria Duas Cidades, eu a conheci, era uma praia onde aportavam garrafas especiais que continham mais do que palavras. As boas livrarias são as praias onde as garrafas encontram guarita à espera de um leitor incauto, desprecavido, que as descubra e as abra para o mundo. Eu adorei ouvir as suas considerações.

Assim falando, a professora levantou-se e seguiu o caminho da porta do cemitério nos deixando atônitos, olhando uns para os outros. Aos poucos nos dispersamos, desta vez sem o ambiente festivo comum aos nossos encontros. Parece que a Livraria e Editora Duas Cidades teve o seu funeral.

CAPÍTULO 38

Volta ao Tico-Tico, outubro

Eu fui buscar Nora na redação do jornal e ela não me pareceu bem. Ao me ver, me abraçou e evitou olhar nos meus olhos. Eu tinha novidades para compartilhar, eram novidades boas e não queria vê-la desanimada. Demorou um pouco até que ela revelasse os problemas que enfrentava no trabalho com os novos controladores do jornal, as notícias não eram as melhores. O jornal se vendia a qualquer preço, os controladores não tinham escrúpulos editoriais e quem pagasse mais implantaria notícias, verdadeiras ou falsas, desde que fossem do interesse do cliente. Era a prática escancarada do jornalismo sem ética que deixava Nora desolada. Eu a convidei para ir até o Tico-Tico para espairecer, fazia tempo que não conversávamos com o dono do nosso boteco preferido.

– Faz tanto tempo que não passamos por lá. – Nora comentou com ânimo renovado, ela gosta do Tico-Tico e me falou a respeito do material biográfico que coletou sobre o repórter Tico-Tico, que inspirou o apelido ao dono do bar. – Talvez um dia eu escreva um livro sobre ele. – Ela disse enquanto seguíamos a pé. Eu trazia um par de boas notícias para Nora, mas preferi aguardar um pouco, pois fiquei tolhido pelo seu estado de espírito. Eu

O ARQUIVO DOS MORTOS   293

não poderia contar as boas-novas para Nora na condição em que ela estava. Depois de uma cerveja, quem sabe ela estaria mais relaxada e me ouviria sobre as oportunidades que surgiram.

Encontramos o bar vazio, Tico-Tico olhava para um aparelho de TV com um palito na boca e ar de desesperança. Ele abriu um sorriso quando nos viu chegar.

— Ora! Quem é vivo...

E correu para preparar a minha mesa preferida.

— O que vou servir para vocês hoje?

— Precisamos de energia, caro amigo, muita energia. — Respondi.

— Então vou preparar uma porção de calabresa e um queijo que recebi ontem, vem da região do Serro, em Minas Gerais. Sabem quem me telefonou agora mesmo? O Lázaro, ele disse que vai chegar por aqui, parece que as coisas estão adiantadas para a abertura da livraria.

— Os nossos amigos estão em uma fase produtiva, todos com boas notícias para contar. — Eu comentei, enquanto Nora me observava.

— Quase todos estão em fase boa, menos eu. — Ela disse.

Tico-Tico compreendeu o tom da fala de Nora, exerceu o seu perfil discreto, e desconversou.

— Lázaro fez um convite, quer que eu me responsabilize pelo serviço de bufê no dia da festa da inauguração da livraria, significa que terei que fechar o bar e servir os convidados. Eu nunca fiz um serviço desses, mas do jeito que o meu bar anda vazio, qualquer opção é boa.

Em pouco tempo estávamos os quatro, Nora, Lázaro, Tico-Tico e eu, trocando ideias sobre a abertura da Livraria e Sebo Cripta. Lázaro convidou uma tribo de amantes dos HQs e do universo dark-gótico paulistano, um grupo de amantes das trevas. Ele anunciava as novidades com o entusiasmo de um principiante.

– Vamos ter música ambiente, o Tico-Tico vai servir esta calabresa, cerveja e cachaça para os convidados, teremos surpresas que eu não vou contar para vocês, e eu vou sortear um exemplar raro de HQ assinado pelo Joe Shuster, o autor de Superman. Ah, o mais importante, se o Fefo mantiver a palavra, vamos fazer o lançamento do livro do Ataliba sobre os obituários. Será o *grand finale* com a presença do autor e do editor norte-americano, o tal de Mike.

Eu assumi a intenção de ter o livro pronto para o lançamento, e estava tudo planejado com Mike, que garantiu a presença no evento. Eu desconhecia o lado exuberante de Lázaro, que em nada lembrava aquele funcionário burocrata do cemitério do Araçá. Eu tinha dúvidas sobre como ele levaria os dois trabalhos em paralelo, a resposta estava na energia que sobrava nas suas palavras. Nada como novos ventos para inflar as velas.

– Eu gostei do debate sobre a morte da livraria, morre uma e nasce outra, acho que as coisas acontecem assim.
– Comentou Lázaro sobre o último episódio no Araçá. O meu olhar se prendia em Nora, ela parecia relaxada e até esboçava um sorriso, achei que era o momento para contar as boas-novas.

– Trago notícias para compartilhar, são quatro e cada uma merecerá um brinde. – Lázaro, Nora e Tico-Tico voltaram os olhares para mim. Tico-Tico depositou a bandeja sobre o balcão, enxugou as mãos no pano de prato que pendia na sua cintura e se aproximou para ouvir melhor.

– A primeira notícia é que concluí a versão do livro autoral, o rascunho está pronto e foi entregue nas mãos do editor para publicação. – Nora aplaudiu e me abraçou, ela sabia o tanto de esforço que eu tinha colocado naquela primeira versão e sabia o quanto o livro significava para mim.

– E o livro trata de qual tema? – Perguntou Lázaro.

– De obituários, é uma continuação do trabalho de Ataliba. A segunda novidade é que acabo de ser contratado pela revista Cultura Nova, patrocinada por um banco internacional, e que será dedicada à cultura brasileira. Vou ter carteira assinada e a minha profissão escrita em letras maiúsculas: Jornalista Responsável. Serei o editor nacional e vou trabalhar sob comando do editor-chefe que fica baseado em Londres.

– Os bancos têm dinheiro sobrando e alguns, vez ou outra, descem até o mundo real e se interessam pela cultura, acho que é para acalmar o sentimento de culpa depois de tanto explorar os clientes e o país. – Lázaro reagiu, irônico.

– Vou começar na próxima semana, espero ter a liberdade editorial que a posição exige. – Mais uma vez, Nora se levantou e me abraçou com o copo de cerveja elevado para brindar o momento. Retribuí e prossegui com as novidades.

– A terceira novidade é que o Mike me contratou para manter uma coluna de obituários na revista norte-americana que ele dirige. Ele vai se responsabilizar pelas traduções e pretende editar livros, de tempos em tempos, explorando o tema dos obituários. Ele me pediu para obedecer à mesma lógica dos escritos de Ataliba e, sempre que possível, motivá-lo para contribuir. – Mais uma vez Nora se levantou e repetiu a cena, já embalada pelo efeito das cervejas e caipirinhas que bebemos. Permaneci ao seu lado e ela me questionou:

– Não são quatro notícias? Você só deu três. O meu namorado deve cumprir os compromissos que estabelece.

– Ah, então você percebeu a minha intenção, foi proposital da minha parte. Fiz um ar solene, me coloquei em pé e trouxe Nora para o meu lado.

– Sim, a quarta novidade é a mais importante, o momento é indicado para informar a todos os presentes que Nora e eu vamos morar juntos no apartamento que acabei de alugar. Tem espaço de sobra para nós dois.

Nora ficou muda por alguns instantes, saltou em minha direção e me abraçou, calada. Eu não planejei fazer o anúncio com público além de Nora, o acaso fez com que duas testemunhas, Tico-Tico e Lázaro, compartilhassem o momento cheio de significados. Tico-Tico agilizou uma rodada de cerveja por conta da casa e estava preparado o ambiente.

– Ataliba sabe da sua decisão? – Perguntou Nora.

– A nossa decisão. – Eu a corrigi. – Quero contar para ele junto com você.

Tico-Tico deixou por um momento o perfil calado e comemorou animado.

– As coisas têm começo, meio e fim. O fim, a gente não sabe muito bem como vai acontecer. Por exemplo, o fim da carreira do jornalista Ataliba foi o início da carreira do escritor. A perda do emprego de Fefo no jornal foi o início de outra carreira no jornalismo, começando em um patamar mais alto, somado à atividade literária. Lázaro será livreiro, depois de organizar funerais por longos anos de trabalho. Depois de amassar muito barro, Ataliba parece recuperado e eu soube que anda apaixonado. As coisas estão bem, talvez eu me anime a manter o bar por mais algum tempo.

– É verdade, Tico-Tico, a vida tem ciclos, o final pode ser o prenúncio do início. – Comentou Lázaro. – Ataliba encontrou novos caminhos, o tempo vai dizer se foram acertados. O que importa é que ele está bem, vocês viram como ele se comportou no encontro no Araçá? Parecia um novo Ataliba, repaginado.

Eu compreendi que as trocas de motivações eram uma necessidade de cada um de nós, cada um lutando em trincheiras diferentes. Eu me animava, mas ao mesmo tempo questionava a persistência das coisas que nunca se encaixam nas nossas vidas, como o caso de Lena e Ataliba. Lena bem que poderia celebrar conosco, reaproximar-se do pai e resolver os seus fantasmas, matar os demônios. Eu percebi que Nora me olhava com ar de cumplicidade, ela compreendeu as minhas dúvidas. Ela me fez ver que encontrei a mulher certa.

– Não é momento de resolvermos todos os problemas, a cada momento o seu alento. – Foi o comentário de Nora que eu não esqueci. O que importava é que, naquele momento, nós estávamos juntos. A segurança que Nora me trazia seria importante para encarar os dias que eu teria pela frente.

CAPÍTULO 39

Grego e Ide, outubro

Comecei a trabalhar na revista de cultura, estava cheio de energia e ideias, recebi o apoio da empresa, que apostou nas minhas propostas. Tive a liberdade para contratar dois jornalistas para compor uma equipe. Passei a ter menos tempo para os amigos, o que explica a demora para marcar um encontro com Ide e Grego, que me procuravam. O convite definia a data e o local: seria na terça-feira, no Parque da Água Branca. Eles não quiseram adiantar o assunto, o que estranhei, e disseram apenas que era algo importante. Organizei minha agenda e, ao meio-dia, atravessei o portão frontal do Parque, encimado por vitrais alusivos ao universo agrícola e ao mundo dos rodeios e leilões de gado que tempos atrás aconteciam naquele local. Ao entrar no parque, cruzei a fronteira imaginária entre o rural e o urbano: a primeira visão que tive foi o extenso gramado que exibe, ao centro, uma escultura em bronze representando um touro bravio. O poder dos pecuaristas está eternizado na escultura. Um leve aclive leva à casa, que foi a sede do parque, em estilo que pretende ser europeu, alusivo aos anos 1930. O ambiente acolhedor estava cheio de visitantes idosos que se encontravam para o baile semanal. Eu lembrei dos bailes semanais que Ide e Grego não perdiam. Entendi a motivação para a escolha da data e do horário, mas persistia a curiosidade sobre a razão dessa conversa.

Deveria procurá-los em um ponto conhecido por Bambuzal. Perguntei a um casal de idosos, que namorava à sombra de um pergolado, onde ficava o local. Eles apontaram para uma área no topo de uma colina. Ao me aproximar, fui cercado por aves de várias espécies, eram marrecos, galos e pombas que vinham em busca do alimento deixado nos cochos em um terreiro. Uma mulher despejava ração nos recipientes e era imediatamente cercada pelas aves interesseiras. A mulher tinha um ar de felicidade, parece que ela rompia com o cotidiano urbano ao alimentar as aves. Distraído, me surpreendi ao ouvir a voz de Grego.

– Percebeu que só tem galos por aqui? As galinhas foram roubadas, morreram em alguma panela. E os galos ficaram solteiros, pobre sina, pobres galos. Nenhum macho sobrevive por muito tempo sem a companhia de uma fêmea.

Ide e Grego estavam vestidos para o baile. Ela tinha o rosto marcado pela pintura, que lhe destacava os lábios, usava um vestido vermelho com pequenas aplicações que brilhavam ao seu andar, e calçava os sapatos da mesma cor, que eram a sua marca registrada. Apesar dos sapatos apertados, ela sorria ao receber os cumprimentos dos habitués que passavam por perto. Grego usava um paletó sobre uma calça jeans, sapato branco e um boné de marinheiro que lembrava as suas origens, vindo de um povo ligado ao mar. Saímos a caminhar pelas alamedas do parque e paramos numa praça onde ficam as mesas para leitura ou para o merecido ócio daqueles senhores e senhoras aposentados. Enquanto Ide e eu conversávamos, Grego foi comprar pipocas e água de coco. Eu percebi que ela tinha dificuldade para entabular a conversa, suspirou como que tomando fôlego e, por fim, falou.

– Fefo, que bom que você veio, pena que não vão te deixar entrar no salão de baile, você é muito menino ainda, mas eu sei que você se divertiria.

– Eu até que gostaria, você sabe que estou aqui curioso pela razão do convite que vocês fizeram.

– Faz tempo que queremos conversar, você sabe que eu não tenho muito jeito com lengalenga, portanto vou direto ao assunto.

Eu olhava com atenção para aquela mulher que leva a vida da maneira que bem entende, nunca se preocupando com os olhares alheios.

– Eu nunca expliquei o fim do meu caso com o Ataliba e não quero que você pense que me aproveitei dele. – Começou a dizer. – Eu gosto de Ataliba e quero ter a sua amizade pela vida afora, apenas aconteceu que eu e Grego nos entendemos bem, e você bem sabe, ele também é amigo do Ataliba.

– Eu não tenho dúvidas sobre as suas intenções e nem acho que você me deva explicações. Você, Ataliba e Grego são adultos, conhecem bem o mundo.

– Eu sei, eu pedi para conversar com você por outra razão. – Enquanto Ide falava, Grego se aproximou distribuindo cocos abertos, com canudos espetados e saquinhos de pipoca. Ao perceber que comprou mais do que

nós poderíamos comer e beber, chamou duas crianças que passavam por perto.
– Ei vocês! Gostam de água de coco? Venham pegar. – As crianças dirigiram o olhar para a mãe que concordou com um balançar de cabeça, e elas correram para pegar os cocos.
– Eu e Grego queremos te pedir uma coisa. – Ide prosseguiu. – Nós gostamos dos encontros e das conversas no Araçá, lá conhecemos gente interessante e todas as histórias me ensinaram bastante. Acontece que algumas vezes, eu e Grego pouco entendemos das coisas que vocês, Ataliba, Nora e Lázaro, costumam falar. Nós somos gente simples, a morte nos interessa, mas acontece que achamos melhor falar sobre a vida. Você se chatearia se nós não fôssemos mais ao Araçá? Achamos que a nossa participação no grupo deu os frutos que poderia dar. – Eu ouvi o argumento de Ide e não pude deixar de admirar aquela mulher. Grego permanecia saboreando as pipocas e olhando ao redor. Parecia menos interessado no tema da conversa.
– Vocês são pessoas queridas, não me devem explicações, fiquem à vontade, eu mesmo não tenho certeza sobre o futuro dos Amigos do Araçá. E saiba que as nossas conversas exploram temas que eu também muitas vezes não compreendo.
– Sabe Fefo, eu acho, quer dizer, eu e Grego conversamos, e achamos que temos muito mais idade do que você, na nossa vida já vimos histórias dos mortos e dos vivos. O tempo que ainda temos precisa ser usado com

todo o cuidado. Queremos nos divertir, beber cada gota que ainda nos resta nesta jornada. Não é mesmo, Grego?

Grego concordou, meneando a cabeça, enquanto passava um pano no sapato branco que utilizaria no baile. Por fim, ele comentou.

– Eu e Ide concordamos, eu conheço casos de mortes que um dia vou contar, quem sabe você escreve sobre eles em um dos seus livros. Sei de mortes que, se eu descrever, você dirá que estou inventando. Mas prefiro ouvir música e dançar com Ide. Por falar em dançar, logo o baile vai começar.

– Fefo, nós começamos algumas coisas juntos e queremos terminar tudo da maneira correta. – Ide disse.

– Por exemplo, compartilhamos o interesse por Lena, não é verdade? Queremos que ela e Ataliba se resolvam. Embora Ataliba tenha melhorado, este caso é uma pedra no sapato dele e de Lena. O Grego vai te contar o que descobriu sobre Lena depois que ela deixou a clínica. Esse marinheiro grego que veio parar em São Paulo não perde a chance de investigar a vida alheia. – Grego ficou em pé ao lado de Fefo e assumiu o ar de investigador especializado.

– Caro Fefo, eu não dei o caso de Lena por encerrado, queria saber por onde andava a menina depois da fuga da clínica. Fui atrás de informações e descobri que a moça pintou e bordou na clínica, resolveu se evadir, daí eu me perguntei para onde ela teria ido, a resposta é a mais simples, até óbvia. Ela voltou para as mãos do tonto do Jamanta, o seu eterno protetor e protegido. Lena voltou para se dedicar à função que ela consegue desempenhar bem e que lhe permite ganhar muito dinheiro. Voltou a trabalhar na agência, gerenciando carreiras de celebridades e vive com o Jamanta. Nada de novo sob o sol.

Eu ouvi o comentário do Grego e já não atinava em como proceder daquele ponto em diante. Achei que seria melhor deixar as coisas como estão, me desligar do caso e cuidar da minha vida. Eu ia comentar o meu ponto com o Grego quando ele continuou a falar.

– Nada de novo? Mais ou menos, eu segui os passos de Lena pelo bairro e descobri que ela está atrás da Choi e as suas intenções podem não ser as melhores. Ela tem rondado a porta do prédio onde Choi mora, e quando a vi ela não estava com ar de muitos amigos, tudo me faz crer que ela quer matar a moça.

– Eu já disse para o Grego deixar a menina em paz. – Disse Ide cortando a fala de Grego. – Cada um tem o direito de viver como quer. Pois se ela não quer falar com o pai, que não fale. Eu mesma não conversava com o meu pai, que ficou lá pela Bahia, por mais de dez anos não nos encontramos, até que um dia eu decidi procurá-lo. Antes não tivesse ido, ele estava morando na zona e era cafetão.

Eu ouvi as conversas dos dois namorados, que seguiram debatendo enquanto caminhávamos até o pavilhão dos bailes, onde eu os deixei. Ao me despedir, perguntei sobre os planos do casal.

– Eu sou uma mulher cheia de manias, não quero nenhum bode velho na minha horta. – Respondeu Ide.

– Ela continua juntando lixo, você acha que ela vai parar nesta idade? – Disse Grego, aos gritos.

– Pois foi juntando lixo que eu te encontrei seu bode velho.

Ambos caminhavam na direção do salão, falando e agitando as mãos. O som das suas vozes, por vezes, chegava até onde eu estava, e se misturavam ao som da orquestra, que começou a tocar no salão. Entendi que estavam resolvidos à sua maneira, eram pessoas adultas, e queriam viver bem o tempo que lhes restava. Eles riam enquanto discutiam e caminhavam, Grego a beliscava e dava tapas no seu traseiro, e eu pude ver quando ele a agarrou pela cintura e lhe deu um beijo. Acho que estavam aproveitando a vida. A ideia de que Lena queria matar Choi, não parecia ser impossível.

CAPÍTULO 40

Sexta narrativa de Lena, outubro

Eu fugi da porradeclínica sem saber para onde ir, eu só pensava em mandar Choi para os infernos, mas não sabia como. Sem um destino certo, decidi retornar para a agência, só me restava a alternativa de encontrar Jamanta, me acalmar para organizar os planos e bolar um jeito de matar a Choi. Eu estava agitada, precisava me acalmar, dar um tempo, voltar ao trabalho poderia me ajudar, quem sabe eu encaminharia a vida do Jamanta – que não serve para fazer nada que preste – e assim me livraria dele também. Eu fiquei longe do trabalho por um par de meses, os clientes me procuraram assim que souberam da minha volta. Os candidatos à celebridade que têm algum miolo funcionando na cabeça, esses eu até consigo ajudar, mas a maioria dos clientes é gente sem nenhuma perspectiva, cabeça oca e o bolso cheio de grana em busca de um minuto de fama. Parece que ninguém está satisfeito com a carapaça que veste. Os descontentes me procuram e eu arranjo o que eles querem, invento personagens falsos e os tolos acreditam em mim, se enchem de esperança com a nova máscara e vão atrás do minuto de fama – porradafama. Eu cobro caro e eles pagam. Voltei à agência, sem alternativa reencontrei o Jamanta, que continuava tão imbecil como sempre foi. No primeiro dia ele já me chamava para tudo, o porradojamanta.

— Lena, lembra daquela ex-mulher do jogador da seleção? Ela vai te procurar, parece que quer emplacar uma carreira de apresentadora de programa de auditório. Ela é bonita, pode servir para a coisa.

Ela é bonita! Ora bolas, eu conheço um monte de gente bonita que não serve pra nada. Eu desisto, Jamanta não compreende que essa coisa de brincar de deus custa caro, será que um dia ele vai dar um passo sozinho? Eu retomei o trabalho e reservei um tempo para articular os planos de matar Choi. Bem eu, que nunca maltratei uma mosca, queria matar a Choi, aquela puta larápia. Eu estava certa de que a maldição iria embora com ela.

Eu demorei para entender esta porrademaldição, às vezes eu sou eu, outras vezes eu sou ela, Lilith, a mulher intocável, para quem ninguém pode olhar. Eu vasculhava os textos que meu pai colecionava, ele nem percebia, li tudo sobre ela. Ah, grande mulher, Lilith era uma das minhas. Ela e eu obedecemos apenas aos nossos desejos, nós nunca aceitamos ser costela de ninguém, podemos dar asas ao gozo, ao prazer, podemos copular com os demônios, sem culpa. Lilith, a mulher feita do mesmo barro de Adão, fodeu com todos os demônios e gerou filhos. Adão ficou louco, reclamou com o Criador, como poderia uma mulher ter ideias próprias? Lilith virou a mulher que aparece nos sonhos dos puritanos, traz-lhes prazer, eles gozam com ela e assim ela derruba todos os falsos moralistas. Eu amo ser Lilith, sempre amei e paguei caro por isto.

Eu sei que a maldição matou a minha mãe e outras pessoas, elas morreram porque carregavam culpas. Não fui eu, foram elas que se mataram, eu só não aceito ver as mulheres oprimidas e dominadas. Preferi ver minha mãe morta. Eu e Lilith...
　Vai sair de novo, Lena? Aonde você vai? Leva o teu celular, eu posso precisar de você. Cuidado com essas ideias loucas que você anda falando, matar Choi, onde se viu? Você vai arranjar encrenca para o nosso lado.
　Eu saía todas as noites desde que voltei a morar com Jamanta. Descobri que a Choi mora em um galinheiro velho, feio e sujo no bairro do meu pai. Ela faz tudo para ficar perto dele, já não vive com os pais nem com o irmão que era o seu comparsa. Eu vou até o fim do mundo para dar cabo dela. Não foi apenas Choi que eu investiguei, na última semana eu segui os passos do Fefo, o amigo de papai que me procurou na clínica. Eu desconfio dele, parece ser um cara legal, mas por que tanto apego por papai? Já o Velho Abdias, eu o conheço desde a minha infância, escolheu seguir uma vidinha, anda pelo bairro e dorme nas ruas ou no muquifo que arranjaram para ele, ganha um dinheirinho declamando versos de cordel e visita papai sempre que pode. Eu me apeguei a ele, quando mamãe nos deixou era ele que me levava à escola. Pobre homem, quando está sóbrio é um lorde, um lorde do sertão. Sempre tem gente no apartamento de papai, o Fefo não sai de lá, quando me visitou na clínica, contou que papai estava deprimido por minha causa. Papai anda cercado por gente o tempo todo, como pode estar deprimido? Cercado por gente interesseira, cada qual com o

seu quinhão de maldade. O que será que Fefo quer de papai? Tenho minhas dúvidas, não acredito em inocência. Quanto àquela rameira, eu sei o que ela quer, quer o meu pai para ela com o pouco que ele tem. Eu não caibo nesta história, mais uma vez vou sobrar na vida sem ninguém por perto, a não ser o porradojamanta.

Eu conversei com Jamanta, disse tudo o que precisava ser dito e acho que ele nem me escutou, se escutou não entendeu. É um insensível, eu disse que ia matar Choi e sabe o que ele fez? Disse que era para eu tomar cuidado, que eu já fui presa no caso da morte do político que cheirava quilos de pó. Papai deu um furo de reportagem, achou a veia certinha do caso que a polícia não esclareceu, por interesse ou incompetência. O político era meu cliente, um corrupto. Eu estava na festa me divertindo, rolava cocaína à vontade, eu estava lá interessada em atrair clientes para a minha agência. Não existe perfil como o dos políticos, são ótimos clientes, são ignorantes, gananciosos, mentirosos, ladrões do dinheiro público e pretensiosos. Sem escrúpulos, correm em busca de um perfil.

Eu disse para Jamanta que, se eu matar Choi, vou me livrar da maldição. Ela é a culpada, preciso quebrar o malfeito. Lá vem o Jamanta.

– Lena, sabe o tal empresário da Amazônia? Aquele que foi apagado pelo pai da menina com quem ele trepava a troco de sorvete de chocolate? Os dois filhos dele continuaram com a empresa e agora precisam de nós. O que você acha? Vale a pena?

Eu estava decidida, esperei quase três horas na rua, Choi saiu do apartamento de papai. Comprei uma arma de um conhecido, ele disse que funcionava bem. Ela apareceu na porta do prédio de papai, estava toda faceira, parecia uma menininha com namorado novo. Depois da visita, vi que papai a acompanhou até a esquina e eles se beijaram, porradachoi. Ela andou uma quadra em direção à sua casa e eu a acompanhei à distância, estava pronta para finalizar a minha tarefa. Ela percebeu que alguém a seguia, andou mais rápido, eu acompanhei o passo. Ela correu, eu corri para alcançá-la antes que chegasse ao prédio onde morava. Choi percebeu que eu a alcançaria, não sabia quem a perseguia, escondeu-se em uma porta ao lado do prédio. Ela viu quando eu passei, esperou que eu me distanciasse e correu na direção oposta, sumindo na noite do bairro. Caiu uma chuva forte e eu fiquei parada na porta do prédio de Choi, em algum momento ela voltaria para casa. Ela sabia que eu estava à sua procura, eu esperei um monte e ela não deu as caras.

Quando eu desisti, saí caminhando pelas ruas, já era madrugada, eu estava com fome, encharcada pela chuva que não parava de cair, senti um cansaço imenso, como se toda a energia do meu corpo tivesse me abandonado, precisava dormir. Sentei-me na calçada, eu estava em frente a um teatro abandonado e fechado há anos. Estranhei quando vi um casal de velhos parados à frente da porta naquele horário da noite. O homem tirou da mochila um molho de onde escolheu a chave que abriu a porta, vi quando as luzes do corredor do teatro se acenderam. O que faziam dois velhos entrando em um teatro interditado e arruinado pelo tempo? Logo depois, para minha surpresa, eu vi o Velho Abdias entrar pela mesma porta, achei estranho. Logo a seguir, lá estava ela, Choi entrou pela porta do velho teatro. A minha presa estava à minha disposição, me preparei e fiquei segurando a arma, pensei que poderia servir para ela ou para mim. Vou esperar, pensei, eu estava exausta, havia dois dias que não dormia nem trocava de roupa, tinha sono, muito sono. Sonhei com Lilith, que me envolveu e acariciou o meu corpo. Lilith por vezes tinha o rosto de Choi. Acordei a tempo de ver o casal de velhos saindo do teatro abandonado, esbarraram no meu corpo atravessado à frente da porta, eles tinham que passar por cima de mim se quisessem sair do prédio. A mulher perguntou se eu estava bem. Eu não respondi de imediato, estava em estado de sonolência, eles apagaram a lâmpada que se esforçava para iluminar o interior do prédio. Na rua, alguma luz anunciava que amanheceria em breve.

– Você está bem? – Perguntou mais uma vez a mulher. Eu me coloquei em pé, respondi que estava bem e perguntei quem eram eles.

– Somos atores em busca do público, temos acesso a este teatro abandonado onde ensaiamos uma vez por semana.

– Eu vi uma moça oriental e um senhor entrarem no teatro, vocês os conhecem? – Os dois atores se entreolharam e o velho respondeu.

– Sim, nós os conhecemos, Choi e o Velho Abdias são a nossa plateia, são o público que assiste aos nossos ensaios. Eles saíram assim que terminamos o ensaio, você não os viu?

Ambos seguiram caminho levando suas tralhas mambembes. Choi e o Velho Abdias tinham ido embora, passaram por cima de mim, devem ter me reconhecido e evitaram o confronto, eu perdi a minha presa, perdi a oportunidade mais importante da minha vida. Não desisti, corri feito uma louca até o prédio de Choi, estava cheia de coragem. Esperei até que os primeiros movimentos da manhã me alcançaram com seus ruídos.

Naquela noite eu não encontrei Choi, pensei no que lhe diria se a tivesse encontrado. Diria que quero o meu pai de volta, que ela consegue as coisas de maneira fácil, não pensa no que acontece com os outros, diria que ela é um obstáculo na minha vida, diria que ela é a razão de eu ter uma maldição dentro do peito.

A minha cabeça ia explodir, os caminhões e ônibus que transitavam pela manhã do bairro faziam um ruído infernal. Eu caminhei a passo lento por meia hora até chegar ao muquifo do Velho Abdias. Bati à sua porta, ele me recebeu e me abraçou sem perguntar nada, me fez descansar. Eu dormi, e ao acordar encontrei a máquina fotográfica ao meu lado. Eu estava calma e sabia que Choi frequentava o teatro abandonado.

CAPÍTULO 41

Encontro com o Velho Abdias, novembro

Quando conversei com o Velho Abdias ele teve dificuldade para me contar o que ocorreu naqueles dias de novembro. A sua memória não funcionava bem, ele tinha o rosto inchado, transformado pela bebida. Os últimos dias foram marcados pelas chuvas, o ar estava limpo e as águas carregaram o lixo acumulado nas ruas. As bocas de lobo, sempre entupidas, provocaram enchentes que impediram o trânsito das pessoas, nada que não fosse familiar aos moradores da região.

Ele contou que há poucas semanas, amanhecia o dia quando Lena esteve na sua casa. Ela estava em desespero e o procurou em busca de apoio. Lena dormiu lá, com a cabeça apoiada no seu colo. Poucas vezes ele presenciou tanto tormento na mente de uma pessoa. Lena lhe disse que os viu juntos, ele e Choi, no teatro abandonado. Quando ela foi embora, o Velho Abdias não estava convencido de que ela acalmaria os seus fantasmas.

E ele estava correto, a partir da sua fala, eu liguei os fatos para reconstituir os acontecimentos. Na madrugada da morte de Ataliba, Choi e Lena o visitaram no apartamento, não estiveram lá juntas, só se encontraram depois, no teatro abandonado. Choi sabia o que queria, quando compreendeu o desespero de Lena, decidiu romper com Ataliba. A sua decisão era definitiva. Choi tomou coragem e foi encontrá-lo no apartamento. Chegou às quatro horas da manhã, tinha as mãos trêmulas e a mente ainda cheia de dúvidas. Chamou Ataliba pelo interfone, ele abriu a porta do prédio e ela subiu os três andares que já conhecia muito bem. A cada degrau recordava o passeio em Santos, as promessas e o sonho de uma vida, que poderia ser diferente daquela que sempre levara. Ao chegar ao hall, olhou para a porta do apartamento e pensou em ir embora – poderia apenas sumir da vida de Ataliba sem deixar vestígios –, mas não teve coragem de fugir mais uma vez. Sentia a necessidade de falar com ele, já não era possível deixar as coisas sem solução.

Ao entrar, encontrou Ataliba prostrado. Havia tempo que não o via naquela condição, pareceu-lhe que ele tivera uma recaída. Revistou o quarto e o banheiro onde encontrou caixas de remédios que não foram abertas. Choi voltou à sala para falar da decisão de se afastar, os planos traçados seriam abandonados, ela assumiu que os dois deveriam prosseguir as respectivas jornadas. Eles eram de gerações diferentes, cada um carregava marcas que nada significavam para o outro. Choi sentou-se na poltrona e fixou o olhar em Ataliba, que permaneceu deitado com os olhos semicerrados, sem reagir à sua presença. Aguardou até que o silêncio se tornou insuportável.

– Eu preciso te falar sobre a decisão que tomei.

Choi esperou por uma resposta, um sinal qualquer de Ataliba. Ele manteve o silêncio, a sua respiração era tênue como indicava o movimento do seu peito nu.

— Não voltaremos a nos encontrar!

As frases de Choi ficaram sem resposta, ela aguardou sem tirar os olhos de Ataliba, que por fim reagiu. Ele abriu os olhos, tossiu para eliminar a saliva pastosa que lhe impedia de falar.

— Eu sabia que aconteceria, só não imaginava que seria agora, pensei que pudéssemos ao menos tentar. Qual foi o motivo? Ou eu não devo perguntar? Sei que vou ouvir uma resposta evasiva, a verdade foi revelada pelo salva--vidas da praia, e pela policial na estrada. Na verdade...

Choi interrompeu a fala de Ataliba.

— A causa da minha decisão tem um nome, chama-se Lena. Ela tem razão de me odiar, eu fui um acidente na vida de uma mulher que nunca experimentou a presença da mãe e tampouco conseguiu aproximar-se de você. Quando eu te encontrei tive a oportunidade de me recompor, eu era uma mulher destruída e você, sem perceber, me permitiu viver pela primeira vez. Eu devo muito a você...

— Não precisa dar explicações, Choi. Nós já desistimos dos planos que fizemos.

Choi interrompeu a fala ao ouvir a reação de Ataliba e deixou o apartamento, saiu sem olhar para trás. Se o fizesse, talvez mudasse de ideia.

Assim pode ter sido o encontro entre Choi e Ataliba. Eu segui juntando os fragmentos do vaso de cerâmica destruído pelo tempo. Tal como na arte do *kintsugi*, coletei cada pedaço do vaso quebrado e os colei com pó de ouro. Os fragmentos formaram um novo vaso que me deu mais uma pista. Lena também esteve no apartamento do pai naquela noite, esteve lá antes de se dirigir ao teatro onde encontraria o Velho Abdias e Choi. É impossível saber com precisão o quê eles conversaram. Eu criei uma cena possível e assim resolvi os meus dilemas, na verdade, busco uma desculpa por não ter ajudado Ataliba.

Ataliba moveu-se ao ouvir o toque do interfone. Era Lena que pedia para que a deixasse entrar. Ataliba sentiu uma descarga de adrenalina fluir no seu corpo, o encontro que ele queria, estava prestes a acontecer. Apertou o botão que abriu a porta e aguardou a chegada da filha.

Lena entrou no apartamento, Ataliba estava postado em pé à frente da porta. A luz de um abajur projetava a sua sombra, que chegava aos pés de Lena. Ataliba olhou para a filha e pensou na conversa que acabara de ter com Choi, compreendeu a escolha que estava feita. Lena havia se preparado para este encontro, tinha receio de matar o pai, ainda assim não havia mais tempo para esperar. Lena olhou para a sombra do pai projetada no chão à sua frente. Tinha o corpo trêmulo, o que transmitia a contradição que sentia naquele encontro. Amava o pai e, ao mesmo tempo, o odiava por não ter impedido que a mãe os deixasse. Sentia a dor de ter perdido o pai, uma segunda vez, para Choi. Sofria com a ausência dele, aplacada em parte pelos amigos que surgiram na sua vida – em um relance, compreendeu o papel do Velho Abdias na sua história. Lena ouviu a voz de Ataliba.

– Eu queria te encontrar, tudo tem o dia certo para acontecer.

Lena agia como um animal arisco, procurou um canto para se esconder, ao mesmo tempo que queria abraçar o pai.

— As fotos ainda estão no corredor? — Indagou Lena.

Antes de ouvir a resposta, ela dirigiu-se ao corredor, onde as fotos estavam dispostas em quadros empoeirados. Ataliba ouvia a voz da filha enquanto ela removia os quadros com as fotos para observá-las melhor. Lena viu as imagens da sua infância, mas à medida que seguia pelo corredor, percebeu que as fotos eram mais recentes, até que se deparou com uma cena de Choi ao seu lado, ambas ainda estudantes. Lena removeu os quadros e os arremessou ao chão, como que tentando destruir o passado. Lena começou a falar sem sair do corredor, Ataliba apenas ouvia a sua voz e o ruído dos objetos atirados ao chão.

— Estas fotos mostram momentos que eu já esqueci. Será que é esta a serventia das fotografias? Eu apareço em algumas delas com você e mamãe. Sabe que eu a encontrei antes do suicídio? — Ataliba conseguiu articular uma resposta para Lena.

— Sim, eu soube que você a procurou em Paris. Ela te recebeu bem?

— Eu acho que fez o possível, ela tinha um ar de sofrimento.

— A sua mãe teve a vida que escolheu. Como você e eu, as nossas jornadas são feitas de escolhas que deixam rastros, ainda que seja nas fotografias. A sua mãe preferiu abrir um novo caminho, partiu em busca de um exílio dourado, mas não foi o que encontrou.

— Ela não teve nenhum conforto, pai. Ela viveu uma vida marginal naquela cidade que não a acolheu. Ela era uma mulher submissa ao marido e ao filho que teve na França. E eu, qual o rastro que eu deixei na sua vida?

– Você sempre esteve presente na minha vida. De uma forma ou outra, eu a acompanhei como pude. Por que você não me deixa te ver? – Lena, no corredor escuro, ouvia a voz do pai.
– É melhor assim, é melhor que não tenhamos imagens um do outro. Apenas sons, apenas vestígios de um pai e de uma filha. Eu vim para dizer que preciso do pai que nunca tive, mas que temo por você. Trouxe um objeto que roubei quando deixei este apartamento, um objeto que me foi útil. Deixarei sobre a sua cama, a mesma cama onde te encontrei com Choi.

Lena entrou no quarto de Ataliba, depositou a câmera fotográfica sobre a mesa de cabeceira, andou os poucos passos que a separavam da porta de entrada e deixou um último recado antes de sair.

– Vou abrir o espaço que você nunca me pediu. Nenhuma filha tem o direito de escolher o pai que deseja. Eu sou capaz de construir personalidades, passei a vida fazendo isso, mas não consigo esculpir um pai. Eu quero matar Choi, mas não conseguiria matar o seu fantasma. Acho que devo sumir do caminho de vocês. Reconheço que você tentou me dar uma infância, uma juventude, e eu não permiti. Precisava te encontrar uma última vez, agora que já encontrei, vou sumir do mapa. Vou te admirar à distância, ficarei feliz pelo lançamento do seu livro, mas não estarei na livraria.

Sem olhar para o rosto do pai, Lena saiu do apartamento enquanto Ataliba, com dificuldade, se dirigiu ao quarto e encontrou a máquina fotográfica. Abriu a câmara e observou as fotografias registradas na memória. As imagens arquivadas eram suas, encontrou cenas recentes dele caminhando pelo bairro, no restaurante, na porta do prédio da redação do jornal, na entrada do prédio ao lado do Velho Abdias, ele abraçado a Ide, uma foto dele em uma loja de roupas. A última foto era um flagrante onde ele e Choi se beijavam ao lado do carro, quando viajaram para a praia. A sua filha nunca deixara de acompanhá-lo.

Não havia outra possibilidade, ao juntar as partes da cerâmica quebrada, este foi o formato que surgiu, um formato real, que mantém certa aderência aos fatos. A reconstrução da peça quebrada foi importante para que eu compreendesse a realidade, para perceber os vazios que a vida gera, e para encarar as impossibilidades que acompanham todas as formas de amar. Ainda havia fragmentos perdidos do vaso, lacunas com formatos imperfeitos sugeriam haver fatos por revelar. O Velho Abdias trouxe estas partes, colhidas no teatro abandonado do bairro para onde Lena e Choi foram, depois de terem se encontrado com Ataliba.

CAPÍTULO 42

Lena, Lilith e Choi, sexta-feira, novembro

O Velho Abdias continuou a contar a sua história, estas foram as suas palavras quando falou do encontro com Lena e Choi no teatro abandonado.

– Eu não consigo dormir quando chove, a viela onde moro fica inundada, você sabe, aquela parte do bairro já foi a várzea do rio. Vez ou outra as águas reocupam o que lhes pertence. Mas eu não vim até aqui a esta hora para falar da chuva, vim para falar sobre Lena e Choi.

Eu ouvi o relato do Velho Abdias sem interromper o fluxo da sua narrativa. Ele falava de forma pausada, fechava os olhos quando lembrava dos detalhes das cenas que presenciou. A mim, coube apenas ouvir e juntar as ideias fragmentadas. Abdias prosseguiu.

– Na noite passada, dormi na rua na parte alta do bairro. Lá, conheço as pessoas e me sinto seguro. Eu planejei assistir ao ensaio dos atores que conheço há anos, eles se apresentam em um teatro abandonado e dizem que gostam quando assisto às performances. A chuva chegou forte enquanto eu dormia na calçada na porta do teatro. Eu gosto daquele teatro desativado, é um lugar que já foi cheio de gente e de vida, o projeto cultural que existiu por lá morreu como morrem os sonhos, a arte amedronta os ditadores e o teatro foi fechado. Conheço bem aquele lugar onde declamei poesias de cordel para o público que aguardava pelo início dos espetáculos. Faz muito tempo, hoje o local está abandonado, mas continuo a frequentar a calçada sob a marquise, ela me dá o abrigo que eu preciso para passar a noite. Conheci o casal de atores, certa noite os encontrei por acaso quando chegaram e pararam à frente do prédio. Eles têm a chave da porta do teatro, uma noite a cada semana repetem o ritual, entram pela porta lateral, seguem para o espaço onde funcionava o camarim, se maquiam, vestem o figurino que trazem em uma mochila, exercitam as vozes, concentram-se no texto, desejam merda um para o outro e vão para o palco onde declamam trechos das peças que fizeram ao longo da vida ou fazem leituras poéticas. Ao final do espetáculo, agradecem ao meu aplauso solitário e saem de cena, removem a maquiagem, trocam as roupas e guardam o figurino antes de voltarem a caminhar pelas ruas do bairro. Acho que eles encontraram uma maneira de não interromper o ritual, a magia sobrevive neles da mesma forma que a poesia de cordel sobrevive em mim. Os responsáveis pelo prédio sabem da existência dos atores que fingem ignorar.

 Eu me tornei testemunha privilegiada da sua loucura a partir da noite em que os encontrei, e eles me convidaram para assistir à uma das encenações. Eles se lembraram de mim, sabiam que eu declamava poesia de cordel, me reconheceram quando me viram deitado na calçada. Aceitei o convite, eles pediram que aguardasse alguns minutos, o tempo necessário para se maquiarem, disseram que depois eu poderia entrar. Aguardei o ritual de preparação, entrei e me deparei com as poucas cadeiras da plateia que sobreviveram ao tempo. Escolhi uma para me acomodar, eu representava o público em um teatro lotado. A partir daquela noite passei a frequentar as performances todas as semanas. Você é a primeira pessoa a quem conto esta história.

– Nos últimos tempos ganhei uma companhia na plateia. Certa noite me surpreendi ao ver uma mulher entrar no teatro. Ela aproveitou o momento em que os atores passaram deixando a porta entreaberta para que eu os acompanhasse. Eu a reconheci, era Choi, parecia se esconder de alguém, estava assustada. Ela também me reconheceu, sentou-se ao meu lado como se buscasse proteção. Ela não falou nada, ao final da apresentação ela estava calma, emocionada com o texto de Brecht, não trocamos uma palavra sequer. Ela retornou na semana seguinte, a plateia dobrou de tamanho e eu ganhei uma companhia silenciosa. Choi descobriu o trabalho dos velhos atores e, tal como eu, encantou-se com as performances. Criamos um código de conduta, nunca falamos entre nós, assistíamos às encenações e saíamos calados, semana após semana.

– Na noite passada os velhos atores chegaram no horário habitual. Às duas da madrugada a atriz buscou as chaves na bolsa, que traz a tiracolo, e destravou a porta que cedeu com dificuldade. Com a intimidade que temos, eles me acordaram avisando que o espetáculo iria começar, eu fiquei deitado no meu canto a observá-los, enquanto entravam no prédio. Os nossos olhares se cruzaram e a mulher me disse. – Hoje leremos trechos sobre o mito de Lilith, te esperamos na plateia.

– Eu não precisei responder, aguardei e segui o protocolo combinado, só então procurei a minha poltrona. O local está coberto pela poeira e as poltronas destruídas ficaram espalhadas como se pedissem para serem recuperadas. A água da chuva escorre formando goteiras que se infiltram pelas instalações elétricas, alguma boa alma deixou fios conectados de onde pendem lâmpadas em locais estratégicos. Uma delas ilumina uma cadeira solitária bem no centro do palco. Ao lado direito, outra lâmpada ilumina o espaço onde um dia funcionou o camarim e, do lado oposto, um abajur lança uma tênue luz amarela sobre restos de cenários amontoados. É ali o local onde os atores se preparam, todas as semanas, da mesma maneira, eles se comportam como se na coxia ainda existissem os armários com os figurinos usados nos espetáculos. Tudo está presente na mente deles, a plateia, o público e os textos ensaiados, reensaiados e apresentados nas temporadas que fizeram naquele local. Aguardei os minutos de praxe e entrei para ocupar o lugar de onde tenho o privilégio de assistir ao espetáculo da semana. As lâmpadas foram desligadas e as sombras envolveram o meu espírito para o ritual que se iniciaria. Um sino soou, uma, duas, três vezes, os atores saíram da sombra do camarim e se posicionaram sob a lâmpada solitária que os iluminou.

– Fala da atriz: "Lilith foi feita do mesmo barro que gerou Adão. O Criador tinha uma intenção, Lilith tinha outra. Ela nasceu mulher, livre. Por que devo deitar-me embaixo de ti? Por que devo abrir-me sob teu corpo? Por que ser dominada por ti?"

– Os meus olhos se fixaram nos atores sobre o palco, suas vozes pareciam amplificadas, rebatiam nas paredes e chegavam aos meus ouvidos com a força aumentada. Choi apareceu quando o espetáculo já se iniciara, desceu a escadaria e sentou-se ao fundo da plateia, onde apenas a sua silhueta se definia.

Fala do ator: "Deus errou, Lilith nunca obedeceria ao macho dominador. Ela, a lua negra, negou-se ao ímpeto de Adão. O Criador percebeu seu engano. Preferiu gerar outra mulher, uma que fosse submissa e que se deixaria penetrar por Adão. Lilith foi expulsa do jardim, mas não sossegou, tinha energia de sobra, queria gerar e o fez com todos os demônios das sombras. Ela tornou-se a lua negra, a mais bela, a mais plena."

– Eu notei quando Lena chegou, o encontro com Choi ocorreria conforme ela anunciou. Ela se movia nas sombras sem nenhuma cautela, é como se os seus olhos estivessem acomodados à penumbra. Ela desceu os degraus e andou pela plateia, onde as cadeiras quebradas ficam amontoadas. Lena ignorou a presença dos atores, subiu ao palco e seus olhos varreram a plateia em busca de Choi. Os velhos atores não se abalaram, a vida no palco lhes trouxe o conhecimento dos dramas humanos, eles prosseguiram com o espetáculo. Eu me dei conta de que Lena encontrara a oportunidade para cumprir a promessa, lá fora uma chuva com ventania despencava na madrugada do bairro.

Choi se levantou e foi para o palco sem se esquivar do olhar de Lena, era como se tivesse decidido encarar o seu destino. Ela desapareceu do meu campo de visão, como uma sombra, entrou pelo acesso lateral que conduz à coxia e postou-se na zona de penumbra entre o palco e o camarim. Lena tinha o rosto alterado, parecia possessa e gritou o nome de Choi. A sua voz misturou-se à fala dos atores, que seguiam lendo o texto.

Fala do ator: "A mulher pagará o preço da transgressão, mas não terá medo. O poeta, Reza Baraheni, antecipou este momento."

And then, then, from the core of darkness
The unknown moon will rise, the hollow moon, the brimful moon
The virgin moon, the moon with unimpossible lips
She will know no fear.

Fala da atriz: "A liberdade não tem preço. Como a chuva e o vento, eu não tenho amo. Copulo com os demônios. Ainda que não queira me ver, eu o visitarei nos sonhos e você gozará com a lua negra."

Lena estava sobre o palco, enquanto Choi, calada e protegida pela sombra, podia observá-la da plateia de onde se dirigiu ao palco. Lena ofegava, sentou-se na cadeira solitária iluminada pela lâmpada pendente. Dois passos em direção ao centro do palco colocaram Choi como protagonista da cena. Ela não demonstrou medo, pelo contrário, a sua voz era calma e límpida. A inesperada atitude não era de confronto e sim de busca.

– O que você quer de mim? As pessoas não permanecem as mesmas para sempre. Eu fui a menina recém-chegada que mal sabia falar o idioma e que não entendia as aulas na escola. Você me ajudou a compreender onde eu estava. Eu era outra quando você me encontrou com Ataliba, ali eu era uma mulher, não mais a menina. Era uma mulher em busca de um porto seguro. O que você quer de mim?

– O apoio que você buscou te levou a trair a sua amiga e a enganar um homem frágil como meu pai. – Lena respondeu com voz possessa. – Deve ter sido fácil convencê-lo de que ele poderia amar uma jovem, um velho truque usado por mulheres sem escrúpulos. Foi fácil enganar um homem solitário e lhe roubar o pouco que teve na vida. Você roubou o espaço entre um pai e uma filha.

Choi se colocou no centro do pequeno círculo iluminado que delimitava um espaço imaginário. Era como se ela, Lena e os dois atores se espremessem em um cubículo onde um não poderia ignorar a presença do outro. Com o rosto quase colado ao de Lena, Choi respondeu.

– Eu repetirei mil vezes que não roubei o seu pai e você descobrirá por si mesma que as pessoas mudam. Há pouco, eu procurei por Ataliba e deixei o caminho aberto para vocês. Não o verei mais, não vou carregar esta culpa.

Fala dos atores: "Lilith é mulher livre de culpa. Lilith é livre!"

Os atores falaram a frase final do ato e deixaram o palco em direção ao camarim. As duas mulheres, Lena e Choi, estavam frente a frente, sozinhas. Lena sentou-se na cadeira que era o único objeto no palco, elas não se moveram e não falaram uma palavra sequer, apenas se olharam. Lena pôs-se em pé e ambas se mediram. Sobre o palco decrépito, a pobre lâmpada tentava iluminar dois rostos. Tudo o que viam uma da outra era uma imagem apagada. Choi olhou firme nos olhos de Lena que titubeou e deixou os braços caírem ao lado do seu corpo.

– Eu também estive com papai, eu lhe disse que não voltaria e que o caminho para vocês estava livre. Eu também não sou a menina tola que sofreu ao te encontrar montada sobre papai.

Enquanto Lena falava, Choi caminhou em direção à escadaria. Lena a chamou, quase implorou.

– Espere!

Choi obedeceu, Lena ajoelhou-se sozinha no palco sob a pouca luz, e aproximou-se de Lena, que a abraçou. No início foi um gesto estático, Choi tinha os braços pendentes ao lado do corpo. O abraço durou a eternidade da vida de ambas, aos poucos os braços de Choi envolveram Lena. Lena e Choi estavam nuas, uma diante da outra. Lena andou ao redor de Choi e transbordou a sua maldição na forma de afeto, ambas deixaram os corpos caírem ao chão de um palco que até então não conhecia todas as paixões humanas. A luz insistiu em iluminar o momento em que Lena beijava os olhos, os cabelos e mergulhava o rosto no ventre de Choi.

O Velho Abdias contou que saiu do teatro, transtornado por presenciar a cena, olhou para mim como que pedindo uma explicação. Compreendi que a maldição que habitava a mente de Lena era a transgressão contida ao longo da sua vida. Não era o pai que Lena buscava, transgressora, ela buscava o amor de Choi.

CAPÍTULO 43

Sebo e Livraria Cripta, sábado, novembro

Eu passei o dia a pensar na história que ouvi do Velho Abdias que me ajudou a reconstruir o encontro entre Lena e Choi. Os atores, o teatro destruído, tudo parecia uma história de ficção. Eu não queria mais pensar em Lena, precisava me concentrar na minha própria vida, pensar em Nora me fazia bem.

Chegou o sábado, a data da inauguração da Livraria e Sebo Cripta e do lançamento do livro de Ataliba. Lázaro trabalhou durante meses e por fim conseguiu o que desejava, deixaria de fazer negócios com livros e revistas na informalidade e passaria a ser dono de uma livraria.

A semana foi intensa. Na segunda-feira visitei Ataliba e disse que iria buscá-lo para irmos à festa de inauguração. Ele resistiu, disse que não sairia de casa, o meu argumento de que Lázaro apreciaria a sua presença não surtiu efeito. Ataliba parecia beirar a cratera do vulcão da depressão que o aprisionara por meses, fiquei com receio de que tivesse uma recaída.

– Eu não quero sair de casa, sábado é o dia em que Choi vem me visitar.

Foi o que ouvi de Ataliba, compreendi que seria difícil motivá-lo a participar, talvez a surpresa preparada com carinho não fosse concretizada. Eu aceitei o fato de que Ataliba não participaria do lançamento da edição brasileira do seu livro. Quem conseguiu convencê-lo a ir foi Mike, que telefonou várias vezes, disse que estaria no Brasil e que teria assuntos para conversar com Ataliba. Na terça-feira, Lázaro visitou Ataliba e reforçou o convite, finalmente eu soube que ele concordara. Eu me tranquilizei, poderíamos fazer a surpresa com o lançamento do livro na inauguração da livraria Cripta.

Durante a semana, organizei tudo, o editor prometeu entregar as caixas, com os livros impressos, na quarta-feira, e assim aconteceu. Tudo estava pronto para a festa da inauguração. No sábado, eu e Nora decidimos fazer um passeio pelo centro da cidade antes de irmos para a festa, seria fácil chegar a pé até o local da livraria nos baixos do viaduto. As tardes de sábado me dão uma sensação de liberdade, talvez por lembrarem os locais das noites de boêmia e dos bares que frequentei no centro. Nos encontramos na praça Roosevelt, almoçamos em um restaurante próximo, e andamos pela São Luiz sem fazer nada, puro ócio urbano, uma tarde de sábado enfim. Traçamos planos para a mudança de Nora para o novo apartamento.

Eu conhecia o local da livraria, foi um achado, o proprietário, preocupado em evitar invasões dos usuários de crack, não cobrou um aluguel alto. O Sebo e Livraria Cripta foi instalado ao lado do prédio onde moram os estudantes da Faculdade de Direito. O local era quase uma ruína, habitado por estudantes e invasores, cujo perfil varia de poetas, saudosos dos românticos das Arcadas, a vagabundos, imigrantes ilegais, prostitutos de todos os gêneros e traficantes. A calçada à frente da loja é estreita, de modo que duas pessoas passam apertadas por ela. À porta da Cripta, tudo o que se vê é a estrutura de concreto do viaduto que domina a visão e me faz pensar como deve ter sido bonito aquele local antes da construção do monumento, dedicado aos automóveis, ao mau gosto e à conta bancária dos políticos que o conceberam. Pelo menos uma utilidade o viaduto elevado manteve, ao abrigar moradores de rua sob a sua estrutura, protegendo-os da chuva, mas não do frio, dos ruídos, nem da poluição dos automóveis. Eu e Nora observamos famílias inteiras enfiadas em barracas, por certo perderam tudo o que tinham, só o que lhes restou foi morar nas ruas. Crianças fumam crack em cachimbos improvisados, se envolvem com farrapos de cobertores e criam um mundo de sombras para cuidar do vício, no escuro protegem-se dos olhares acusadores de quem passa pelo local. Alguns perderam o pudor e fumam os cachimbos sem medo de serem observados na atitude íntima que os seus corpos pedem. Caminhamos em silêncio, mas o prazer do passeio é arruinado pela realidade. Nora permaneceu calada até desabafar em um comentário.

– Como é fácil acusar estes farrapos humanos, como é fácil destruir uma cidade! Será que a Cripta atrairá clientes em um local tão deteriorado?

A pergunta de Nora ficou sem resposta, eu não sabia o que dizer. Seguimos a caminhar em direção ao nosso destino. A inauguração da livraria era esperada pelos Amigos do Araçá, que estariam todos presentes. Eu estava ansioso por encontrá-los e curioso para conhecer a turma de Lázaro. Mike chegou na manhã do sábado, em tempo de participar do lançamento do livro de Ataliba. Nos encontraríamos na livraria, ele disse que precisava conversar comigo. Mike enviou mensagens, o livro de Ataliba teria uma segunda edição no mercado norte-americano, e prometeu trazer uma notícia boa quando me encontrasse. Notícia boa, eu pensei, as mensagens me deixavam duplamente ansioso.

Eu e Nora chegamos na Livraria Cripta, as poucas pessoas presentes ocupavam todo o espaço destinado ao público. Lázaro estava feliz, quando nos viu correu para o canto onde havia um balcão que improvisava o bar montado por Tico-Tico. Um barman vestido de preto e com olheiras desenhadas no rosto servia bebidas, Lázaro pediu uma Cripta-Blood, um drinque da casa que fui obrigado a experimentar. Quem chegava cumprimentava Lázaro e passava os olhos pelas estantes divididas em sessões de HQs, poesia e prosa de autores como Poe, Bukowski, Rimbaud, Plínio Marcos e outros malditos em uma intencional mistura de estilos e épocas. Ao fundo, havia um setor dedicado a Carlos Zéfiro e outros que Lázaro chamou de "Autoajuda e Onanismo". O espaço não comportou o público, que extravasou pela calçada e, aos poucos, se espalhou pelos bares vizinhos. Ao perceber a dispersão dos presentes, Lázaro acionou Tico-Tico, que preparou uma rodada gratuita anunciada pelo sistema de som improvisado.

A surpresa viria com o lançamento do livro de Ataliba, o local estava lotado, eu e Nora, espremidos em um canto da livraria, acenamos para Grego e Ide, que estavam na calçada e tentavam chegar até o bar. Grego usou o seu peso e o vozeirão para abrir espaço até nós, não sem antes se abastecer na bandeja do Tico-Tico, que circulava como que tocado por algum encantamento. O som ambiente foi reduzido, Lázaro aproximou-se do microfone e adotou um ar circunspecto que se contrapôs ao estilo do ambiente.

– Eu agradeço a presença dos amigos e amigas, o dia de hoje é o mais importante da minha vida, esperei anos por esse momento que agora compartilho com vocês. A minha vida são os livros e os quadrinhos, podem explorar as estantes, estão cheias de boa literatura com temas que sempre me atraíram, os quadrinhos eróticos, a literatura macabra, os super-heróis, enfim, tudo o que tem a ver com Eros e Thanatos, a vida e a morte. Enquanto estamos vivos eu quero que vocês se divirtam, bebam os drinks preparados pelo Tico-Tico, a quem eu peço aplausos. Tenho o prazer da presença dos Amigos do Araçá, o grupo de leitura e debates que se reúne no cemitério. Quero que vocês conheçam o meu novo amigo, o coveiro e escritor Fininho, o filósofo da vida e da morte. Sob aplausos um homem magro que aparentava 50 anos subiu no caixote reforçado que servia de palco improvisado e fez uma narrativa sobre a morte e a vida, se apresentou como coveiro por profissão e filósofo por convicção.

Eu ouvi o discurso do Fininho com o olhar fixo na porta, esperando pela chegada de Ataliba. Vi quando o Velho Abdias apontou na entrada da livraria e lá permaneceu, sem se atrever a entrar. Mike chegou, assustado com o número de pessoas aglomeradas em um espaço tão ínfimo e com a bagunça que reinava no local. Quando ele me viu tentou se aproximar, busquei duas bebidas e fui até ele.

— *Cheers, this is a great place, a new bookstore and a new book in the market. Let's celebrate. Where is Ataliba?* — Mike exclamou.

Expliquei que estávamos esperando pela sua chegada, o lançamento do livro ocorreria em breve. Mike quis saber quem era aquela figura estranha, apontando para Fininho, que falava sem parar. Um par de jornalistas chegou para cobrir o evento para uma revista de literatura, levaram Lázaro para um lugar onde pudessem entrevistá-lo, um mezanino que servia de depósito para as caixas de livros. Eu, Nora e Mike fomos para a rua onde conversamos sobre as novidades que ele trazia.

— Caro amigo, a novidade que prometi é que o seu livro será publicado nos Estados Unidos com minha tradução, e no México, traduzido por um excelente profissional que vive em Nova York.

Ele estava impressionado com as coleções expostas por Lázaro, havia exemplares raros de autores internacionais de HQs. Mas estava desapontado com a ausência de Ataliba, tinha notícias sobre as vendas e possível premiação do livro que fora lançado. Eu fiquei radiante, publicar nos EUA era tudo o que eu queria, mas a minha preocupação com a ausência de Ataliba só aumentava. Lázaro me procurou.

– Acho que você vai falar em nome de Ataliba, depois a gente o apresenta para o público, assim que ele chegar.

Eu não vi alternativa e acatei a sugestão de Lázaro, antes de subir no palco improvisado pedi que Nora telefonasse para Ataliba, ela saiu e eu a vi à porta conversando com o Velho Abdias. O público foi chamado por Lázaro, que me apresentou, e falei sobre os obituários, me detive no trabalho pioneiro de Ataliba, falei do sucesso do livro lançado nos Estados Unidos. Expliquei sobre os arquivos de Ataliba e da minha responsabilidade por ter sido presenteado com aquele tesouro. Havia um silêncio no local, todos me ouviam como se um escritor pudesse revelar os mistérios da vida e da morte, de Eros e Thanatos.

Quando desci do palco, Nora me abraçou, o seu rosto indicava que algo não estava bem.

– Liguei para Ataliba e ninguém atendeu, o Velho Abdias foi até o apartamento, ele acabou de me ligar, parece que alguma coisa grave aconteceu. – Ela disse.

Eu e Nora tomamos um táxi e, ao chegar, observamos uma movimentação na entrada do prédio, a polícia fora chamada. A noite de sábado não teria celebrações. Ataliba estava morto.

CAPÍTULO 44

A festa dos sobreviventes, novembro

Todas as palavras pensadas são falsas, todas as palavras escritas são falsas, todas as palavras são falsas, menos uma – morte. Tal como ouvira de Ataliba, os funerais são a celebração daqueles que sobreviveram por mais um dia, não são uma homenagem aos mortos, são uma festa dos vivos. Eis mais uma que aprendi do convívio com este que vejo à minha frente, inerte.

Agora que me encontro ao lado do corpo de Ataliba na sala do velório, penso na efemeridade e na falta de lógica da vida. Observo o seu rosto e percebo que já não é exatamente aquele que conheci. A morte elimina os excessos, rapidamente o rosto do morto perde os traços que o marcaram em vida. Se desfaz a ironia, desaparecem a ira e o ódio, não haverá mais um sorriso moldado pelos músculos labiais. A morte apaga os trejeitos que revelam os sentimentos, o rosto do morto se transforma em um esboço, uma caricatura feita do essencial. A morte omite os elementos que, em algum momento no tempo, marcaram a personalidade do que agora é um cadáver. Cadáver tem personalidade? Quem encontrar Ataliba neste momento não terá ideia do caráter que existiu impresso na voz, no caminhar e nas palavras ditas por estes lábios. O que velamos é uma embalagem cujo conteúdo se perdeu para sempre. Eu me referi às palavras ditas? Novamente elas, as palavras, elas me perseguem, por mais falsas que sejam, foram as palavras ditas e escritas por Ataliba que transformaram a minha vida.

No tempo que permaneci ao lado do corpo em transformação, eu terminei de armar o quebra-cabeças. Cada um de nós passa a vida lutando contra a erosão do corpo, é uma peleja inútil, ao final seremos vencidos. No ritual do funeral enfrentamos uma separação brusca, antes que a carne se deteriore é preciso dar destino ao corpo, devolvê-lo ao local de origem. Nos despedimos, em alguns casos falamos algumas palavras – sempre as palavras – em louvor do finado, interagimos com o morto, na festa do funeral também interagimos entre nós, os sobreviventes. Em muitos casos, as aves de rapina já estão prontas a recolher os restos deixados e que não encontrarão o destino pútrido das carnes. No caso de Ataliba, tudo o que ele deixou foi um arquivo cheio de palavras, um amontoado de letras dispostas sequencialmente e que tentam desesperadamente fazer algum sentido. Eu terei que dar-lhes sentido.

Ao olhar para a caricatura de Ataliba, me lembrei do tormento que habitou a sua mente, os ciclos depressivos que se repetiram até o ponto em que ele já não conseguia escrever. O rosto de Ataliba tinha uma cor que não consigo reproduzir, ao olhar para ele lembrei-me das suas manias: a máquina de escrever com quem conversava – esta máquina nunca me desapontou -, os sons dos eletrodomésticos que seus ouvidos captavam, as histórias inventadas sobre os personagens com quem cruzava na rua e as histórias sobre os motoristas notívagos – quem são aqueles seres perdidos na noite, são tão solitários quanto eu? Recordei os comentários sobre o casal de vizinhos – um casal comum, eternamente a foder ou pelejar. Ataliba era um observador da vida e os obituários foram a concretização das suas observações sobre a alma humana. Eu jamais serei capaz de expressar a vida alheia como Ataliba fez. Afirmava ter escrito ao redor de mil obituários, dos quais apenas vinte eram defuntos interessantes. Ele lia e relia os obituários que estão nos arquivos, cuidava das pastas como se fossem joias raras, para ele os textos dormem profundamente, tal qual os mortos do poeta. As palavras é que caracterizavam o ser chamado Ataliba, quando estava confuso, ele se refugiava nas pastas do arquivo que visitava e revisitava com paciência infinita. O material arquivado me dará trabalho por anos, assim que eu consiga escrever novos obituários. Só compreendi que ele deixou tudo pronto para mim quando abri as pastas e encontrei bilhetes com sugestões para eu desenvolver os textos. Por escrito, ele seguiu me orientando: as mortes causam sensações diferentes, os leitores precisam de obituários como precisamos dos funerais, para nos sentirmos vivos. Os funerais são os rituais dos sobreviventes, repito.

Lena chegou no local do velório e permaneceu calada abraçada ao Velho Abdias, o amigo que lhe deu abrigo sempre que precisou. Choi estava perto, postada atrás de Lena todo o tempo. Foi a primeira vez que vi Lena depois da visita que lhe fiz na clínica, ela me cumprimentou com um aceno de olhar e nenhuma palavra. Aproximou-se do corpo e finalmente dirigiu o olhar para o rosto do pai. Talvez o seu tormento tenha acabado agora que ela não pode mais matá-lo.

Ainda que a sala estivesse cheia de gente, para mim, havia o corpo inerte de Ataliba e eu a velar por ele. Eram nove horas quando o corpo foi conduzido à capela, ao lado da mesa de reuniões, à sombra do pé de araçá. Enquanto o capelão conduzia o ritual, os Amigos do Araçá se aproximaram da mesa de cimento que presenciou as nossas discussões, ali nos sentimos mais próximos de Ataliba do que na capela majestosa. Eu, Nora, Lázaro, Tico-Tico, Grego, Ide e Mike nos sentamos à sombra do araçá e permanecemos em silêncio, quebrado pelo canto dos pássaros e pela voz do capelão ouvida à distância. A velha senhora, a professora que se juntou a nós nos últimos encontros que tivemos no local, ali estava, e permaneceu silente, compreendeu o fim dos Amigos do Araçá. O silêncio nos ajudou naquela hora.

Lázaro cuidou da burocracia que cerca o momento da morte, providenciou que um carrinho levasse o caixão pelas alamedas tortuosas até o local que eu reconheci como sendo a cripta que servira de depósito para os livros e gibis. A cripta estava limpa, fora caiada e estava pronta para retomar a função a que foi destinada, receberia o corpo de Ataliba. Havia coroas de flores enviadas pela Associação Brasileira de Imprensa, outra da Sociedade Internacional de Obituaristas, outra em nome do jornal dos chineses e uma enviada pela editora norte-americana que publicara o livro de Ataliba.

O funeral terminou como terminam os funerais, com o caixão colocado na cripta e fechado por um bloco de cimento, depois nos dispersamos. Aos poucos, os amigos de Ataliba deixaram o cemitério. Eu permaneci, ao invés de sair pela porta da frente, retornei pela alameda principal que leva à capela ao lado do pé de araçá. Ataliba estava certo, funerais são celebrações dos sobreviventes, assim como outros ritos de despedida. Nora respeitou o meu silêncio e solidão, compreendeu que eu desejava permanecer sozinho durante o ritual. Só se aproximou de mim quando todos já tinham deixado o local, tomou o meu braço, segurou a minha mão e fomos para casa.

CAPÍTULO 45

Passados 30 dias – a morte revisitada, dezembro

No dia em que recebi os arquivos no escritório, fazia um mês desde a morte de Ataliba. Ainda era cedo para considerar a experiência dos Amigos do Araçá como concluída, não sou daqueles que acreditam que se pode virar as páginas da vida sem contar com os amigos. O meu trabalho na Revista Cultura Nova era compensador e desgastante ao mesmo tempo, eu tinha uma equipe ao meu dispor e um escritório amplo o suficiente para abrigar os arquivos. Achei por bem contratar uma arquivista profissional, uma bibliotecária especializada, que iniciou um trabalho de catalogação do material dos obituários. Ela sugeriu a troca do velho arquivo de metal por uma estante de madeira clara, o que daria leveza ao ambiente de trabalho. Iniciamos a catalogação e digitalização de tudo o que foi possível. A cada dia eram revelados pequenos tesouros escondidos nas gavetas de metal. Cartas trocadas com jornalistas, contatos realizados com policiais de diversas partes do mundo e mensagens recebidas de pessoas interessadas nas histórias contadas por Ataliba. Havia uma gaveta com textos sobre mitologia, os textos estavam riscados e havia comentários manuscritos nas margens.

Ataliba sabia localizar as pastas movido pela familiaridade que tinha com o arquivo. Para mim era impossível, eu precisava reordenar os documentos de modo a facilitar o meu trabalho. Nora auxiliou a tarefa da bibliotecária, ela procurou compreender a lógica da classificação com o propósito de facilitar o meu trabalho. Quando a bibliotecária concluísse a tarefa, Nora saberia o caminho para a expansão do arquivo.

As responsabilidades que assumi na revista me mantiveram ocupado, andava imerso em contatos com autores, ensaístas e potenciais patrocinadores. Eu me tornei um executivo respeitado na área cultural, e, graças a Mike, mantive e ampliei as contribuições para a imprensa internacional. Exercitava a curiosidade, jamais deixaria de ser um repórter, coloquei em prática tudo o que aprendi com Ataliba.

Desde que assumi o projeto da revista Cultura Nova, a minha vida ganhou uma estabilidade com a qual eu nunca sonhei, o que, em parte, devo à companhia de Nora. Foi ela quem me orientou para objetivos concretos sempre que eu divagava e abria novos projetos mirabolantes. O lançamento do livro de Ataliba, que não pôde ocorrer na Livraria Cripta, foi feito de modo discreto, ninguém teve ânimo para fazer alarde em torno do livro cujo autor não estava conosco. O livro foi bem recebido no mercado brasileiro, vinha investido da aura do autor falecido e publicado com sucesso no exterior. Além do trabalho na revista, passei a receber pedidos de revistas europeias e norte-americanas que solicitavam obituários e ensaios, o meu estilo tinha sucesso com o público.

Passado um mês, a poeira assentou, consegui avaliar a importância dos encontros dos Amigos do Araçá. As histórias narradas por Ataliba e os debates travados à sombra do araçá me deram elementos para compreender a importância das coisas. Do lado concreto, a morte de Ataliba gerou um inquérito policial que foi arquivado, a polícia concluiu as investigações e não encontrou nada que pudesse incriminar Lena ou Choi. Elas apresentaram depoimentos convincentes e a investigação não levantou indícios de ilícito. A morte de Ataliba foi uma tragédia sem culpados.

Hoje, penso em como ele descreveria as pessoas presentes no seu funeral. Sei que ele chamaria de festa, e não de funeral, e utilizaria os instrumentos afiados da observação indiscreta. Falaria sobre Adriano, um dos primeiros a chegar, e que ainda é assessor da diretoria do jornal chinês. Continua o mesmo caráter pouco confiável, sabe que os donos do jornal precisam dele e cultiva esta dependência com esmero. O seu olhar se dividiu entre o caixão e as pernas femininas presentes. Tico-Tico esteve na festa, observou a cena sem dizer uma palavra, manteve o silêncio que o caracterizou por toda a vida. Sabe muito e fala pouco, quanta sabedoria um garçom e dono de boteco pode acumular. Já Lázaro, este parecia incrédulo, a morte de Ataliba interrompeu o dia mais glorioso da sua vida. Na festa, ele não foi o dono da livraria, mas o burocrata funcionário do cemitério que cuidou da papelada e assegurou um túmulo especial. Talvez Lázaro absorva os choques e aprenda que é mais difícil lidar com a vida do que com a morte, poderá ter sucesso caso aprenda os truques de ser um livreiro. Grego e Ide também estiveram na festa. Eles adoram uma festa, a presença dos dois reforçou a crença de que cada dia merece ser vivido como se fosse o último. Eles continuarão a frequentar os bailes do parque e seguirão sendo personagens felizes construídos a partir das sobras da sociedade em que vivemos. Ambos vieram para a festa com a mesma pompa com que se apresentam nos bailes, Ide com os sapatos vermelhos e Grego, com mocassins brancos. Tudo indicava que eles sairiam da festa e iriam para o baile no parque. O Velho Abdias chegou despreparado, veio com as roupas rotas e sujas. Há tempo que não era visto com a aparência de morador de rua, ele dava sinais de ter sentido a perda do amigo. A sua vida é construída a partir de mínimos e qualquer abalo pode comprometer a sua estrutura, ele é tudo o que um poeta pode ser, um homem sensível. Ele terá que buscar uma alternativa para a ausência de Ataliba.

Choi esteve no velório, não entrou no local que abrigava o corpo. Permaneceu ao fundo da sala, discreta, ela manteve esse comportamento na capela. Já Lena, acompanhada por Jamanta, exibiu a postura de criadora de personalidades. Aproximou-se do caixão e não moveu um músculo sequer que pudesse expressar emoção. O que ela teria sentido ao olhar o rosto que evitou por tanto tempo? Lena caminhou do velório para a capela e dali para a cripta onde Ataliba repousará, andava ladeada por Choi e Jamanta.

Ao imaginar como Ataliba veria os amigos que participaram da festa, eu praticava o mesmo esporte que ele adorava praticar, eu fiz o mesmo que Ataliba faria, construí imagens possíveis ao observar os tipos humanos. Ele sabia como poucos criar personagens a partir de traços, de pequenos elementos que observava naqueles que cruzavam o seu caminho.

De volta ao cotidiano do trabalho, as imagens faziam parte do passado. Retomei as atividades na revista e percebi que a minha caixa de e-mails estava cheia de mensagens não lidas. Eram frases de afeto dos colegas da imprensa, amigos de Ataliba que reconheciam em mim a pessoa próxima a quem caberia dirigir as condolências. Talvez eu ainda responda cada uma delas com a atenção que os amigos merecem.

Nora conversou com a arquivista, na sala ocupada pelas pastas espalhadas e pelos computadores. O trabalho de catalogação estava quase concluído, faltavam apenas poucas gavetas para serem abertas. Nora chegou à última gaveta do arquivo e, ao abri-la, havia uma única pasta na gaveta reservada para obituários prontos para serem escritos. Nora me perguntou.

– Você já ouviu falar em Clara?

– Sim – eu respondi –, é o nome da mãe de Lena que viveu no exílio em Paris.

– Pois esta pasta tem este nome na etiqueta. – Comentou Nora, que me entregou a pasta esquecida na última gaveta do arquivo.

Coloquei o material sobre a minha mesa de trabalho. Abri com receio do que encontraria naquele documento. Havia três envelopes, o primeiro com recortes de jornais, o segundo com explicações sobre o rito de Lilith e o terceiro, com o obituário de Clara escrito por Ataliba.

– Esta pasta tem material com notícias da época da luta armada, fotos de Clara entrando no avião que a levou ao exílio, fotos dela em Paris e um obituário publicado em um jornal da comunidade norte-africana, escrito em francês e que noticia o seu falecimento. –Nora disse.

– O texto apresenta o nome de Taleb, o marido, de Lenina, do filho francês, Bentaleb. Além deles, menciona outro nome, Yasmina, uma filha.

– Lena tinha uma irmã que não conheceu quando esteve em Paris. – Comentei.

– Sim, parece que Lena tinha uma irmã. A pasta tem um obituário escrito por Ataliba e um bilhete manuscrito. Leia. – Disse Nora.

"Fefo: este é o obituário de Clara, a mãe de Lena, talvez você possa aproveitar nos seus futuros livros. Receba o meu abraço. Ataliba".

Nora lembrou que era preciso sair para o encontro no Bar do Tico-Tico, haveria uma homenagem a Ataliba. Eu não tive tempo para pensar, Nora me puxou pelo braço para não perdermos o horário.

Ao chegarmos, o bar estava lotado com amigos, Tico-Tico mantivera segredo a respeito da homenagem que seria feita. O ambiente era alegre, finalmente o ritual dos sobreviventes terminaria, o período de luto seria quebrado com uma homenagem e a vida seguiria o curso normal.

Entramos e cumprimentamos os amigos, quando Tico-Tico me chamou. As portas do salão maior estavam fechadas de modo que os convidados permaneceram espremidos no espaço da frente do bar. Tico-Tico me levou para o lado do balcão e dali acessamos o salão que seria aberto ao público dentro de minutos. Discreto, sem emitir uma palavra, Tico-Tico apontou para a parede ao fundo onde pude ver a foto de Ataliba estampada nos azulejos brancos que cobrem a parede. Ataliba mostrava um sorriso no rosto, tinha a máquina de escrever à sua frente e um cigarro pendendo dos lábios, a sua foto estava ao lado de Che e do repórter Tico-Tico com o microfone apontado para a boca de J. F. Kennedy.

Sem dizer uma palavra, Tico-Tico pediu que eu abrisse a porta para que os convidados entrassem no salão.

CAPÍTULO 46

O último obituário – a morte de Clara

Quando eu e Nora retornamos da homenagem organizada por Tico-Tico, fomos para o meu escritório, pois estávamos curiosos para ler os textos encontrados na última gaveta do arquivo. O conteúdo nos deixou perplexos. Além do obituário, encontraram uma pasta com uma coleção de textos sobre o mito de Lilith. Havia mais, encontramos documentos sobre Clara, a mãe de Lena, e de Yasmina, que seria irmã de Lena, cuja existência Ataliba nunca mencionou. Havia um bilhete manuscrito por Ataliba e dirigido para mim, com orientações sobre uma eventual discussão com o grupo de amigos. O bilhete permanece guardado na pasta e diz o seguinte:

"Fefo: Este é o obituário de Clara, a mãe de Lena, talvez você possa aproveitar nos seus futuros livros. Receba o meu abraço. Ataliba.

Este obituário não foi revisado, você sabe como eu sou cuidadoso com os textos sobre os mortos, este eu escrevi pensando em Clara, em Lena e em Yasmina. Hoje a minha filha me visitou, eu pedi que ela levasse esta pasta, mas Lena ignorou o meu pedido e a deixou sobre a mesa ao sair. Então decidi escrever esta mensagem para você e guardei a pasta na última gaveta, onde estão os obituários que considero concluídos. Sei que você encontrará este texto em algum momento, e já que Lena não o leu, sugiro que você o leia para os Amigos do Araçá. Eles são leitores atentos e apreciarão o conteúdo. Conforme combinamos, o Arquivo dos Mortos é seu, portanto você tem a liberdade para ignorar este pedido."

Como eu poderia ignorar o pedido de Ataliba? Nora me ajudou a contatar os Amigos do Araçá, que a princípio se negaram a participar de mais um encontro. Afinal o grupo fora desfeito, Ataliba estava morto e os encontros ficaram no passado. Nora explicou que se tratava de um pedido de Ataliba, foi o bastante para convencê-los.

Dezembro é um mês quente, marcamos o encontro para o final da manhã. Os amigos chegaram no horário combinado, onze horas, antes que a chuva de verão desabasse sobre a cidade. Todos estavam presentes, até mesmo a professora, que Nora localizou para completar o grupo. Não houve os comentários e nem tivemos as conversas descontraídas que antecediam as leituras. Os amigos chegaram aos poucos e demonstravam surpresa com o que leram. Eu providenciei que recebessem os textos do obituário e o documento que resume a opinião de Ataliba sobre Lilith. A parte final com as observações de Clara, decidi mostrar para os amigos depois da discussão. Assim feito, eu iniciei a leitura do obituário.

Último obituário: Clara Maria Bouaziz faleceu no dia 10 de outubro de 2014, na cidade de Paris. O seu corpo foi encontrado no apartamento onde vivia com o marido e dois filhos no bairro de Beleville, ao lado do Bar e Café do qual era proprietária. Clara era brasileira e vivia em Paris como exilada política. Estabeleceu família na França, onde estudou Sociologia na Universidade de Nanterre. O casamento com Taleb Bouaziz a aproximou do Islã e ela tornou-se devota. A causa da morte foi a ingestão de medicamentos classificados como calmantes e soníferos. Ela deixou uma filha no Brasil, cujo prenome é Lenina, e dois filhos franceses, Bentaleb e Yasmina. O funeral foi realizado no cemitério de Bobigny. A família pede aos amigos que pratiquem atos de caridade em memória de Clara.

Eu terminei a leitura do obituário formal e fui atacado pelos olhares impacientes dos amigos. Sem perder tempo, Ide se manifestou.

— Querido Fefo, já sabíamos que a mãe de Lena se suicidou, agora sabemos que Lena tinha uma irmã. Isto justifica a perda de uma manhã de trabalho? — Os olhares dos demais presentes confirmavam a indignação de Ide.

O debate no cemitério: eu terminei a leitura do texto e o debate foi aberto. Ide iniciou.

— Eu não entendi meia palavra do que Ataliba escreveu, mas achei esta tal de Lilith muito porreta, ela jogava duro com os homens.

A professora, com a fala mansa, tomou a palavra.

— Entendi uma mensagem, a liberdade é necessária, entretanto ela cobra um preço, daí a simbologia da ruptura e da maldição. Mas, como seria a mulher se Lilith não tivesse rompido? Se a liberdade tem preço, a alternativa seria a subserviência.

— Algumas mulheres são como Clara — Nora replicou —, ela se submeteu ao marido e viveu à sua sombra lavando pratos em um bar decadente, de um bairro decadente de Paris. A professora tem razão, não existe escolha sem um custo.

– Eu entendi a ideia do mito de Lilith. – Disse Grego tentando explicar a morte de Clara. – Eu, como investigador, procuro elementos que ofereçam pistas para esclarecer os fatos. Por exemplo, Lena nasceu sob a sombra de Lilith, a própria mãe, Clara, vivia a fase Lilith, mas ela não suportou a carga de ser independente. Rompeu com Lilith e voltou para o Éden levando dentro dela a vida de Yasmina. Esta filha nasceu protegida pelos amuletos, nasceu como Eva, não rompeu, viveu nas sombras, e a própria Lena não a encontrou quando visitou a mãe.

– Vocês olham para as mulheres como se fossem Lilith ou Eva. – Disse Ide recorrendo à sua visão simples do mundo. – Eu acho que eu sou as duas, eu sou Lilith pois nenhum macho manda em mim, e quando quero, eu sou Eva. Não cobrem coerência das pessoas, nós somos incoerentes por natureza. Acho que as mulheres são um misto de Lilith e Eva.

– A professora e Grego sugeriram que existe um preço a ser pago pela liberdade. – disse Lázaro. – Se isto for um fato, parece que Lena, concebida como Lilith, sem a proteção do amuleto, carrega o peso da maldição. Esta é a razão da sua loucura, ela própria associa as mortes das pessoas com quem conviveu ao mito de Lilith. Ela não quis ler o conteúdo da pasta que estamos debatendo, ela sabia o que encontraria.

Eu achei que o debate chegou no ponto que Ataliba desejaria, expôs a conexão entre o mito de Lilith, Clara,

Lena e Yasmina. Interrompi e sugeri a leitura dos comentários finais escritos por Ataliba, a parte do conteúdo que reservei para aquele momento.

– Vamos ouvir os mortos, antes que a chuva de verão caia sobre nós.

A fala de Clara ou de Ataliba: nós nunca deixamos de nos corresponder, acompanhamos cada passo, um do outro. Não poderia ser diferente, vivemos juntos muitas histórias, construímos memórias que são indissociáveis. Queiramos ou não, as memórias são parte das nossas vidas, estão impregnadas nas nossas carnes, nunca nos separamos. Quando Lena nasceu, foi como um furacão nas nossas vidas, um de nós estava batalhando pela sobrevivência, a outra parte estava engajada na luta armada, era preciso pôr fim à ditadura. De repente surgiu Lena, nos desestruturou, desestabilizou o que já não era estável.

Um de nós decidiu partir, o outro preferiu ficar. Quem permaneceu carregou Lena, uma menina que se transformou e engoliu, sem querer, todo o fel que deixamos derramar. Nós saímos limpos, mas Lena, ela ficou com o peso de Lilith. A decisão de partir foi cruel, um de nós queria ficar, a outra parte também, mas era preciso quebrar os vasos. Antes de quebrá-los, concebemos Yasmina, que ganhou um nome dado por outro companheiro, que recebeu um de nós, quando chegou em uma Paris festiva. Yasmina, Yasmina, ela é o outro lado da lua, nasceu protegida pelas palavras proféticas, protegida pelo Éden, que nunca abandonou, mas permanecer no Éden também tem um preço. Yasmina nunca teve voz, nunca um de nós ouviu a sua fala, da sua boca apenas o choro da fome, o choro da dor, as lágrimas da ausência. Yasmina nasceu surda-muda, viveu para dentro, enquanto Lena nasceu para gerar, construiu perfis de pessoas que nunca existiram a não ser na sua imaginação.

Se existe a dor da maldição de Lilith por ter abandonado o Éden, por trair os planos do Criador, pelo menos ela não comeu do fruto da consciência. Se ela rompeu, o fez em busca da independência, não do poder. Se existe o jardim prometido para quem não traiu, se existe o fruto do conhecimento do bem e do mal, ofertado para quem ficou, também existe o sofrimento do acato, da submissão, da inferioridade eterna. Yasmina e Lena são apenas as duas faces de um mesmo ser. Uma não sobrevive sem a outra. Nós, que nunca nos apartamos, geramos dois rebentos que nunca se separarão.

Nós, Clara e Ataliba, somos um ser inseparável, apenas houve a intromissão do destino que fez com que um seguisse e o outro permanecesse. De fato, nunca nos separamos, somos um, e apenas um ser, e não cabemos em nenhum lugar.

Quando concluí a leitura, permanecemos em silêncio e evitamos a troca de olhares. As palavras seriam um excesso, além do que cada um absorvera da leitura dos textos, nada havia a ser dito. Os amigos saíram da cena sem nada falar, cada um traduzia à sua maneira, e dentro das possibilidades, os desencantos da vida de Clara e Ataliba. Uma chuva de verão, anunciada por raios e trovões, despencou sobre o Cemitério do Araçá. Eu e Nora nos abrigamos sob um dos jazigos e esperamos que a chuva passasse.

A arte do Kintsugi

Os Amigos do Araçá mantêm contatos eventuais. Eu os encontrei no lançamento do meu livro, exceto a professora, que desapareceu engolida pela vida, todos estavam presentes. Eu converso com Lázaro no Sebo e Livraria Cripta, local que visito sempre que posso, e costumo passear com Nora no Parque da Água Branca, frequentado por Ide e Grego. Em um dos encontros, Grego me mostrou um recorte da coluna policial que informava sobre a prisão de uma dupla de coreanos que aplicava pequenos golpes, o alvo preferencial são homens idosos atraídos para programas com uma jovem de nome Choi.

Nora me mantém informado sobre o trabalho de Lena, que frequenta as colunas do noticiário social, algumas vezes aparece na coluna de artes ou esportes, dependendo do cliente que ela se esmera para tornar famoso. Lena constrói perfis nas redes sociais que nem sempre correspondem à realidade. Ela passou a trabalhar a imagem de políticos candidatos a cargos eletivos. Parece ter encontrado um mercado promissor onde falsos perfis progridem sem que a verdade seja revelada. Ela gerencia campanhas de deputados, vereadores, até senadores, que são seus clientes preferenciais. Frequenta clínicas de desintoxicação sempre que exagera nas drogas e no sentimento de culpa.

Eu mantive a carreira de jornalista e escritor, ainda acredito que a realidade seja fragmentada, cada um de nós recolhe os pedaços e os junta à sua maneira. Os fragmentos são feitos de fatos, entretanto o pó de ouro que utilizamos para conectá-los é fruto da nossa imaginação e dos sonhos que cultivamos. Daí a beleza dos vasos de cerâmica reconstruídos, não há um que seja igual ao outro, mesmo que as partes nos revelem como se uniram no passado, depois de quebradas surgem lacunas que nós preenchemos com a alma. Tal como fazem os mestres da arte do *kintsugi* com os vasos de cerâmica quebrados, eu aprendi a juntar as partes e a preencher os vazios com as informações colhidas ao longo do tempo. Ao juntar as peças, uma a uma, recorro aos sonhos, porque sempre inventamos o passado para tornar nossas vidas menos penosas. Eu busco os sonhos no arquivo dos mortos que recebi de Ataliba, são eles, os mortos, que me ajudam a reinventar a realidade, eles me permitem a liberdade pois ninguém saberá ao certo se os fatos ocorreram ou não. Para mim, basta saber que poderiam ter ocorrido. O que se passou na realidade ninguém saberá, temos que recorrer ao pó de ouro, temos que fazer suposições, temos que sonhar. Pois não é o que sempre fazemos na vida?

Agradecimentos

A Arden Zylbersztajn
e à Casa do Povo

Esta obra foi composta em Sabon Std
e impressa em papel pólen 80 g/m² para a
Editora Reformatório, em setembro de 2022.